SOPHIE ANDRESKY

DARKROOM

Erotischer Roman

WILHELM HEYNE VERLAG
MÜNCHEN

Das komplette Hardcore-Programm, den monatlichen Newsletter sowie unser halbjährlich erscheinendes CORE-Magazin mit Themen rund um das Hardcore-Universum finden Sie unter www.heyne-hardcore.de

Weitere News unter *facebook.com/heyne.hardcore*

Verlagsgruppe Random House FSC® N001967
Das für dieses Buch verwendete
FSC®-zertifizierte Papier *Super Snowbright*
liefert Hellefoss AS, Hokksund, Norwegen.

Copyright © 2013 by Sophie Andresky
Copyright © 2014 by Wilhelm Heyne Verlag, München,
in der Verlagsgruppe Random House GmbH
Printed in Germany 2013
Umschlaggestaltung: yellowfarm GmbH, S. Freischem,
unter Verwendung eines Motivs von © plainpicture/Fred Leveugle
Satz: C. Schaber Datentechnik, Wels
Druck und Bindung: GGP Media GmbH, Pößneck

ISBN: 978-3-453-26908-8

www.heyne-hardcore.de

Für Marcus.
Fürs Lesen und Lieben.
Für die weißen Nächte und die dunklen Träume.

*»Aber ich will doch nicht unter Verrückte gehen!«,
widersprach Alice.*

*»Ach, dagegen lässt sich nichts machen«, sagte die Katze,
»hier sind alle verrückt. Ich bin verrückt. Du bist verrückt.«*

*»Woher weißt du denn, dass ich verrückt bin?«, fragte
Alice.*

*»Musst du ja sein«, sagte die Katze, »sonst wärst du doch
gar nicht hier.«*

LEWIS CARROLL, *Alice im Wunderland*

INHALT

1	EULE	9
2	GRINSEKATZE	32
3	EVI	43
4	JABBERWOCKY	60
5	TANTE LORINA	74
6	QUÄLIUS	93
7	PÜPPI	97
8	LONELY TWIN	120
9	HERZDAME	145
10	ALICIA	153
11	JUSTITIA	178
12	BELLADONNA	188
13	MONIKA UND AXEL	197
14	TISIPHONE	205
15	GEMMA	222
16	FIONA	231
17	ABSOLEM	245
	DANKSAGUNG	256

EULE 1

Fiona hatte Glück, dass es August und die Nacht so warm war. Halb nackt durch Schnee zu laufen wäre sicher kein Vergnügen, und in einer hellen, laubfreien Winternacht hätte man sie noch deutlicher erkannt. Sie war nicht scharf darauf, in diesem Outfit angestarrt oder sogar fotografiert oder gefilmt zu werden und sich ein paar Tage später auf YouTube wiederzufinden: eine kleine, zarte Frau, nackt bis auf eine Männerunterhose und ein goldenes Bikinioberteil. Vor ihrer Brust baumelte ein Band, an dem leise klirrende Schlüssel hingen. Ihre Füße steckten in schweren Stiefeln, die bis zu den Waden hochgeschnürt waren. Und auf dem Rücken wippten schon ziemlich zerrupfte weiße Flügel, die ihr vom Kopf bis zur Hüfte reichten.

Als sie vom Feldweg auf die geteerte Straße lief und vor dem Scheinwerferlicht eines entgegenkommenden Autos beiseitesprang, wäre sie beinahe im Straßengraben gelandet. Und wirklich genutzt hatte ihr Manöver auch nichts, der Fahrer hupte trotzdem und machte im Vorbeifahren eine obszöne Geste.

Fiona berappelte sich und lief weiter. Die Riemen, mit denen die Flügel auf ihren Schultern befestigt waren, schnitten ihr in die Haut, sie hätte sie etwas weiter schnallen können, aber sie wollte keine Zeit verlieren und beschleunigte ihren Schritt wieder. Noch war sie sich nicht sicher, dass die Polizisten sie wirklich nicht bemerkt hatten, als sie im Chaos der Razzia verschwunden war.

Auf Fionas Brust und ihrem Rücken breitete sich ein Schweißfilm aus, aber der konnte auch von den Pillen kommen, die sie kurz zuvor geschluckt hatte, von den kleinen weißen vielleicht oder doch von den roten Kapseln, sie wusste nie genau, was sie da eigentlich nahm, das war Teil des Spiels.

Die Nacht lag samtig da, nur ein paar Straßenlaternen brannten, aber bald würden sie ausgehen, und selbst diese schläfrige Gegend würde langsam erwachen. Sie hoffte sehr, dass sie dann schon zu Hause sein würde. Fiona hatte keine Lust, die an sich gelungene Nacht mit einem Spießrutenlauf zu beenden und wegen ihrer Erscheinung Aufsehen zu erregen. Dabei müssten die Leute eigentlich merkwürdige Gestalten gewöhnt sein. *Meine Güte, Berlin,* dachte sie, *hier laufen tagsüber schon mehr Freaks rum als in anderen Städten auf Station, eine große Freilichtklapse. Was anderswo weggesperrt wird, macht hier eine Ich-AG.*

In Zehlendorf war sie eine ganze Weile nicht mehr gewesen, schon gar nicht nahe der Uni-Tierklinik, wo es eher aussah wie in einer ländlichen Vorstadt, aber sie selbst suchte die Orte der Labyrinth-Partys ja nicht aus.

Die *Events der verschlungenen Lüste* fanden dort statt, wo sie eben stattfanden, Fiona bekam nur am selben Tag eine E-Mail von der geheimnisvollen Grinsekatze, deren richtigen Namen niemand kannte.

Liebe Eule, hatte in der letzten gestanden, *Samstagnacht öffnet das Labyrinth wieder seine Pforten. Lust, Ekstase, Abgrund. Alles ist erlaubt. Folge nicht dem weißen Kaninchen, sondern den Koordinaten, die du nach deiner Anmeldung auf deinem*

Handy findest. Das Labyrinth der Laster erwartet dich (das Wort Laster darfst du wörtlich verstehen). Herzlich: die Grinsekatze.

Meist sagte sie die Einladungen zu und überwies sofort elektronisch die angegebene hohe Teilnahmegebühr, obwohl sie nie genau wusste, was dort passieren würde. Dieses Mal hatte die Grinsekatze das Wort Laster tatsächlich sehr wörtlich verwendet. Fiona bzw. Eule, wie sie im Labyrinth hieß, hatte sich an alle Anweisungen gehalten und sämtliche Papiere, Kredit- und sonstige Karten zu Hause gelassen, trug nichts als einen goldfarbenen Bikini, eine Shorts, ihr Handy und die Schlüssel um den Hals. Sie hatte ihren Wagen mehrere Kilometer entfernt abgestellt, sich mit einem Taxi bis zum Institut für Parasitologie fahren lassen und auf die nächsten Informationen gewartet. Die ersten Koordinaten kamen immer erst gegen dreiundzwanzig Uhr und bedeuteten eine weitere Sicherheitsstufe. Diese führten zu einem Baum. Fiona fand gleich das an ihm befestigte, vereinbarte Zeichen: ein Plakat mit einem weißen Kaninchen, das einen Zauberwürfel in der Hand hielt. Sie beantwortete die SMS der Grinsekatze, indem sie die Buchstabenkombination auf dem Zauberwürfel durchgab, damit die Labyrinthwächter wussten, dass sie wirklich in der Nähe war. Dann erst schickten sie ihr eine zweite SMS mit den endgültigen Koordinaten, die sie in ihre Karten-App eintippte und denen sie zu Fuß durch die einsame Landschaft folgte.

Sie fand sich in einem Wäldchen wieder, und es war stockdunkel. Nirgends die Anzeichen einer Party. Fiona stand ganz still, und bald bemerkte sie hinter den Bäumen andere Gestalten, die ebenso regungslos warteten.

Dann, Punkt Mitternacht, wurden gigantische Scheinwerfer angeschaltet, und Fiona sah, dass wenige Meter von ihr entfernt ein gewaltiger Sattelzug im Wald stand, verdeckt durch ein Tarnnetz, das mit Blättern und Zweigen behangen war. Von überall, aus den Büschen und hinter den Bäumen, kamen Partygänger hervor, manche kostümiert, manche so gut wie nackt. Die Menge drängelte sich vor dem riesigen Laster. Der Rollladen des Trucks wurde mit einem Knattern wie von einem Trommelwirbel hochgezogen, und da war es: das Labyrinth mit all seinen Verheißungen. Party, Drogen und Sex in sämtlichen Variationen. Das Labyrinth als erotischen Flashmob oder als Swingerszene zu bezeichnen wäre den Inszenierungen der Grinsekatze nicht gerecht geworden. Sie schuf feuchte Träume zum Durchschreiten, erotische Tableaus wie auf den Kupferstichen alter zensierter Bücher, Szenarien, die Fiona höchstens aus ihren eigenen Masturbationsfantasien kannte. Es war nicht nur anonymer, wilder Sex, der sich hier abspielte, sondern auch ein gigantischer Brainfuck, bei dem man das sonstige Leben komplett vergessen konnte. Die Wächter, die Security, waren als Satyrn verkleidet und trugen zottelige Pumphosen zu nackten Oberkörpern und Widderhörner auf dem Kopf.

Die Gäste klatschten Beifall, gaben ihre Habseligkeiten bei den Wächtern ab, die sie in großen Seesäcken verstauten und den Leuten die entsprechenden Nummern auf die Haut schrieben. Alle Arten von elektronischem Spielzeug, Fotoapparate und Handys waren verboten. Fiona zog ihre Shorts aus, legte sie zusammen mit ihrem Handy in einen der Säcke und kletterte in den Truck. Andere Gäste ließen sich von den Wächtern auf die Ladefläche heben. Fiona entdeckte gleich ein paar Gäste, die sie schon kannte: die Dressurreiterin, wie immer mit Gerte im Stiefel, und den Goten mit der auffälligen Narbe im Gesicht, die aussah, als sei sie mit einem

Eispickel hineingehackt worden. Sie winkte ihm zu. Weiter hinten tanzten die Kessel-Zwillinge und vorn Zeus und Beachboy, die sie beide nicht mochte und meiden würde, weil sie ausschließlich auf Sandwiches standen und am liebsten gleichzeitig eine Frau bearbeiteten und das ziemlich ruppig. Aber es waren ja genug andere Labyrinthgänger da, irgendwo sicher auch Hypnotica und Renfield, ein Pärchen, das nicht nur sexy, sondern außerdem witzig war und mit dem Fiona besonders gern spielte.

Und das hatte sie in dieser Nacht im Truck ausgiebig getan.

Sie war den beiden im hinteren Teil begegnet, wo schwarzledernen Slings von der Decke hingen. Auf dem Weg dorthin hatte sie sich durch eine Menge halb oder ganz nackter Menschen geschoben, was nicht einfach war mit ihren großen Engelsflügeln. Die anderen Gäste trugen teilweise nur Federmasken oder Teufelshörner und hatten es leichter. Die Bässe wummerten, es hätte ein Rave sein können und die Tanzenden einfach freizügige Partybesucher, hätten sie nicht ihre Hände überall gehabt. Fiona ließ sich treiben und genoss die vielen Finger, die sich an ihren Brustwarzen, ihrem Po oder ihrer Scham zu schaffen machten. Als sich ein Männerkörper von hinten an sie herandrängte und eine starke Hand zwischen ihre Beine glitt, schloss sie die Augen, lehnte sich gegen ihn und ließ sich die Möse reiben, die jetzt schon glitschig feucht war und zu pulsieren schien. Weiche Lippen schlossen sich um ihre Brustwarzen und saugten daran, und Fiona ertastete Locken, eine weiche Haut und tiefer kleine feste Brüste, die sie massierte. Sie fühlte, wie der Mann seinen Schwanz an ihren Hintern drückte, und dann versuchte er, ihn in ihre Möse zu stecken, aber sie machte sich frei und schob sich weiter durch das Gedränge. Sie ließ sich lieber erst dann ficken, wenn ihre Möse völlig überschwemmt war vor Lust und sie das Gefühl hatte, es keinen Moment länger aushalten zu können, ohne einen harten Schwanz in sich zu spüren. Sie erreichte das kleine Podest, von dem man bequem in die Slings steigen konnte, und half Renfield dabei, Hypnotica festzuschnallen. Schließlich baumelte sie, die Beine weit gespreizt, die Möse jedem offen darbietend, im Ledergeschirr. Renfield schubste sie leicht an und schaukelte sie sanft, und während er und Fiona sich küssten, ließ Fiona ihre Hand über Hypnoticas Körper streichen, über ihre vollen Brüste, den flachen Bauch und die rasierte Möse, auf der nur ein schmaler Streifen Schamhaar stehen geblieben war.

»Finger sie«, hauchte Renfield ihr ins Ohr, »und ich steck dir inzwischen meinen Schwanz in die Pussy, du weißt ja, dass ich nicht gleich losficke.« Renfield kannte Fionas Vorliebe, mit dem Gestoßenwerden so lange wie möglich zu warten, und sie streckte ihm bereitwillig den Unterleib entgegen, während er sich ein Kondom überzog. Sein Schwanz in ihrer Möse fühlte sich gut an, und sie genoss es, ganz ausgefüllt von ihm zu sein. Er schmiegte sich an ihren Rücken, bewegte sich aber nicht weiter. Und Fiona betastete Hypnoticas Möse, die sich seimig und heiß anfühlte. Sie spreizte ihre Schamlippen und fuhr mit zwei Fingern in ihrer Spalte auf und ab, sodass der Kitzler immer zwischen den Fingern war. Hypnotica kicherte und stöhnte abwechselnd. Und als Fiona zwei Finger in ihre Möse gleiten ließ, holte sie sachte Schwung und schaukelte der Hand entgegen. Fiona spürte, wie Renfield das Gewicht von einem Fuß auf den anderen verlagerte. Dann sein Atem an ihrem Ohr. »Oh, Eule, ich kriege gerade eine Prostatamassage, da hat jemand aber geschickte Finger in meinem Arsch, ich komm gleich, kann ich in dir abspritzen?«

Und Fiona nickte und küsste ihn so weit, wie sie an ihn herankam. Renfield presste sich an sie, schrie heiser auf, und nach einer Weile glitt sein Schwanz aus ihrer Möse. Sie wichste Hypnotica fertig, küsste beide noch einmal und versprach, dass sie sich nachher wiedersehen und gemeinsam ein paar von den Pillen schlucken würden, die Hypnotica dabeihatte.

Dann machte sie sich zurück auf den Weg durch die zuckende, schwitzende Menge, rieb sich an nackten Körpern, ließ sich küssen und befingern und strandete schließlich auf dem Schoß eines großen rothaarigen Mannes.

Wie immer, wenn sie ihn sah, konnte sie im ersten Moment den Blick nicht von seiner Narbe abwenden. Direkt unter dem Auge schien irgendetwas auf sein Jochbein eingestochen zu haben. Fiona hatte den Goten einmal in einer Rauchpause danach gefragt, und er hatte behauptet, ein Rabe habe ihn in einem früheren Leben angegriffen. »Warum, glaubst du, heiße ich der Gote? Die Rabenschlacht von Ravenna, 493, lies es auf Wikipedia nach.«

»Hast du was Gutes dabei, Gote?«, schrie sie ihm ins Ohr, als er mit einer fließenden Bewegung die Flügel zusammenklappte und sie hochnahm. Er fischte eine kleine rote Pille aus einem Säckchen, das er um den Hals trug, legte sie sich auf die Zunge und ließ die Tablette bei einem tiefen Kuss in ihren Mund rutschen. »Good stuff, Eule, aber es dauert eine Weile, bis er durchschlägt. Dann siehst du allerdings 4-D, das ist Fühlkino vom Feinsten.«

Er griff hinter sich und nahm eines der Sexspielzeuge, die in Laschen an den Truckwänden befestigt waren. Fiona setzte sich auf seinem Schoß zurecht, schmiegte sich an seine Brust, und der surrende grüne Vibrator berührte mit seinem kugeligen Kopf ihre Möse. Der Gote betastete mit der freien

Hand ihre Brüste. »Wenn du dich ficken lässt, würd ich gern zusehen«, raunte er in ihr Ohr, und Fiona nickte und überließ sich den Wellen, die von ihrem Kitzler ausgingen. Irgendwann hielt sie es nicht mehr aus, lehnte sich in seinem Arm zurück und schwang ihm einen Springerstiefel auf die Schulter, sodass sie mit weit gespreizten Beinen dalag. Der Gote nahm das Spielzeug weg, und fast im selben Moment strichen Finger ihren Oberschenkel entlang, andere kamen dazu, drangen in ihre Pussy ein, griffen unter ihren Hintern, Fiona wusste gar nicht, wie viele verschiedene Hände sich zwischen ihren Beinen zu schaffen machten, aber schließlich fühlte sie eine Schwanzspitze an ihrem Möseneingang und drängte sich dagegen, und der Schwanz schob sich bis zum Schaft in sie hinein. Sie öffnete die Augen nicht, es interessierte sie gerade kaum, wer sie hier fickte, der Gote würde darauf geachtet haben, dass alles safe zuging, und nett wie er war, legte er jetzt einen federleichten Finger auf ihren Kitzler, und der Schwanz rammte sich ein ums andere Mal in sie hinein, ein schneller, rhythmischer, harter Fick, ohne den Eindringwinkel oder das Tempo zu verändern. Sie war kurz davor zu kommen, als der Mann besonders hart zustieß und sich zurückzog. Der nächste Schwanz war kürzer, aber dicker und fickte mit kleinen, kraftvollen Stößen. Fiona streckte den Rücken, jaulte auf und kam mit einem Schrei. Sie öffnete die Augen erst, als der Mann sich zurückgezogen hatte, und lächelte den Goten an. Sie zeigte auf seinen Finger, der noch zwischen ihren Schamlippen lag, und formte mit einer Hand das Alles-super-Zeichen. Thank u 4 fucking @ Grinsekatze. Sie japste erschöpft.

Nicht dass sie nicht auch außerhalb des Labyrinths Sex hatte. Manchmal gabelte sie Studenten in einer Kneipe auf und trieb es mit ihnen auf der Toilette, und ab und zu beglückte sie einen ihrer Kunden in der Massagepraxis mit einem Happy End oder ließ sich zwischen den Beinen anfassen, während sie neben der Liege stand, aber sich so richtig fallen lassen konnte sie am besten hier im Labyrinth.

Sie rutschte vom Schoß des Goten, der schon darauf wartete, sich von einem jungen Schwarzen einen blasen zu lassen, und sah sich, jetzt gelassener, im Truck um.

Die Grinsekatze hatte ein Händchen für Inszenierungen. Es gab überall Sex-Accessoires jeder Art. Peitschen, Dildos, Handschellen, Masken, Klitorisvibratoren. Von der Decke hingen Gefäße aus Plexiglas, aus denen man Gleitgel zapfen konnte, und drum herum kleinere Kugeln mit Kondomen. Der Truck war innen verspiegelt, sodass man, egal, wo man hinsah, immer fickende Schwänze oder feuchte Mösen entdeckte. Die Security kellnerte auch gleichzeitig, statt harten Alkohols wurde vorwiegend Champagner getrunken, den die Satyrn in Strömen ausschenkten.

Nachdem Fiona wieder bei Hypnotica und Renfield angekommen war, sich mit ihnen auf einem weichen Ledersofa vergnügt und zwischen den beiden gelegen hatte, sodass Renfield sie von hinten fickte und Hypnotica von vorn fingerte, war ihr etwas schwindlig geworden, und sie hatte beschlossen, eine Weile draußen weiterzuspielen, wo es erheblich kühler war. Irgendjemand streckte ihr eine Hand mit einer weißen ovalen Tablette entgegen, und Fiona spülte sie mit einem Glas Champagner hinunter und hoffte, dass es die vom letzten Mal war, die Gedanken völlig ausschaltete und dafür alle sinnlichen Eindrücke ins Extreme verschärfte. Sie wusste nicht, wie das Zeug hieß, aber es war die optimale Fickdroge.

Obwohl die Labyrinth-Events wahrscheinlich oft illegal waren – Fiona erinnerte sich an eine Party in einem Schwimmbad und an eine andere in einem abrissreifen Parkhaus, für beides hatte es wohl kaum eine Genehmigung gegeben –, war bisher immer alles gut gegangen. Die Grinsekatze sorgte mit zahlreichen Sicherheitsmaßnahmen dafür, dass nichts aus dem Ruder lief, die Anonymität gewahrt blieb und ihre Kunden unbeschwert feiern und vögeln konnten.

Und heute dann plötzlich diese Razzia.

Fiona hatte gerade draußen neben einem der schulterhohen Reifen des Trucks gestanden, einen Joint geraucht und sich von einem jungen Vietnamesen, der sich Dschingis nannte, lecken lassen, als es losging. Sie sah die Autos, obwohl kein Blaulicht eingeschaltet war, weil sie schon eine Weile draußen stand und ihre Augen bereits an die Dunkelheit gewöhnt waren. Sie hatte keine Sekunde gezögert, die glimmende Tüte weggeworfen, sich Dschingis' Slip gegriffen, der neben ihr lag, und war ohne weiteren Kommentar losgespurtet.

Portemonnaies und Papiere waren im Labyrinth ohnehin verboten, nirgendwo durften echte Namen erscheinen, aber sie wünschte, während sie die Straße entlangrannte, sie hätte ihre kleine goldene Tasche mit den losen Geldscheinen mitgenommen, dann hätte sie jetzt ein Taxi anhalten können. Wobei in dieser müden Gegend wahrscheinlich eh keines vorbeigekommen wäre.

Sie atmete tief und gleichmäßig und schätzte, wie lange sie laufen musste, bis sie an ihrem Auto war und nach Hause fahren konnte, und ob sie es schaffen würde, bevor die Pillen anschlugen und aus dem leisen Prickeln einer Brausetablette, das sie schon im Schädel fühlte, ein Feuerwerk machten. Oder eine Lawine. Oder ein kakophonisch spielendes Orchester.

Sie wusste nie, was passieren würde, aber sie hoffte, sie würde erst dann die Kontrolle verlieren, wenn sie zu Hause war.

Das Wohngebiet lag völlig ausgestorben da. Nicht mal ein Hund bellte irgendwo. Sie hörte genau hin. In Filmen bellte doch immer irgendwo ein Hund, wenn man eine nächtliche Straßenszene sah. Aber da war nur das Geräusch ihrer Stiefel auf dem Asphalt. Links. Rechts. Links. Rechts. Vielleicht lag es daran, dass sie in diesem Moment so genau auf ihre eigenen Laufschritte achtete, dass sie ihren Verfolger überhaupt bemerkte.

Sie war vom Truck aus schon eine Weile gerannt und hatte gehört, wie die Rufe der Polizei und das Stimmengewirr der anderen Labyrinthgänger leiser wurden. Niemand war ihr nachgekommen, das hatte sie zuerst gewundert und dann erleichtert. Mit anderen auf der Flucht hätte sie womöglich sprechen müssen, und das hätte ihr den Abend verdorben. Zum Reden ging sie schließlich nicht ins Labyrinth. Aber jetzt, plötzlich, wusste sie, dass da jemand war. Sie hörte genauer hin, versuchte, an ihren eigenen Geräuschen, ihrem Atem vorbeizuhören, und tatsächlich: Irgendwer lief hinter ihr.

Sie seufzte. Vielleicht doch einer der anderen. Oder ein Schlafloser, der ein bisschen nacktes Fleisch sehen wollte. Oder jemand, der von der Schicht kam und dachte, er habe eine Erscheinung. Fiona schnaubte genervt. Bloß keine Anmache jetzt. Sie war müde gefickt, in ihrem Kopf brodelte ein chemischer Cocktail, von dem sie nicht wusste, welche Farbe und Stimmung er zaubern konnte, und außerdem würde es bald hell werden. Sie legte einen Zahn zu.

Diese Gegend kannte sie gut, sie war erst vor wenigen Tagen hier gewesen und hatte ihre Tante besucht: Die kleinen Straßen, die alle auf -weg endeten, und die Einfamilienhäuser mit den hohen Zäunen davor würden sich vermutlich niemals ändern. Sie lief in eine Seitenstraße und bog weitere zwei Male rechts ab, sodass sie wieder auf die ursprüngliche Straße kam. Wenn der andere nichts mit ihr zu tun hatte oder nur mal gucken wollte, wer denn dieser halb nackte Engel war, der durchs nächtliche Zehlendorf hetzte, müsste er jetzt vor ihr sein, es sei denn, er folgte ihr gezielt, dann wusste sie mit Sicherheit, dass er sie jagte.

Sie horchte die Straße hinunter, und bald schon erklang wieder das vertraute Klacken zwischen ihren eigenen Schritten. Es war also kein Zufall. Der andere bewegte sich ebenso zügig wie sie, ein sportlicher Verfolger. Und er kam näher. Fiona seufzte und rollte mit den Augen: anscheinend jemand, der »hinterherrennen« wörtlich nahm und es für eine geeignete Form der Kontaktaufnahme hielt. Sie überlegte, ob sie kurz warten und sich sein Angebot anhören sollte, einfach damit sie sich nicht länger mit ihm beschäftigen musste. Aber sie entschied sich dagegen, sie hatte einfach keine Lust, sich erwachsen zu benehmen und ihm therapeutisch zu erklären, dass ihr merkwürdiges Outfit keine Einladung bedeutete. Und schon gar nicht hatte sie Lust, sich von ihm anzuhören, was er sich erhoffte. Sie war schließlich keine Wunschfee, die für die Zauberstäbe einsamer Zehlendorfer zuständig war. Sie lief schneller. Er würde schon aus der Puste kommen und die Lust verlieren. Fast musste sie lächeln bei der Vorstellung, wie er mit hängender Zunge hinter ihr her hechelte.

Doch dann passierte etwas, mit dem Fiona nicht gerechnet hatte:

Es war nicht wirklich ein Geräusch, mehr ein Gefühl, ein Sirren, dicht an ihrem Ohr, und beim ersten Mal konnte sie es gar nicht einordnen. Als sie es das zweite Mal wahrnahm, suchte sie instinktiv vor sich den Gehweg ab und sah, als sie gerade darüber sprang, einen kleinen silbrigen Pfeil, der noch ein paar Zentimeter weiterrollte. Wie ein Dartpfeil, nur dünner und mit vielen kleinen Federn am Ende. Es sirrte zum dritten Mal, und Fiona konnte es kaum glauben. Das durfte nicht wahr sein. Da lief irgendein Irrer hinter ihr her und schoss mit einem Blasrohr auf sie. Sie überlegte, was geschehen würde, wenn er sie traf; egal, ob der Pfeil mit Gift oder Betäubungsmittel gefüllt war, es würde auf jeden Fall wehtun.

Okay, er will also nicht spielen, sondern er jagt – das kann ich gebrauchen wie Herpes.

Jetzt hatte sie die Nase voll. Hielt er sich für den Indiana Jones der Vorstädte? Sie spürte ein leises, inneres Knirschen wie von einem schweren Karussell, das angeschoben wurde – die Pillen würden bald alles auf den Kopf stellen.

Sie drehte sich im Laufen kurz um und sah gerade noch, wie eine schmale, mittelgroße Gestalt hinter einen geparkten Geländewagen sprang. Mehr war nicht zu erkennen.

So langsam eilte es, sie musste ihn loswerden, bevor der chemische Cocktail zündete, denn es war völlig unabsehbar, wie sie sich dann verhalten würde. Vielleicht machte sie mit und hatte hier und jetzt auf der Straße Sex mit ihm, oder sie könnte losrennen, direkt auf ihn zu, ihn anspringen und ihm den Kiefer eintreten. Das war alles schon passiert.

Männer nannten sie gern Vögelchen, Spätzchen oder Engelchen, weil sie langes hellblondes, fast silbriges Haar hatte und so jung aussah. Mit ihrem blassen Gesicht, den riesigen dunklen Augen und der zierlichen Figur wirkte sie schutzbedürftig und harmlos. Und dann waren diese Männer, die sich gönnerhaft freundlich oder aber unangemessen besitzergreifend aufführten, völlig überrumpelt von ihrer Aggressivität. Keiner rechnete damit, dass sie sich wehren konnte, und schon gar nicht, dass sie derartig rücksichtslos angreifen würde, diese kleine, niedliche Person mit der Unschuldsmiene.

Fiona hatte einfach keine Angst.

Weder davor, jemanden anzugehen, noch davor, selbst verletzt zu werden. Das Gefühl fehlte in ihr wie eine Fremdsprache, die man manchmal hört, von der man aber kein Wort versteht, und dadurch handelte sie oft unvorhersehbar, die Überraschung war dann immer auf ihrer Seite. Eine Person ohne Zögern oder Selbstschutz, damit rechnete man einfach nicht.

Für Fiona selbst war das logisch. Dazu brauchte sie sich bei keinem Therapeuten auf die Couch zu legen. Sie konnte ihre Verwandlung genau datieren: Als sie sieben war, hatte sie ihre Eltern sterben sehen, und in dieser Nacht war es mit ihr geschehen: Sie hatte seitdem nie wieder Angst gehabt. Erst dachte sie, sie müsste jetzt auch sterben, und da war die Angst so groß, dass sie sie ganz ausfüllte und aufblähte wie einen Ballon, aber als sie verstand, dass sie überleben und dass nie etwas Schlimmeres geschehen würde als in dieser Nacht, platzte der Ballon, und die Angst klebte an den Fliesen wie die tausend Blutströpfchen ihrer Eltern. Zurück blieb eine Totenstille in ihrer Brust. Sie hatte schon keine Angst mehr, als die Polizisten eintrafen, und seitdem war auch kein ähnliches Gefühl wiedergekommen. Was sollte nach dieser Nacht noch passieren? Angst war nicht mehr nötig.

Nur ein Idiot könnte das für eine Gabe halten. Keine Angst zu haben war gefährlich. Eine Behinderung. Es brachte sie in solche Situationen.

Sie blickte im Laufen hinter sich und sah, dass sie alle paar Meter ein weißes Federchen ihrer Engelsflügel verlor und so eine Fährte hinter sich legte, der der Jäger nur zu folgen brauchte. Aber dann drehte sich das Karussell in ihrem Kopf ein Stück weiter, und der Gedanke war weg. Sie fühlte, wie unbequem die Schulterriemen ihrer Flügel waren, und überlegte, dass sie morgen früh rote Striemen über den Schlüsselbeinen haben würde. Das nächste Mal würde sie sich für die andere Seite entscheiden, als Teufel hätte sie wahrscheinlich irgendwelche schwarzen Dessous angehabt und vielleicht einen Dreizack in der Hand. Diese großen Flügel waren nur unbequem, und wenn man es genau nahm: Weiße Wolken und Harfen waren wirklich nicht Fionas Welt.

Zur Hölle wäre ihr auch einiges eingefallen, denn die hatte sie schon gesehen. Die Hölle war blau gefliest und hatte Blümchenhandtücher, war ein Ort zum Zähneputzen und Baden, und sie hatte ihre Eltern dort verbluten sehen. Glücklicherweise wusste das von den Labyrinthgästen niemand, die dachten bei Hölle vermutlich eher an rote Devil-Bitches in Strapsen und an Fistingspielchen mit Noppenhandschuhen. Fiona würde es niemandem sagen, wie es dort unten wirklich war, wie kalt und wie totenstill. Deshalb passte das Labyrinth zu ihr. Kein blödes Gequatsche. Nur Ficken.

Sie fror. Wenn sie anfing, an das blaue Badezimmer zu denken, dessen Tür sie seit unzähligen Jahren nicht mehr geöffnet hatte, war das immer ein Zeichen dafür, dass das Zeug, das sie geschluckt hatte, von der üblen Sorte war, und es gleich in ihrem Kopf drunter und drüber gehen würde. Einfach wegzulaufen nützte nichts, das hatte Fiona verstanden, der Verfolger würde sie wegen der Federspur immer wieder finden, sie brauchte einen Plan. Ausziehen konnte sie die Flügel nicht, sie waren mit dem Bikinioberteil vernäht und mit einem Lederband fest um den Oberkörper geschnürt. Und schon während sie die nächste Abzweigung links nahm, war ihr klar, was sie tun würde.

Das Haus, in dem ihre ehemalige Freundin und Kinderheimgefährtin Evi mit ihrem Vater wohnte, lag nur zwei Seitenstraßen entfernt. Früher war sie fast täglich hier gewesen, und sie wusste, dass das Grundstück so gut gesichert war, wie nur Paranoiker es tun. Evis Vater hatte allen Grund dazu, hinter hohen Mauern mit Stacheldraht zu wohnen, und Fiona hatte sich oft gewünscht, das Haus sähe nicht nur aus wie eine Anstalt, sondern sei auch eine, und Evis Vater wäre dort weggesperrt und könnte dann mit seinem kruden Mist, den er predigte, Pfleger und Schwestern nerven. Sie sah das große dunkle Gebäude in einiger Entfernung und sprintete noch schneller.

Normalerweise gab es keine Möglichkeit, in den Garten zu kommen, wenn man den Code des schweren, schmiedeeisernen Tores nicht kannte, aber Fiona war wenige Tage zuvor noch im Nachbarhaus zu Besuch gewesen, um zu sehen, wie es ihrer alten Tante Lorina ging, und von deren Wohnzimmerfenster aus hatte sie beobachtet, wie Evi mit ihrem Terrier durch ein loses Paneel im Bauzaun schlüpfte.

»Die bauen wieder irgendwas um«, hatte Tante Lorina gesagt, »vielleicht zimmert der Vater eine Arche oder einen Bunker zum großen Finale der Johannes-Offenbarung, der alte Spinner. Evi kann so mal schnell mit dem Hund raus, aber wenn ihr Vater das mitkriegt, prügelt der sie windelweich. Ich seh sie immer nur draußen, wenn er seine Predigten sendet, unsägliches Zeug auf einem Privatsender, das Radio schmilzt einem weg bei dem Unsinn.«

Kaum war Evi durch den Zaun getreten, hatte er so undurchdringlich gewirkt wie bisher.

Fionas Plan war einfach: aufs Grundstück, um das Haus rennen und hinten an der rückwärtigen Pforte – einer Spezialanfertigung des Predigers – wieder raus. Die Pforte hatte nur auf der Gartenseite einen Rundknauf, aber keinen auf der Außenseite, sie brauchte nicht abgeschlossen zu werden. Fiona rannte die letzten Meter auf das Haus zu und sah, dass Tante Lorinas Schlafzimmerfenster erleuchtet war und die alte Frau am Fenster stand. Wahrscheinlich konnte sie wegen der Schmerzen nicht schlafen. Als Fiona unter dem Lichtkegel einer Laterne vorbeikam, stutzte Tante Lorina und starrte zu ihr hinab, dann hielt sie einen Infusionsbeutel hoch und winkte mit der anderen Hand. Fiona nickte zurück, überlegte, ob sie lieber zu ihr flüchten sollte, aber sie hatte keine Lust auf die Sprüche, die sicher kommen würden, von Mädchen, die nachts ins Bett gehörten und sich nicht draußen in Gefahr bringen sollten, schon gar nicht halb nackt in Engelskostümen, und das würde sie jetzt nicht ertragen. Außerdem hätte der Jäger sie vielleicht unten an der Haustür erwischt, bevor Tante Lorina auf den Summer drücken konnte. Fiona raffte die Flügel auf einer Seite zusammen. Nach wenigen Versuchen fand sie das lose Brett und stieg durch den Zaun. Das Paneel klappte hinter ihr zu, als hätte sie sich nie bewegt, perfekt.

Um den Garten hatte sich schon lange niemand mehr gekümmert. Das Gras stand kniehoch, und die Büsche und Bäume wucherten in alle Richtungen. Der Duft der Blüten traf Fiona wie der Schlag eines nassen Handtuchs. Sie war einen Moment betäubt von all den Sinneseindrücken und versuchte, sich davon nicht ablenken zu lassen. Sie musste ums Haus laufen, zur rückwärtigen Pforte.

Die Äste der Bäume griffen nach ihr, und einzelne dünne Gerten der Trauerweiden schlängelten sich um ihre Fußknöchel, als wollten sie sie in die Baumkronen hochziehen und kopfüber dort aufhängen. Die Rhododendronbüsche stöhnten, und je weiter sie ihre pinken und violetten Blüten öffneten, desto obszöner wurde das Stöhnen. Fiona konnte den Blick gar nicht abwenden, als sie erkannte, dass es Büsche voller Frauenmösen waren, feuchte, pralle, rote Frauenmösen, die schlüpfrig schmatzten. Sie versuchte, an etwas anderes zu denken, wieso sie hier war, zum Beispiel, dass da draußen ein Spinner hinter ihr herlief und sie vor ihm flüchtete, aber das Gras kicherte bei jedem ihrer Schritte, das alles machte einen Höllenlärm, und dann wurde das Kichern, Seufzen und Stöhnen zu einem Wehklagen und schließlich zu wütendem Hundegeknurr, und der ganze Garten wuchs bedrohlich auf Fiona zu, die stolperte und das Gefühl hatte, in dem Morast, in den sich das Gras verwandelt hatte, zu versinken. Da war endlich das hintere Tor. Sie watete darauf zu und drehte an dem Knauf. Das Tor war tatsächlich nicht verriegelt.

Es quietschte in den Angeln, und aus einem Grund, den Fiona sich nicht erklären konnte, ärgerte sie dieses Quietschen maßlos. Sie wurde wütend und traurig, trat das Tor mit dem Stiefel hinter sich zu, hörte es schwer einrasten und lehnte sich einen Moment an das kalte, glatte Metall des Tors, das außen keine Klinke besaß.

In ihrem Kopf drehte sich alles, Bilder von der Labyrinthparty, das blaue Badezimmer, Evi, wie sie im hoch geschlossenen Omakleid hinter ihrem verrückten Vater stand und seine Sätze von Sünde und Schuld nachplapperte, Evi, die gesagt hatte, Fiona würde die ewige Verdammnis erwarten, wenn sie ihren Lebenswandel nicht ändere, Evi, die auflegte, wenn Fiona sie anrief, das Gefühl von Schmerz und Enttäuschung, das sich in Fionas Magen wie Blei anfühlte. Und der Wunsch nach Rache, der Wunsch, jemanden zu schlagen und zu treten, bis all diese Gefühle vorbei waren. Mit einem letzten Rest klaren Verstandes drehte sich Fiona um und registrierte, dass ihr Plan funktioniert hatte, die rückwärtige Straße war menschenleer, und da es langsam heller wurde, konnte sie nun weiter sehen und begriff, dass sie in Sicherheit war.

Noch bevor sie Erleichterung oder Befriedigung fühlte, kochte die Wut erneut in ihr hoch, sie hörte sich Satzfetzen murmeln, und immer wieder war es Evis Gesicht, das zwischen den rasend schnell wechselnden Bildern auftauchte.

Da vorn stand Evis Auto, ein knallroter Mini, ein Auto wie ein Erste-Hilfe-Kasten, lächerlich für eine Fahrerin wie Evi, bei der jede Hilfe zu spät kam. Fiona sprang mit einem großen Schritt auf das Auto zu und trat mit voller Wucht den Außenspiegel ab. Das tat so gut, dass sie es auf der anderen Seite wiederholte. Erschöpft lehnte sie sich gegen den Kotflügel und brach dann plötzlich über der Motorhaube zusammen, sodass die Schlüssel an dem Band um ihren Hals schepperten. Sie bekam das Bündel zu fassen. Evi hatte den Wagen seit Wochen wohl nicht benutzt, nicht benutzen dürfen wahrscheinlich. Fiona hörte es von weit her knirschen, konnte das aber nicht einordnen, immer wieder dämmerte sie weg und hatte das Gefühl, als drifteten einzelne Sekunden direkt ins Nichts, ins Vergessen, wo alles schwarz war und ganz still.

Sie wurde wieder wütend, aber zu dem Zorn kam jetzt auch Übelkeit dazu, und sie begann so zu frieren, dass ihre

Zähne klapperten und sich die Gänsehaut auf ihren Armen anfühlte wie hineingestochen. Die Pillen waren wirklich Dreck, wer hatte sie ihr gegeben? Der Gote? Normalerweise hatte der Gote immer guten Stoff. Ein schrilles Fiepen schwoll in ihren Ohren an und wurde immer lauter, sie rannte los, kümmerte sich nicht darum, dass ihr Herz hämmerte und sie kaum noch Luft bekam, Hauptsache weg von diesem Fiepen. Schließlich schlug sie unvermittelt, einfach so, lang auf die Straße.

Das Blut rauschte durch ihren Schädel, und sie hechelte in kurzen hektischen Atemzügen, und die Umrisse der Pflastersteine verschwommen vor ihren Augen.

Da fasste sie jemand vorsichtig am Arm.

»Eule?«

Seine Stimme war dunkel und warm und kam von weit, weit oben. Sie hob mühsam den Kopf und erkannte einen hünenhaften Mann in beige-grau gefleckten Tarnhosen. Die Muskeln seines Oberkörpers sprengten fast das schlammfarbene Unterhemd. Einer der Labyrinthwächter.

»Hallo, Püppi«, röchelte sie, »suchen Tiere ein Zuhause?« Sie kicherte und konnte sich gar nicht mehr beruhigen.

Er streichelte ihren Kopf. »Du bist ja völlig durch. Ich kratz dich jetzt mal vom Pflaster, ja?«

Fiona kicherte immer noch. »Hier ist keine Autobahn, Püppi, und ich bin kein platter Dachs.« Bei den letzten Worten fing sie an zu lachen und wiederholte sie. Der Hüne griff vorsichtig unter ihre Knie und stützte ihren Kopf ab, als er sie hochhob und über die Straße trug. Er ging sicher und ohne zu zögern auf einen weißen Kastenwagen zu. Er konnte sie mit einem Arm festhalten, während er die Tür aufschloss, und ließ Fiona auf den Beifahrersitz gleiten. Hinten im Wagen, abgetrennt durch ein dickes Drahtgeflecht, sah Fiona drei Waschbären herumspringen. Es roch erdig.

»Bringst du uns vier in den Wald?«, murmelte sie, als Püppi sich anschnallte und den Wagen startete. Er tätschelte ihr Knie. »Dich bringe ich nach Hause und die drei Panzerknacker in den Spandauer Forst.«

Er langte hinter seinen Sitz, holte einen Seesack nach vorn, kramte darin herum und gab ihr ein Smartphone. »Hier ist dein Handy. Den Sack konnte ich noch retten, als es losging.«

»Es sind große, große Trucks im Wald und Polizisten, die haben auf mich mit dem Blasrohr geschossen«, murmelte sie noch und schlief dann leise schnarchend ein.

* * *

Sie wachte erst auf, als er sie aus dem Auto hob und über seine Schulter warf. Sie standen vor dem Reihenhaus an der Ecke, das genauso aussah wie alle anderen in der Straße. Auf dem Weg zum vorderen Eingang konnte man seitlich einen Blick in den Garten werfen: Hinter den Hecken ragte die Krone einer Buche in den Himmel, einzelne Äste reichten bis zum Haus hinüber, als griffen sie nach ihm. Die Blätter waren teilweise schon gelb und rot verfärbt. Im Herbst würde der Baum wie eine riesige lodernde Fackel im Garten stehen.

Püppi tastete nach dem Band um Fionas Hals, an dem sie ihre Schlüssel trug. Ihr Nachbar, der sich auf den Weg machte, um seinen Kiosk zu öffnen, grüßte beide mit einem knappen »Merhaba«.

Püppi nickte und sagte nur: »Hackedicht, die Kleine.« Der Nachbar nickte, Fiona versuchte, sich einen Moment zu erinnern, ob er sie wohl schon öfter in einem solchen Zustand gesehen hatte, aber dann war der Gedanke gleich wieder weg, hinuntergespült wie in einem Wasserklosett.

Püppi setzte sie vorsichtig im Flur ab und hängte das Schlüsselband auf einen Haken. Er strich Fiona übers Gesicht. »Kommst du klar? Eule?«

Sie versuchte einen militärischen Gruß, der aber eher aussah, als wollte sie einen Hornissenschwarm verscheuchen, der immer enger um ihre Stirn kreiste. »Yes, Sir!«

Beim Gehen schloss er die Haustür besonders leise hinter sich. Fiona hob den Kopf, um ihm noch ein Danke hinterherzurufen, bekam aber nichts heraus. Sie sah sich selbst im Flurspiegel, wie sie mit zerknickten Flügeln, verrutschtem Bikinioberteil und einer Männerunterhose auf dem Teppichboden saß, und fand plötzlich den Gedanken, fremde Unterwäsche zu tragen, so eklig, dass sie mit den Beinen strampelte, um den Slip auszuziehen. Es dauerte eine Weile, bis sie auf dem Rücken liegend auch ihre Stiefel losgeworden war. Für die Flügel reichte die Kraft nicht mehr. »Gerupfte Pute«, sagte sie zu ihrem Spiegelbild. »Mauser. Ganzjährig.«

Sie schleppte sich durch den Flur des Hochparterres, vorbei an der geschlossenen Tür, hinter der das blaue Badezimmer lag, das sie seit damals nie wieder betreten hatte, obwohl es jemand sauber gemacht hatte. Wer war das gewesen? Tante Lorina? Ein Spezialtrupp von der Polizei? Auch die nächste Tür war verschlossen, ihr Kinderzimmer, an der ein selbst gemaltes Schild hing, auf dem mit der krakeligen Schrift einer Siebenjährigen *Eintritt verboten* stand. Das galt seit jener Nacht auch für sie selbst.

Sie fand ihre uralte Matratze zwischen dem Wohnzimmer und der Küche mit den großen Fenstern zum Garten hinaus, sie sah noch kurz in den Kühlschrank und säbelte sich einen dicken Streifen Schinken von einem Block ab. Ansonsten waren die Fächer leer. Draußen dämmerte es, die Buche leuchtete bereits. Mit einer Fruitloops-Packung unter dem einen Arm schleppte Fiona ihr Nachtzeug durch den Flur ins Wohnzimmer hinter die Couch. Sie zog jede Nacht um und baute sich irgendwo in dem Haus ein Nest, wickelte sich in die Decke, griff noch einmal in die Packung, aß die knirschenden, zuckersüßen Loops und gruppierte um sich herum einen weißen Stoffhasen, ein rotes Herz aus Plüsch und eine große, bunt geringelte Raupe, auf deren Rücken in Schnörkelschrift der Name *Absolem* eingestickt war.

Noch während sie kaute, fiel ihr der Verfolger wieder ein. Sie stellte sich vor, wie er mit offener Hose, hechelnd und mit heraushängender Zunge hinter ihr herlief und dabei ständig über seine Hosenbeine stolperte, sein weißer, stacheliger Hintern würde vom Mond beschienen, und er wäre so fahrig, dass er wie ein Tennistrainingsautomat einen Pfeil nach dem anderen herausschoss und immer danebentraf. Sie hatte die Augen geschlossen und kicherte. »Der wusste einfach nicht, mit wem er es zu tun hatte.«

Sie kuschelte sich an die Raupe, die Haare fielen ihr übers Gesicht, aber das merkte sie nicht mehr. Sie schlief schon fast, als sie noch murmelte: »Mir kannst du gar nichts. Ich bin eine Eule.«

GRINSEKATZE 2

»Wir kriegen den Hangar!«

Gemma räkelte und streckte sich auf dem Teppich, umgeben von unzähligen Akten und mehreren Laptops, und hielt das Handy hoch, als wäre es ein Pokal, den sie gerade gewonnen hatte. Sie war eine große, schlanke Frau im Kimono, die ihren Kopf kahl rasierte, was nicht nur die ungewöhnlich hohen Wangenknochen betonte, sondern auch ihre tiefgrünen Augen mit den langen, dichten Wimpern noch geheimnisvoller wirken ließ.

Ein dicker, gestreifter Kater mit buschigem Schwanz, der in ihren Kniekehlen gelegen hatte, stand missmutig auf und tigerte zu dem Sklaven, der im schwarzen Ganzkörperdress latexknirschend auf der Ecke des Teppichs kniete. Der Kater wartete, bis der Sklave wortlos aufgestanden war und sich an der Wand wieder hingekniet hatte. Dann rollte er sich schnurrend auf dem vorgewärmten Fleckchen zusammen. Gemma kommentierte das mit einem wohlwollenden Nicken in Richtung des Sklaven. Sie hatte ihn gut ausgebildet, er wusste, auf welcher Stufe der Rangordnung er stand und dass er sich jede Art Privileg erst verdienen musste. Er hatte sie, als sie zusammen seinen Vertrag verfasst hatten, gebeten, an einer ihrer Partys teilnehmen zu dürfen. Seine Idee, dort von ihr gezüchtigt zu werden oder ihr bei einer sexuellen Aktivität als Steigbügel dienen zu dürfen, hatte sie abgelehnt. Aber eine Einladung zu einem Event war durchaus drin – wenn er sich weiterhin so gut benahm.

Püppi, der sich gerade seine Stiefel zuschnürte, stockte in der Bewegung und sah sie ungläubig an. Gemma hatte über dem erfreulichen Zusammenspiel zwischen Kater und Sklaven fast vergessen, worüber sie gerade gesprochen hatten. Dann fiel es ihr wieder ein: die geplante Sexparty im neuen, offenbar niemals fertig werdenden BER-Flughafen.

Püppi konnte es nicht fassen.

»Sind Sie irre? Jeden Tag gibt es Schlagzeilen über die Baustelle, da wimmelt es von Presse und Security. Wollen Sie jetzt nicht eine Nummer kleiner fahren?«

Sie zuckte mit den Schultern. »Das Labyrinth taucht auf und verschwindet.« Ihre Hand beschrieb mit gespreizten Fingern einen Halbkreis vor der Brust. »It's magic!«

Püppi stopfte sein Hemd in die Hose, nahm den Kater hoch, der sich schnurrend an ihn schmiegte, und sah kopfschüttelnd auf Gemma. »Ich denke, Sie sollten erst mal zusehen, dass Sie das Chaos mit der Razzia in den Griff kriegen.«

»Das hat sich bald erledigt. Ein paar Gramm Hasch, ein paar bunte Pillen, das alles gibt es in jeder Dorfdisco. Nichts, für das man mich verantwortlich machen kann. Der Truck hätte da nicht stehen dürfen, und genehmigt war die Party auch nicht, aber das hat unser Freund vom Ordnungsamt geregelt. Und Jabberwocky hat von sich aus seine Unterstützung zugesagt.«

Püppi pfiff durch die Zähne. »Der Richter? Der muss es ja nötig haben, wenn der sich so reinhängt.«

»Ich hab ihm früher mal die eine oder andere Privatparty organisiert, er hat da so eine spezielle Vorliebe für lebende

Büfetts, thailändisch, eher Hähnchen als Hühnchen. Er schätzt meine Dienste eben.«

Püppi und die Grinsekatze kannten sich schon, seit sie Kinder waren, und wenn ihre Leben auch denkbar unterschiedlich verlaufen waren, hatten sie doch immer Kontakt gehalten. Püppi hatte nach einer kurzen Karriere bei der Polizei seinen Dienst quittiert und arbeitete seitdem als Krankenpfleger. Die Grinsekatze kümmerte sich um spezielle Bedürfnisse und Vorlieben zahlungskräftiger Kunden. Gewissermaßen waren sie also beide im Pflegebereich tätig. Erst hatte sie mit einem Team von Ingenieurinnen und Designerinnen erotische Maschinen und Inszenierungen nach den Fantasien der Kunden maßgefertigt und dann einen exklusiven Swingerclub in der Nähe Berlins geleitet. Auf Dauer bot er aber nicht genug Herausforderungen. Im Grunde war es jeden Tag dasselbe. Das Labyrinth, das sie jetzt seit etwa drei Jahren betrieb, war spannender für sie, und sie liebte es, die Fäden in der Hand zu haben.

Über eine Internetplattform, zu der man ein Basis-Passwort haben musste, das nur bestehende Mitglieder vergeben durften, konnten sich Interessenten mit ihren kompletten Personendaten anmelden. Die Grinsekatze checkte ihren Hintergrund, sie ließ alle mithilfe ihrer Kontakte bei Polizei und Behörden durchleuchten, soweit es ging. Waren sie in Ordnung und gab es keine Vorfälle wie sexuelle Belästigung, Vergewaltigung, Kindesmissbrauch, Körperverletzung, harte Drogendelikte oder Stalking, erhielten sie per E-Mail ein weiterführendes Passwort und durften sich legitimieren.

Dazu schickten die Bewerber Fotos von sich, eine handschriftliche Verschwiegenheitserklärung und eine Versicherung.

Diese spezielle Versicherung enthielt kompromittierendes Material der unterschiedlichsten Art, sodass die Grinsekatze, sollte ihr jemand dumm kommen, ihm problemlos das Leben zur Hölle machen konnte. Es waren immer zutiefst peinliche Fotos und Beweise.

Manche ihrer Partys fanden mit Masken statt, andere aber nicht. Nach ihrer Erfahrung war Sex mit Masken nicht halb so spannend, wie sich *Eyes-Wide-Shut*-Fans das gerne vorstellten. Die Masken juckten und kratzten, und gerade ein Augenkontakt war beim Flirten unentbehrlich und beim Ficken ausgesprochen erregend. Viele ihrer Kunden wollten keine Masken und vertrauten darauf, dass alles, was im Labyrinth passierte, auch im Labyrinth blieb.

Das belastende Material war der Vertrauensvorschuss, den sie von den Labyrinthgängern forderte, und es war ihre Absicherung vor Presseleuten, Plaudertaschen oder Freaks aller Art. Anfangs hatte sie sich gefragt, was sie mit Bewerbern machen sollte, die keinerlei belastende Unterlagen über sich hätten, weil es einfach nichts gäbe außer einer weißen Weste. Aber sie stellte bald fest, dass diese Sorge unbegründet war: Jeder hatte Dinge und Geschichten zu verbergen. Bei dem einen waren es Fotos mit der heimlichen Geliebten, bei der anderen Aufnahmen von körperlichen Makeln oder Schönheits-OPs, verschwiegene Prozessakten, Beweise für Steuerhinterziehung, Versicherungsbetrug, Fahrerflucht, Sachbeschädigung, Kreditkartenmissbrauch, Andenken an eine Karriere im Rotlichtbezirk, dem Partner verschwiegene Abtreibungen, handschriftliche Schuldeingeständnisse über Bosheiten, Intrigen oder Lügen, die Liste war unendlich. Manchmal, wenn sich die Grinsekatze unerkannt unter ihre Gäste mischte, wunderte sie sich, was für sympathische, freundliche und herzliche Menschen sie im Labyrinth traf. Man sollte meinen, dass solche kompromittierenden Geheimnisse jemanden auf irgendeine Weise entstellten oder abstoßend machten, aber im Gegenteil: Es waren alles überdurchschnittlich attraktive, nette Personen, von denen wohl niemand vermutet hätte, was sie verbargen. Und letztendlich war sie ja auch nicht besser, auch sie hatte ihre Vergangenheit, und »unschuldig wie ein Lamm« würde niemals auf ihrem Grabstein stehen, »Määh!« schon eher.

Im Laufe der Zeit hatte sie die Sicherheitsmaßnahmen stetig ausgebaut. Sie wusste immer genau, wer an der Party teilnahm, und ihrem Sklaven, dem sie den Nickname Quälius verpasst hatte, lag die Teilnehmerliste ebenfalls vor. Gäste mitzubringen war verboten. Und damit sich die Spielorte nicht herumsprachen und womöglich Neugierige anzogen, bekamen die Mitglieder nach Überweisung ihres Eintrittspreises nur einen ungefähren Ort genannt. Dort fanden sie ein verabredetes Zeichen vor, gestern Abend war es das Plakat mit dem weißen Kaninchen gewesen. Darauf befand sich eine Buchstabenkombination, die sie per SMS weitergeben mussten. Erst wenn der Sklave Person und Handynummer verglichen hatte, schickte er eine SMS mit den endgültigen Koordinaten, und dann, nach einer Art Schnitzeljagd wie beim Geocaching, trafen schließlich die angemeldeten Teilnehmer der Party am Ort des Geschehens ein.

Manchmal war es komplett improvisiert, etwa die Sache in dem abbruchreifen Parkhaus, da bestand der Thrill darin, dass alles ganz schnell gehen musste, weil zwischen Einladung und Partybeginn nur drei Stunden lagen, oder aber die

Grinsekatze schuf eine opulente Inszenierung, und die Gäste fanden sich im Raumschiff, im alten Rom oder in einem Fernsehstudio wieder.

Oder eben in einem Flugzeughangar.

Gemma konnte es schon vor sich sehen: sexy Mädchen in Pan-Am-Uniformen, Go-go-Tänzer, die als Piloten verkleidet an Stangen tanzten, Sicherheitskontrollen mit intensiverem Abtasten als auf Flughäfen üblich, und das gesamte Spektakel in Berlins skandalträchtigster Baustelle. Selbst ihre engsten Mitarbeiter würden nicht erfahren, welche Kontakte sie dafür genutzt hatte und wie hoch der Preis gewesen war. Sie verriet nie mehr als unbedingt nötig. Und da jeder aus ihrem Team ebenfalls eine Versicherung eingereicht hatte, konnte sie sich auch in ihren eigenen Reihen auf Diskretion und Loyalität verlassen.

»Zu viele Leute«, hörte sie Püppi sagen. Sie schrak aus ihren Gedanken hoch.

»Was hast du gesagt?«

»Die Flughafensache braucht zu viele Leute. Im Notfall müssen Sie in Windeseile alles Equipment abbauen und wegschaffen, die Wege sind zu weit, die Öffentlichkeit ist zu aufmerksam, vor allem aber sind zu viele Leute nötig, um das durchzuziehen.«

Er suchte nach Argumenten.

»Sie wissen doch, dass manche Leute glauben, die Mondlandung sei ein großer Fake gewesen? Und warum das Quatsch ist? Zu viele Mitwisser! Niemand hätte die Mondlandung faken können.«

Die Grinsekatze lächelte hochmütig.

»Hätte mein Team so einen Fake organisiert, hätte man's geglaubt, und die Bildqualität wär auch besser gewesen.«

Püppi gab es auf, und wahrscheinlich hatte seine alte Freundin sogar recht. Wenn eine es hinkriegen würde, den Hangar in einen großen Swingerclub zu verwandeln, ohne dass irgendwer etwas davon mitbekam, dann sie. Er wechselte das Thema.

»Haben Sie mittlerweile eine Idee, wieso gestern die Polizei aufgekreuzt ist? Meine Leute hab ich schon gefragt, die wussten von nichts.«

Das war tatsächlich ein wunder Punkt. Nicht dass die Polizei da gewesen war, beunruhigte die Grinsekatze, denn sie konnte sich darauf verlassen, dass ihre Leute alles regeln würden, sondern dass sie überhaupt von der Party gewusst hatten. Natürlich war es immer möglich, dass ein Spaziergänger, ein Jogger oder jemand, der seinen Hund ausführte, so tief ins Unterholz gekommen war und die Aufbauten beobachtet hatte. Aber sie vermutete etwas anderes.

»Ich denke, wir sollten unsere Mitglieder noch mal durchgehen, ob da nicht jemand Kontakt zu dieser Sekte hat. Die ›Engel der letzten Tage‹, die machen doch dauernd Ärger. Der Prediger und seine Tochter Evi und andere Gehirngewaschene aus der Bande schicken mir von morgens bis abends Hass-Mails. Sämtliche Clubs der Stadt und die meisten Mädels, die freiberuflich arbeiten, hatten schon Besuch von diesen Irren.«

Püppi seufzte. »Ich hab heute früh ganz in der Nähe der Sekten-Zentrale unser Engelchen aufgesammelt. Die kleine weiße Fee, wissen Sie? Eule. Die mit den Flügeln. Sie war komplett stoned und ziemlich hinüber. Vielleicht hat sie Kontakte zu der Sekte.«

Die Grinsekatze nickte und notierte sich etwas auf ihrem iPad. »Hat sie, ich weiß das. Sie ist mit Evi im Heim aufgewachsen, aber ich kann mir nicht vorstellen, dass sie diesen militanten Verein unterstützt und irgendwas davon unterschreiben würde: Angriffe auf Abtreibungsärzte, Jungfräulichkeitspflicht für Frauen, Ehefähigkeit mit dreizehn, Führerscheinverbot für Mädchen, Heimunterricht mit Kreationismus-Lehre, Selbstgeißelung, Gefängnis für Homosexuelle, Gefängnis für Gotteslästerung, Gefängnis für Ehebruch, Verbot aller Mischehen.«

Die Eule gehörte zu den wenigen Mitgliedern, die von der Grinsekatze selbst eingeladen worden waren und nicht von einem Mitglied. Sie hatte die Kleine immer im Auge gehabt, sie wusste, dass sie mit achtzehn wieder in das alte, unveränderte Reihenhaus ihrer Eltern gezogen war, dass sie außer der Predigertochter kaum Kontakte hatte und dass sie, wenn sie nicht gerade in der kleinen medizinischen Massagepraxis arbeitete, ihre Tage und Nächte damit verbrachte, endlos zu joggen oder Kampfsport zu trainieren. Die Partys im Labyrinth könnten ihr guttun, hatte die Grinsekatze gedacht. Da musste sie nicht reden, wenn sie nicht wollte, und würde unter Leute kommen.

Gemma erinnerte sich noch, wie erschüttert sie war, als sie die Versicherung der Eule erhielt. Sie hatte von dem Mord an den Eltern dieses Mädchens gehört, als sie selbst eine Teenagerin gewesen war, es stand in der Zeitung, und die Erwachsenen sprachen darüber, sie wusste auch, dass man munkelte, das Kind sei zur Tatzeit im Haus gewesen. Allerdings hatte Gemma nicht gewusst, dass die Eule ganz nah bei dem Mord dabei gewesen war, dass sie mitbekommen hatte, wie ihre Eltern in der Badewanne verblutet waren. Die Schilderung der Eule war knapp und sachlich, und die Grinsekatze hatte geweint. Sie selbst hatte in ihrer Kindheit mehr erlebt, als man je vergessen konnte. Und sie hatte Püppi angerufen und in seinem Arm gelegen, bis sie sich wieder beruhigt hatte.

Sie schluckte hart und versuchte, den Kloß im Magen zu unterdrücken.

Sie sah den riesigen Mann im Militärlook mit glänzenden Augen an.

Bevor der sich zu ihr herabbeugen und sie trösten konnte, winkte sie dem Sklaven zu, der die ganze Zeit regungslos an der Wand gekniet hatte, den Kopf gesenkt, die Hände auf den Oberschenkeln verschränkt. Er rutschte sofort zu ihr und hielt dabei seine Stirn tief über dem Teppich, bevor er den Saum ihres Kimonos anhob und ihren Fuß küsste.

»Quälius«, ihre Stimme war sanft und ein bisschen traurig, aber so bestimmt, dass sie keinen Widerspruch zuließ. »Leck mich, aber gib dir Mühe diesmal. Nicht zu hektisch. Und Hände auf den Rücken.«

Püppi sah belustigt zu, wie der Sklave erst mit spitzen Fingern den Kimono auseinanderzog und dann die Hände hinter dem Körper verschränkte. Der Latexanzug knirschte. Gemma selbst blieb aufgestützt liegen, wie sie war, öffnete nur die Knie und beachtete den Sklaven nicht weiter. Der begann vorsichtig züngelnd ihre Schamlippen zu lecken. Gemma seufzte. »Es gibt nichts Besseres gegen Blues und Sentimentalität«, hauchte sie und sog die Luft ein, als der Sklave mit der Zunge zu ihrem Kitzler vordrang und in gleichmäßigen, schnellen Bewegungen schleckte. Gemma streichelte sich über eine Brust und sah zu Püppi hoch.

»Brauchst du nicht auch mal so was? Er hier ist sehr flexibel in der Dienstleistung. Neulich sagte ein Gast, dass er hervorragend zu verwenden sei beim Blasen und Bücken. Ich könnte dir den Guten ausleihen, das würde dich entspannen.«

Püppi schüttelte den Kopf und setzte den Kater ab. Der sah sich den knirschenden Sklaven missbilligend an und stolzierte aus dem Zimmer. »Ich hab genug sinnlos herumgefickt. Ich will, dass es was bedeutet. Das nächste Mal möchte ich großes Kino mit großen Gefühlen.«

Gemma schloss die Augen und hob ihren Schoß leicht an. Der Sklave reagierte und presste seine Zunge fester auf ihren Kitzler. »Warte! Jetzt darfst du eine Hand mit dazu nehmen. Lass mich deinen Zeigefinger sehen.« Der Sklave hob die behandschuhte Hand. »Den Daumen darfst du mir ins Fötzchen reinstecken. Nicht ficken! Lutsch dir den Finger.« Der Sklave gehorchte und steckte sich den Finger in den Mund. »Den schiebst du mir in den Hintern, aber nur ein Stückchen. Hast du das verstanden?« Er nickte und penetrierte sie erst mit dem Daumen, und als Gemma zufrieden nickte, mit dem Zeigefinger. Dann erst, nach einem weiteren Wink von ihr, leckte er wieder ihren Kitzler. Eine Weile hörte man nur das schlürfende und schlabbernde Geräusch des Sklaven. Schließlich ein Seufzen von Gemma, die ihren Körper streckte und ihre Brustwarze zwirbelte. Der Sklave hob den Kopf und wartete auf neue Anweisungen. »Lass die Finger noch eine Weile in mir, dann zieh dich zurück, ohne groß aufzufallen.« Der Sklave verharrte in der unbequemen Stellung zwischen ihren Beinen, während Gemma einige Papiere über ihren Kopf hielt und durchsah.

Püppi räusperte sich. »Was war damals mit der Eule?«

»Ach, die Kleine ist was Besonderes. Ich hab sie gekannt, als ich noch ein Kind war.«

»Und weiß sie das?«

»Möglicherweise. Ich war etwa siebzehn, da hab ich sie, na ja, gerettet klingt sehr melodramatisch, sagen wir mal, ich hab sie bewahrt vor einer wirklich bösen Person. Vielleicht erinnert sie sich sogar an den Tag, aber sicher nicht, dass ich es war.« Sie seufzte, weil der Sklave mit einem Schmatzen die Finger aus ihr zog. Er kroch zurück auf seinen Platz an der Wand.

Ihr Handy klingelte. »Einer von deinen Kripoleuten«, flüsterte sie, raffte den Kimono über ihrem Bauch zusammen und nahm das Gespräch an. Sie antwortete einsilbig und hielt die meiste Zeit die Lippen fest aufeinandergepresst. Nach einem »ich verstehe, danke für den Hinweis« schaltete sie das Handy aus.

Sie saß eine Weile still da und starrte auf die flauschigen grasgrünen Zotteln ihres Teppichs. Dann befahl sie dem Sklaven, den Raum zu verlassen und hinter sich die Tür zu schließen.

Sie erhob sich erst, nachdem sie gehört hatte, wie der Sklave die Treppe ins obere Stockwerk hinaufstieg. Obwohl sie und Püppi jetzt allein waren, sprach sie so leise, als befürchte sie, belauscht zu werden.

»Da kommt gewaltiger Ärger auf uns zu.«

»Wegen des Flughafens? Wär ja auch ein Wunder gewesen, wenn mit dem irgendwas direkt klappt. Ich glaube, der BER wurde über einem altgermanischen Friedhof gebaut, und deshalb ist das ganze Projekt verflucht.«

Sie brachte ihn mit einem Wink zum Schweigen. Ihr Gesicht war ernst und sah plötzlich viel älter aus.

»Die Engel der letzten Tage ...« Sie brach ab, holte tief Luft. »Der Prediger und seine Tochter ...«

Püppi starrte sie gespannt an.

»Sie sind tot. Und wir sollen es gewesen sein.«

EVI   3

Fiona schwebte. Sie war in dem wolkenähnlichen Zustand zwischen Schlaf und Erwachen und genoss die entspannte Trägheit und Wärme ihres Körpers. Sie erinnerte sich an den jungen Vietnamesen vor dem Truck, wie er zu ihr hochgesehen hatte, als er vor ihr kniete und ihre Möse leckte. Sie erinnerte sich an den Moment, als seine Finger ihre Schamlippen gespreizt hatten und sie seinen Atem auf ihrem feuchten Kitzler gespürt hatte. Es begann zu kribbeln zwischen ihren Beinen, und sie fühlte noch einmal intensiv seinen Finger in ihre Möse rutschen, fühlte ihn vorsichtig dort kreisen. Fiona drehte sich auf den Bauch, sodass sie auf ihrer Hand zu liegen kam und ihre Finger sich gegen den Schamhügel pressten. Ihren Kopf schmiegte sie an die bunte Plüschraupe Absolem, die süßlich und ein bisschen staubig roch.

Zu den Bildern von Dschingis, oder wie auch immer sein Nickname gewesen war, kamen andere, verwischt wie im Traum, aber die Empfindungen dazu so real, dass sie anfing, leicht zu schwitzen. Da war ihre Möse, prall und nass, klaffend offen, ihr Kitzler rot geschwollen in der Mitte, und eine schnell vor und zurück leckende Zunge, die ihn umkreiste. Sie fühlte einen zweiten Mund an ihrem Anus, auch dort eine Zunge, die sie leckte, aber fordernder und drängender.

Hände, die ihre Pobacken auseinanderzogen, damit die Zunge in der Ritze bis in jedes Fältchen kam und sogar ihr Loch mit der Spitze penetrieren konnte. Und Finger, die in ihre Möse eindrangen, erst sanft und schließlich immer energischer und schneller, die sie fickten, dann der Moment, wenn die Hand beim Hineinschieben der Finger gegen den Möseneingang drückte: Ein kurzes, festes Beben ging durch sie. Die beiden Zungen, die sie vorn und hinten bearbeiteten, stimmten ihren Rhythmus aufeinander ab, Hände krallten sich in ihren Hintern, Fiona stöhnte. Sie rutschte auf ihrer Hand herum, spürte den Wollstoff der Decke an ihren Brustwarzen und ihrem Bauch. Sie steckte sich zwei Finger in die Möse und ließ sie pulsieren. Der Kitzler rieb wie von selbst an ihrem Handballen. Sie presste die Augen zu und schluckte hart. *Fotze,* dachte sie, *sie lecken und ficken meine Fotze. Steck mir den Finger rein. Fick mich damit.* Und mit einem lang gezogenen Stöhnen fühlte sie es auf ihrer Hand noch nasser werden und kam mit einem heftigen Zucken. Erschöpft blieb sie liegen, die Finger noch in ihr, dämmerte wieder weg, zu neuen Traumbildern, die jetzt ruhiger und sanfter waren, Landschaften, Häuser, Straßen. Ihr Atem wurde tiefer, aber sie schlief nicht mehr richtig ein, ihr Körper war geflutet mit Adrenalin und fühlte sich wach und frisch an, auch wenn ihr Kopf noch sehr schwer auf dem Raupenkissen lag. Sie drehte sich zur Seite, zog die Finger aus ihrer Möse und streichelte sich über den nackten Bauch.

Noch während sie sich räkelte, klingelte das Telefon, und dieses Geräusch war es, das sie endgültig weckte und ihr das Gefühl gab, sich an etwas erinnern zu sollen. Die rot leuchtenden Zahlen des Radios auf der Fensterbank zeigten späten Mittag. Sie schob den Gedanken weg, befreite sich endlich aus den Schulterriemen der Flügel, die völlig zerknickt auf der Matratze liegen blieben, und tappte auf nackten Füßen in die Küche, um sich etwas zu essen zu suchen. Ihr Magen knurrte, und ihr Hals war so trocken, dass sie sich mehrmals räusperte. Sie trank Wasser aus dem Hahn, den Kopf tief in das Spülbecken gebeugt, bevor sie sich drei dicke Scheiben Schinken von dem Block aus dem Kühlschrank absäbelte und sie zusammen mit einer Tüte Müsli und einer Handvoll Fruchtgummitiere auf einen großen Teller packte. Sie kuschelte sich in die Ecke der braunen Couchgarnitur, pickte das Müsli direkt aus der Tüte und blätterte dabei in einer *Quick*, die über Beatrice Richter und Hildegard Knef berichtete.

Fiona hatte nichts im Haus verändert, sondern war, als sie mit achtzehn aus dem Heim kam, wieder eingezogen, als wäre sie nie weg gewesen. Die braune Schrankwand, das beige Geschirr, die Makramee-Eule am Wohnzimmerfenster und die Atari-Spielkonsole, alles stand noch am selben Platz.

Während sie die Gummitiere kaute, fielen ihr nach und nach Bilder aus der vergangenen Nacht ein. Sie konnte sich nicht an alles erinnern, vor allem zum Ende der Nacht hin wurde der Film unscharf, und manchmal dröhnte nur ein bohrender Kopfschmerz. Die Party im Truck war noch vollständig da, auch ihre Flucht durch die Nacht. Bei Evis Haus riss dann der Zusammenhang ab, sie sah Tante Lorina am Fenster stehen und Evis Garten, der statt aus Gras aus sumpfigem, obszön stöhnendem Morast bestand. Auch mit Evis Auto war irgendwas gewesen. Da herrschte ein durchdringendes fieses Geräusch in ihrem Kopf und etwas Dumpfes in der Magengegend, das sich wie ein schlechtes Gewissen anfühlte, aber Fiona konnte es nicht mehr zuordnen. Sie ging gedanklich dorthin zurück, wo alles noch klar und eindeutig war, und hörte dann wieder das Sirren der Pfeile, die an ihrem Ohr vorbeiflogen.

Sie ärgerte sich jetzt, dass sie den Verfolger nicht gestellt oder wenigstens einen Pfeil aufgesammelt hatte. So ein Idiot, mit einem Blasrohr auf Menschen schießen, völlig durchgeknallt. Jetzt wurde ihr bewusst, wie groß die Gefahr gewesen war. Sie fühlte sich zugleich erleichtert, weil sie nichts abbekommen hatte, und andererseits enttäuscht, dass sie weggelaufen war, statt ihn zur Rechenschaft zu ziehen. Doch etwas bohrte außerdem in ihr, und sie versuchte, der inneren Stimme auf die Spur zu kommen, die ihr zu vage und trotzdem unangenehm fordernd sagte, dass sie sich um irgendeine Sache kümmern sollte.

Erst nachdem sie im Keller lange unter der Gästedusche gestanden hatte, erinnerte sie sich, wie unruhig ihr Schlaf gewesen war. Etwas hatte ihn immer wieder unterbrochen. Sie frottierte sich die Haare und ging dabei nackt in der Wohnung herum, bis ihr Blick auf das Telefon fiel, und sie wusste in dem Moment, dass ein Klingeln sie geweckt hatte. Immer wieder. Konnte es sein, dass es die ganze Nacht hindurch geläutet hatte?

Sie sah auf das Display und fand eine rote Acht. Acht Anrufe. Mehr als in den letzten drei Wochen zusammen. Normalerweise rief höchstens ihre Chefin aus der Massage-Praxis an, aber nie Samstagnacht. Evi hatte sich schon lange nicht mehr gemeldet. Tante Lorina wusste, dass sie regelmäßig vorbeikam. Und sonst hatte fast kein Mensch ihre Nummer.

Sie hörte die Mailbox ab. Der erste Anruf war von Evis Freund oder Exfreund, so genau wusste sie das nicht, offenbar rief er aus einer Kneipe an, denn im Hintergrund hörte man Stimmengewirr und einen Fernseher, es lief eine Sportübertragung.

»Hier ist Jan. Ich wollte nur fragen, ob du was von Evi gehört hast. Ich muss dringend mit ihr sprechen, aber sie geht nicht ran. Danke, viele Grüße.«

Zweiter Anruf: Jan. »Fiona? Es wär echt dringend. Wir haben uns total gestritten, und seitdem ist Funkstille. Sag ihr, sie soll mich anrufen, ja?«

Der dritte: Jan. Diesmal merklich angetrunken. »Fiona, wenn ihr Vater dahintersteckt, musst du irgendwas machen. Ihr seht euch doch. Dieser Arsch, er verbietet ihr, mich zu treffen. Sag ihr, sie soll mich anrufen!«

Nummer vier: nun völlig blau. Fiona seufzte und hielt den Hörer etwas weiter vom Ohr weg, denn Jan brüllte jetzt ziemlich. »Ich weiß genau, dass er sie nicht lässt! Man sollte den anzeigen, diesen Wichser! Sie ist erwachsen, das ist Kidnapping ... Kidnapping.«

Danach lallend. »Sie will mich nicht. Sie hat gesagt, sie will nicht, letzte Woche, ich muss, Fiona? Ich muss sie sprechen. Ich liebe sie. Sie fickt den Alten, Fiona, du weißt das. Ich liebe sie.«

Sechster Anruf: unverständliches Gestammel. Sie hörte nur einzelne Brocken heraus. »Fertigmachen«, »Arsch«, »Tochterficker«, »will se das«, später auch »se will das« und laute Würgegeräusche. Eine männliche Stimme, offenbar der Wirt, versuchte, Jan zum Gehen zu bewegen, und sagte ungeduldig: »Du hast genug, geh nach Hause.«

Fiona überlegte, ob sie sich den siebten überhaupt anhören wollte, und machte sich auf erneutes Gebrüll gefasst. Stattdessen hörte sie nur Stille, und da wurde ihr plötzlich eiskalt. Sie wickelte sich in die Decke, trat von einem nackten Fuß auf den anderen und wartete atemlos. Schließlich kam doch noch Jans Stimme. Er sagte nichts, ein leises Schluchzen war auf der Mailbox, ein stummes Weinen, wie es jemand hervorbringt, der von Schmerz und Verzweiflung völlig ausgewrungen wird. Fiona wagte nicht, das Telefon abzuschalten, und wartete, bis die Aufnahme zu Ende war.

Ein Anruf blieb übrig. Der achte.

Fionas Finger zitterte, als er über der Taste schwebte, sie musste sich zwingen, darauf zu tippen. Im Display erschien wieder Jans Name. Der Anruf, der sie geweckt hatte. Seine Stimme klang ganz fremd, fast hätte sie ihn nicht erkannt. Sie war tonlos und merkwürdig abgehackt, wie von einem Computer. Lange Pausen lagen zwischen den einzelnen Worten, und es hörte sich an, als läse er eine exotische Sprache ab, wüsste aber nicht wirklich, was die Laute bedeuteten. Er sagte nur wenige Sätze: »Sie ist tot. Ich komme von der Polizei. Ich war bei ihr. Da ist alles voller Blut. Ich werde verrückt, Fiona. Ich glaube, ich werde verrückt.«

Fiona wartete nicht, bis die Ansage vorbei war. Sie zog sich in rasender Eile etwas über, als müsste sie zu einem Notfall, als wäre noch irgendetwas zu ändern, als könnte sie Evi retten, wenn sie sich nur genug hetzte, und rannte zur Haustür hinaus.

Erst draußen fiel ihr ein, dass Püppi sie hergebracht hatte und ihr Wagen noch in Zehlendorf stand. Sie hängte ihre Tasche quer über ihren Oberkörper und spurtete los. Wenn sie die U-Bahn nahm, wäre sie in zwanzig Minuten bei Jan, und der würde ihr sagen, dass das alles ein Missverständnis war, ein Aussetzer wegen des vielen Alkohols. Während sie sich das ein ums andere Mal vorbetete, wusste sie, dass alles, was er gesagt hatte, wahr war.

O mein Gott, dachte sie, *es passiert wieder.*

* * *

Fast erwartete Fiona, in Jans Wohnung einen erstarrten, schweigenden Mann mit glasigem Blick vorzufinden, aber Jan fiel ihr noch an der Tür schluchzend um den Hals und stammelte unverständliche Satzfetzen in ihr Haar. Sie konnte ihn kaum beruhigen und schob ihn mit sanfter Gewalt ins Wohnzimmer, hielt ihn eng umschlungen und streichelte seinen Rücken. Er zuckte und schüttelte sich beim Weinen, als würde sein Körper krampfen, und Fiona murmelte immer wieder, dass alles gut werden würde, »alles, alles gut«, obwohl sie wusste, dass das Unsinn war und dass er sich nie wieder davon erholen würde.

Gleichzeitig überlegte sie, was er mit alldem zu tun hatte, wieso er noch bei Evis Haus gewesen war, so betrunken und zornig, wie er letzte Nacht herumgewütet hatte. Der Gedanke, er sei schuld an ihrem Tod, war absurd, aber wer konnte schon in den Kopf eines anderen Menschen hineinsehen? Wer wusste schon, wie sehr er sich in seinen Hass auf ihren Vater hineingesteigert hatte? Möglicherweise war es ein Unfall gewesen? Oder der Vater hatte sie getötet?

Er hatte sie geschlagen und drangsaliert. Die Gerüchte, dass es bei den »Engeln der letzten Tage« zu Übergriffen kam, dass er und Evi angeblich wie ein Paar zusammengelebt hatten und nicht wie Vater und Tochter, waren öfters durch die Presse gegangen. So sehr der Prediger auch gegen freie Sexualität geiferte, für ihn selbst schien das nicht zu gelten. Fiona fand den Gedanken entsetzlich, er könne sich an Evi vergriffen haben, und wie unerträglich musste er dann erst für Jan sein? Ihre Schulter war inzwischen nass von Tränen und Speichel.

Obwohl sie das alles nicht wissen wollte und sie dem Impuls, sich auf den Hacken umzudrehen, die Wohnung und den weinenden Jan zu verlassen und das alles zu vergessen, kaum widerstehen konnte, schob sie Jan von sich weg und drückte ihn auf einen Sessel. Sie ging in die Küche, um einen Tee zu kochen, wobei ihr bewusst war, dass sie das weniger für Jan tat als für sich. Sie wollte sich noch einige Minuten lang sammeln, bevor Jan ihr alles erzählte.

Fiona hatte Evi im Heim kennengelernt. Sie selbst war schon einige Jahre dort gewesen, unterbrochen von erfolglosen Versuchen, sie an eine Pflegefamilie zu vermitteln. Freundinnen hatte sie keine. Die anderen Kinder ließen sie in Ruhe oder schnitten sie. Fionas Schweigen war ihnen unheimlich. Als Evi dazukam, hatten sie zunächst keinen Kontakt, denn Evi war fünfzehn, zwei Jahre älter als Fiona und damit in einer anderen Gruppe. Wenn die beiden doch einmal zufällig beieinander standen, schien der Altersunterschied zwischen ihnen noch viel größer zu sein, denn Evi war schon fast eine junge Frau und Fiona ein schmales, durchsichtiges Kind, das mit eingezogenen Schultern schweigend durch den Garten joggte, Runde um Runde.

Bei einem dieser Ausdauerläufe bemerkte Fiona einige Gartenarbeiter, die hinter der Turnhalle herumlungerten. Sie sollten dort eigentlich die Hecken beschneiden, aber im Augenblick beschäftigte sie etwas anderes. Zwischen ihnen stand Evi, die panisch versuchte, von ihnen wegzukommen, aber immer wieder verstellte ihr einer der Männer den Weg.

Einer war besonders zudringlich, fasste ihr ins Haar und machte sich über sie lustig, er lachte, dass sie ja schon richtige kleine Tittchen hätte und sicher längst Bescheid wüsste. Fiona sah sich um, ob eine der Betreuerinnen in der Nähe war, aber der große Garten lag wie ausgestorben da. Sie ging zu der Gruppe. Dem größten Mann reichte sie gerade bis zur Brust. Der Anführer zwinkerte ihr belustigt zu. »Neugierig, Täubchen? Flatter mal schnell ins Haus, wir haben hier zu tun. Na, husch, Süße.«

Und Fiona nahm ohne ein Wort Anlauf, sprang und trat dem überraschten Mann mit voller Wucht ihren Schnürstiefel in den Schritt. Er schrie vor Schmerz, fiel auf den Boden und krümmte sich. Blitzschnell trat Fiona noch einmal zu, diesmal gegen seinen Kiefer, der bedrohlich knackte. Die anderen wussten offensichtlich nicht, was sie von diesem Angriff zu halten hatten, und obwohl sie zu viert Fiona und Evi leicht hätten überwältigen können, kümmerten sie sich um ihren Anführer, der immer wieder stöhnte und sich den Kiefer rieb, und ließen die beiden Mädchen entwischen.

Später, so erzählte es die Sekretärin einer Putzfrau, hatte er im Büro der Heimleiterin behauptet, er habe sich bei den Gartenarbeiten verletzt und werde erst einmal nicht wiederkommen. Kein Wort von Fiona. Es war ihm wohl peinlich, dass ihn ein kleines Mädchen schachmatt gesetzt hatte. Natürlich begriff Fiona später, wie dumm ihre Aktion gewesen war und wie gefährlich es hätte werden können, aber sie hatte eben keine Angst gehabt und keine Sekunde über mögliche Konsequenzen nachgedacht.

So wurden sie und Evi Freundinnen.

Evi störte es nicht, dass Fiona eisern schwieg. Und sie fragte auch nie, warum, anders als der Heimpsychologe, der sie regelmäßig aufforderte, ihre Gedanken wenigstens aufzumalen oder mit Stoffpuppen nachzuspielen.

Anfangs war es kaum aufgefallen, dass sie nichts mehr sagte. Fiona hatte damals, als sie das blaue Badezimmer betrat, die nackten Füße auf den Fliesen, die große Plüschraupe im Arm, aufgehört zu sprechen. Niemand fand es merkwürdig, die Polizistin nicht, die sie in eine Decke wickelte, die Sozialarbeiterin in der Notunterkunft nicht, die ihr einen heißen Kakao kochte und einen weißen Stoffhasen schenkte, und der Arzt nicht, der sie untersuchte. Erst am nächsten Tag, als die Seelsorgerin von der Kirche kam, fingen sie an, sich zu wundern, und Fiona hörte sie Dinge wie »Trauma« oder »Schock« sagen. Dabei war das Quatsch, sie stand nicht unter Schock, sie konnte sich an alles genau erinnern. Die Sache war viel einfacher: Als sie ihre Eltern in der Wanne verbluten sah, gab es einfach nichts mehr zu sagen. Hätte sie denn übers Wetter reden sollen, nachdem ihr so etwas passiert war? Hätte irgendein Satz oder ein Gebet das wiedergutgemacht oder geändert? Zwischen ihr und Gott war alles gesagt. Sie waren fertig miteinander.

Außer Evi hatte kaum jemand Zugang zu Fiona. Nur Tante Lorina gab es noch. Lorina hatte auch dafür gesorgt, dass Evis Vater das Sorgerecht verlor und seine Tochter im Heim untergebracht wurde. Sie hatte das verwahrloste und verängstigte Kind erst zu sich genommen und dann, weil der Vater immer wieder Besitzansprüche anmeldete, den Behörden übergeben. Im Heim ging es ihr eigentlich gut, und Fiona hatte nie verstanden, wieso Evi mit achtzehn Jahren zu ihrem Vater zurückgekehrt war. Und mehr noch: wieso sie sein krudes, menschenverachtendes Weltbild zunehmend akzeptiert hatte und Teil seiner Sekte geworden war – seine »Glaubensgemahlin«, oder wie das hieß.

Jetzt war sie tot.

Fiona suchte Tassen in Jans Küchenschränken und goss einen Tee auf. Sie konnte das Unvermeidliche nicht mehr herauszögern, trug das Tablett ins Wohnzimmer, gab dem zusammengesunkenen Jan eine Tasse in die kalten Hände, setzte sich neben ihn und nickte ihm zu. »Möchtest du es mir erzählen?«

* * *

Jan war nach den Anrufen bei Fiona aus der Kneipe nach Hause gegangen und dort auf der Couch eingeschlafen. Als er aufgewacht war, hatte er beschlossen, doch noch zu Evi zu fahren, um mit ihr zu sprechen und von ihr selbst zu hören, dass ihre Beziehung vorbei war und sie ihn nicht mehr sehen wollte.

»Du weißt ja, wir haben uns oft draußen getroffen. Sie war dann mit dem Hund Gassi, und wir konnten endlich mal allein sein.«

Er schluchzte wieder. Fiona streichelte seinen Arm. Sie wusste, wie besitzergreifend Evis Vater war. Auch als sie selbst noch zu Besuch kommen durfte, setzte sich der Vater meist dazu und brach das Treffen bald ab, weil Evi beten musste oder in der Küche gebraucht wurde, um Prospekte zu falten oder die nächste Demonstration gegen einen Schwulenclub oder eine gynäkologische Praxis vorzubereiten. Später hatte sie Evi nur noch zuwinken können, wenn sie Tante Lorina besuchte und sie zufällig im Haus sah, und in der letzten Zeit hatte sich Evi selbst dann umgedreht. Fiona fühlte, wie außer der Beklemmung und dem Entsetzen über Evis Tod Wut in ihr hochstieg, auf den Prediger und auch auf Evi, die immerhin eine erwachsene Frau war und offenbar einverstanden mit seiner Lebensführung. Fiona drückte sachte Jans Arm, damit er weiter berichtete.

Es hatte schon gedämmert, und er war durch die lose Latte aufs Grundstück gekommen. Er hatte Kastanien an ihr Fenster geworfen, aber sie war nicht wie sonst aufgestanden und hatte hinuntergesehen. Alles war ganz still, und Jan, noch leicht benebelt vom Restalkohol und vom Schlafmangel, beschloss, dass er es sich nicht länger bieten lassen würde, so ignoriert zu werden. Bisher hatte er sich immer an das Hausverbot des Predigers gehalten, aber jetzt wollte er endlich mit seiner Freundin reden und sie möglichst überzeugen, mit ihm zu gehen und ihren Vater ein für alle Mal zu verlassen. Er schwankte durch das hohe Gras und betrat die Steinstufen, die zur überdachten Veranda hinaufführten. An einer Säule musste er sich kurz festhalten, ihm war schwindlig, und in seinen Ohren sauste ein hoher Ton wie ein Kreisel. Er schüttelte den Kopf, wischte sich den Schweiß von der Stirn und ging zur Haustür, fest entschlossen, zu klingeln und mit Evi auch den Prediger aufzuwecken, wenn es sein musste. Da bemerkte er, dass hinter einem Fenster ein schwaches Licht brannte, und er konnte es sich im Nachhinein nicht genau erklären, aber er ließ seine Hand wieder sinken, stieg auf den steinernen Handlauf der Treppe und hangelte sich an der Hauswand entlang, bis er das Fensterbrett zu fassen bekam, sich vor die Scheibe schob und hineinschaute. Erst brauchte er eine Weile, um sich zu orientieren, dann erkannte er die Gestalt des Predigers.

Er saß auf der alten Ottomane vor einer Bücherwand. Das lange weiße Nachthemd war bis zum Bauch hochgeschoben, die knochigen Knie weit gespreizt, ein Fuß auf dem verblichenen Stoff des Sofas, einer auf dem Boden. Zwischen seinen Schenkeln stand die historische Bücherpresse, die Evi Jan bei einem seiner seltenen Besuchen im Haus gezeigt hatte. Zwei dicke Platten aus Eichenholz waren seitlich mit Stahlstangen verbunden. Die obere war über ein Gewinde am eisernen Rahmen befestigt, mit einem massiven Knebel konnte man die Platte damit absenken. Jemand hatte genau das getan, aber es lag kein Buch zwischen den schweren Holzblöcken, sondern offenbar Penis und Hoden des Predigers. Jan konnte das nicht genau erkennen, aber eine Unmenge dunkelroten Blutes bedeckte seine Beine, die Ottomane und den Boden. Im Schädel des Mannes klaffte eine tiefe Wunde, die Stirn sah aus, als wäre das Fleisch bis über die Schläfe abgeschält. Die Augen standen weit offen, und seine Zunge, die viel dunkler war, als es normal gewesen wäre, hing ihm aus dem Mundwinkel und gab seinem Gesicht einen lächerlichen, debilen Ausdruck. Um seinen Hals lief eine tiefe dunkelviolette Einkerbung und etwas, das wie eine Schnur oder eine Schlinge aussah.

Jan drehte den Kopf zur Seite und übergab sich in hohem Bogen ins Gras. Als nur noch Galle kam, zwang er sich, wieder hinzuschauen, obwohl seine Hände ihn kaum noch halten konnten, seine Arme zitterten und sich in seinem Kopf alles drehte.

Da erst sah er sie.

Evi.

Sie war ebenfalls mit einem langen weißen Nachthemd bekleidet und saß im Schreibtischstuhl ihres Vaters. Jan hätte sie fast nicht erkannt, aber dann fing er augenblicklich an zu brüllen. Keine Worte, keine Hilfeschreie, sondern nur tierische Laute, kehlig und rau, und er würgte wieder, und diesmal konnte er sich auch nicht länger am Sims festhalten, sondern stürzte den guten Meter ins Gras und blieb schreiend und gekrümmt vor Entsetzen dort liegen.

Evis Nachtgewand war zwar nicht blutig, aber auch sie war völlig entstellt. Jemand hatte ihr Haar, ihre wunderschönen dicken blonden Haare abrasiert und ihr den stoppeligen Kopf einer Gefängnisinsassin verpasst. Noch schlimmer aber sah ihr Gesicht aus. Jan begriff erst, was damit geschehen war, als er wimmernd im Gras lag. Ihre Lippen und ihre Augenlider waren mit Faden oder Draht zu Kreuzen vernäht. Je ein großes, schräges Kreuz über jedem Auge und viele kleine Kreuze über dem Mund.

Das Gesicht selbst war totenblass, und die Fratze, die der Täter auf ihre feinen Züge genäht hatte, ließ sie wie einen Zombie oder eine Höllenkarikatur wirken.

Als ihn jemand an der Schulter berührte, schlug Jan wild um sich und wurde schließlich niedergerungen. Er beruhigte sich erst, nachdem er die Handschellen auf seinem Rücken klicken gehört hatte und sich nicht mehr bewegen konnte. Polizisten standen um ihn herum, hielten ihn fest, redeten auf ihn ein. Irgendwann klappte er zusammen und heulte nur noch in lang gezogenen Schluchzern. Auf ihre Fragen antworten konnte er nicht, und er war sich auch nicht sicher, ob sie überhaupt welche gestellt hatten. Als sie ihn im Streifenwagen abtransportierten, kamen ihnen auf der Straße ein Leichenwagen und weitere Streifenwagen entgegen.

»Die haben mich erst mal in eine Ausnüchterungszelle geschoben, und später sollte ich dann erzählen, was gewesen war. Sie wussten von meinen Anrufen, ich hab außer dir natürlich Evi angerufen, und da klang ich auch nicht sehr freundlich. Aber es gab wohl eine Zeugenaussage, dass ich nur im Garten war und das nicht gemacht haben kann mit ihr und ihrem Vater. Sie haben gefragt, ob ich Evis Autolack zerkratzt habe. Jemand hat ›Ich vermisse dich‹ quer über die Motorhaube geritzt, dabei weiß ich nicht mal, wo Evis Auto geparkt war. Fällt dir jemand ein, der Evi sonst vermisst hat?«

Fiona schüttelte den Kopf. Sie dachte nach, doch Evi hatte außer der Sekte praktisch keine Kontakte mehr gehabt. In ihrem Schädel breitete sich ein plötzlicher Kopfschmerz aus, als würde er ihre Schädeldecke von innen anheben, und sie überlegte, ob sie ins Bad rennen musste, aber dann war der Moment der Übelkeit vorbei, und sie strich wieder beruhigend über Jans Arm.

»Und die haben dich gehen lassen?«

Jan nickte. »Ich soll mich zur Verfügung halten und morgen noch mal aufs Revier kommen. Für heute war's das wohl.«

Jan sah so bleich und erschöpft aus wie nach einer langen Wanderung. Fiona überredete ihn, sich eine Weile hinzulegen, und versprach, bei ihm zu bleiben, bis er eingeschlafen war. Sie breitete eine Decke über ihm aus und setzte sich im Schneidersitz auf den Sessel daneben. Seine Atemzüge wurden tiefer, und er hielt die Augen geschlossen, fast zugepresst, aber er kam lange nicht zur Ruhe und drehte den Kopf immer wieder von einer Seite auf die andere.

Noch während Jan erzählt hatte, war es Fiona kalt über den Rücken gelaufen, aber sie hatte sich auf ihn konzentriert. Jetzt, wo sie Zeit hatte, um nachzudenken, stellte sich das unangenehme Gefühl sofort wieder ein, und es war nicht Trauer oder Entsetzen, sondern Schuld. Fiona hatte gewusst, dass es keinen Zugang aufs Grundstück gab außer den beiden gesicherten Toren und der losen Latte. Und diese Latte kannte außer Evi und Jan nur sie selbst.

Das bedeutete, sie, Fiona, hatte den Täter auf das Grundstück geführt. Der Irre mit den Pfeilen, der ihr gefolgt war, hatte also gesehen, wie sie in dem Bauzaun verschwunden war, und hatte dann die Gelegenheit genutzt und sich Zugang zum Haus verschafft. Warum er dort getan hatte, was er getan hatte, konnte sie sich nicht erklären, das klang jedenfalls nicht nach einer spontanen Aktion, es musste mehr dahinterstecken.

Sie sah, ohne genau zu wissen warum, immer wieder auf ihr Handy, das sie auf stumm geschaltet hatte, als sie in der Küche den Tee für Jan und sich gekocht hatte. Ihr wurde klar, dass sie auf einen Anruf der Polizei wartete. Bestimmt hatte Jan berichtet, wie er ihr einige Male auf die Mailbox geschimpft hatte. Auch wenn er in der Kneipe gewesen war und dadurch ohnehin schon ein Alibi hatte, musste es die Polizei interessieren, dass sie Evis einzige Freundin gewesen war, zumindest bis diese den Kontakt abgebrochen hatte.

Fiona legte sich die Hand über die Augen und versuchte sich zu erinnern, was in dieser Nacht, als sie den Fluchtweg durch Evis Garten genommen hatte, noch passiert war. Püppi hatte sie aufgegabelt und heimgebracht. Ansonsten bekam sie wenig zusammen, vor allem von dem Verfolger wusste sie nur, dass er bei ihrem schnellen Blick zurück eher mittelgroß und schmächtig gewirkt hatte. Vielleicht hatte er eine Glatze gehabt, da war sie sich schon nicht mehr sicher.

Mit dem, was Jan erzählt hatte, kam sie nicht weiter. Sie musste jemanden fragen, der mehr wusste, und das konnte nicht die Polizei sein. Aber es gab eine Person in Evis Umgebung, die nachts oft wach durch die Wohnung geisterte und am Fenster stand: Tante Lorina.

Deren Wohnung nahm die gesamte erste Etage ein, das hieß, ein Fenster zeigte zur Straße, eines zu Evis Haus, von dem aus hatte sie Fiona in der Nacht zugewinkt, und eines ging nach hinten in die Stichstraße, wo Püppi sie gefunden hatte. Wenn jemand etwas wusste, dann Tante Lorina.

Es musste die alte Frau gewesen sein, die die Polizei gerufen hatte, denn nur sie konnte gesehen haben, dass Jan durch Evis Garten lief und schrie.

Fiona schlich sich aus Jans Wohnung und wählte im Hausflur Tante Lorinas Nummer.

»Tante Lorina, hast du die Polizei gerufen heute früh?«

»Liebes! Dieser Jan hat dermaßen herumgebrüllt, da wusste ich gleich, dass etwas Schlimmes passiert sein musste.«

»Hat die Polizei mit dir gesprochen? Weißt du was?«

»Ich weiß zumindest, wer Evis Auto so zugerichtet und ›Ich vermisse dich‹ in den Lack gekratzt hat.«

»Jan? Hast du es der Polizei gesagt? Der schwört, dass er es nicht war.«

Tante Lorina schwieg einen kleinen Moment, dann sagte sie mit sehr milder Stimme: »Du, Liebes. Du warst es.«

JABBERWOCKY 4

Das Blockhaus lag gut versteckt, man sah es erst, wenn man schon wenige Meter davorstand. Das dichte Gehölz reichte fast bis zu den Wänden aus dicken Baumstämmen heran, die in den Boden gerammt waren. Die Baumkronen beugten sich über das flache Dach und bedeckten das Haus beinahe völlig, sodass es auch aus der Luft schwer zu erkennen war.

Rundherum herrschte Totenstille. Es wurde schon dämmrig, doch es war kein Tier zu hören, keine singenden Vögel in den Wipfeln, keine Waschbären, die durch das Unterholz strichen, keine hämmernden Spechte. Der Wald schien wie erstarrt den Atem anzuhalten und auf das nächste Mal zu warten, dass es geschehen würde.

Ein kehliger, durchdringender Schrei, gurgelnd und in den Höhen überschlagend zu einem jaulenden Winseln. Kein Tier klang so. Aber wirklich menschlich hörte es sich auch nicht an.

Dann, während einer Pause, leises Lachen von mehreren Personen in der Hütte. Aus den Fenstern fiel ein trübes Licht auf den morastigen Waldboden, der mit herabgefallenen Ästen, kniehohen Brennnesseln, Farn und Zapfen übersät war. Wieder Lachen.

In der Hütte standen zwei Männer und eine Frau um einen Stuhl herum. Sie sprachen sich nur mit ihren Nicknames an:

Gote, Lonely Twin und Blondie. An der Decke flackerte eine Glühlampe und beleuchtete Kisten, die mit alten Laken verhüllt waren. Ein weiterer Schatten bewegte sich im Hintergrund. Auf dem Stuhl zwischen den Männern saß eine junge Frau in Jeans und Kapuzenpullover. Ihre Augen waren verbunden, das kurze, tomatenrot gefärbte Haar war sorgfältig zurückgelegt und mit einer Glitzerspange festgesteckt. In ihren Händen drehte sie einen kleinen, schrumpeligen Apfel.

»Ich hätt gern mal was zu trinken«, sagte die Frau mit der Glitzerspange, und der große rothaarige Mann mit einer auffälligen, wie ins Gesicht gehackten Narbe reichte ihr einen Becher mit Strohhalm. »Auch 'n Pillchen zur Entspannung?«, erkundigte er sich. Die Frau schüttelte den Kopf. »Dauert das hier noch lange? Ich krieg Kopfschmerzen von der Augenbinde, die sitzt viel zu fest.«

»Nicht so ungeduldig«, der andere Mann nahm ihr den Becher ab, stellte ihn neben ein aufrecht stehendes Handy auf ein Regal und widmete sich wieder einem langen Rohr, das er zwischen den Händen rollte, ans Gesicht hob und mit dicken Backen durchblies, sodass ein hohler Pfeifton zu hören war. Das Handy war laut gestellt, es rauschte und knackte.

»Gehst du nachher noch jagen?«, fragte ihn Blondie, eine füllige Frau, die sich jetzt aus dem Schatten gelöst und in den Lichtkegel getreten war, und zeigte auf das Blasrohr, aber der Lonely Twin zuckte nur mit den Schultern. »Ich muss ein bisschen üben. Neulich war ich so vernebelt von dem Zeug, das mir der Gote angedreht hat, da hab ich bei freier Sicht mehrfach danebengeschossen wie ein Anfänger.«

Blondie lachte heiser und ein bisschen herablassend.

»So ein hübsches Wild, ideale Jagdbedingungen, und meine Hand zitterte so, dass es mir entkommen ist.« Statt einer

Antwort rezitierte die Blonde mit überdeutlicher Lehrerinnenstimme: »Ein Jäger aus Kurpfalz, der reitet durch den grünen Wald, er schießt das Wild daher, gleich wie es ihm gefällt. Juja, juja, gar lustig ist die Jägerei, allhier auf grüner Heid, allhier auf grüner Heid.«

Die sitzende Frau und der Gote lachten. Dann war wieder Stille, bis die kratzige Stimme einer älteren Frau aus dem Handy drang: »Geht das auch mal weiter, oder hat sich der Sieger des Tages für Tod durch Verhungern entschieden?«

»An Langeweile gestorben«, murmelte der Gote und sagte dann etwas lauter in Richtung des Handys: »Kein Stress, Herzdame. Der Body liegt schon bereit, alles fertig. Meister Jabberwocky hatte ja gesagt, dass er etwas später kommt. Sobald er da ist, fangen wir an.«

Wie aufs Stichwort brach im Nebenraum wieder das Gebrüll los. Unartikulierte Schreie wechselten sich mit Wortfetzen in einer fremden Sprache ab. Einige deutsche Beleidigungen und Schimpfworte waren auch dabei.

»Soll ich ihn ausstellen?«, fragte Blondie, aber der Lonely Twin mit dem Blasrohr hielt sie zurück. »Nö, lass mal, ich hör das ganz gern. Wenn die Beute vital ist, macht die Jagd doch viel mehr Spaß. Aas fressen kann ja jeder.«

Die sitzende Frau scharrte mit den Füßen. »Ich hab diese Vorstellungen schon ganz lange«, fing sie zögerlich an, »erst waren es nur Bilder, die hab ich schnell weggeschoben, aber dann wurde es immer drängender, und ich glaube, dass das zu mir gehört wegen meines Stiefvaters, weil er mich zu dem gemacht hat, was ich so bin, mein Stiefvater damals ...«

Blondie stöhnte, ging mit verschränkten Armen im Raum umher und griff schließlich nach dem Pappbecher. Der Gote klopfte der gefesselten Frau auf die Schulter. »Ruh mal das

Mäulchen aus«, sagte er und spuckte auf den Boden. »Frauen glauben immer, wenn sie nur genug labern, sind sie was Besseres, weil sie Motive und Gründe haben. Hauptsache, jemand anders trägt die Schuld. Das hat mit deinem Stiefvater nichts zu tun oder wo er seine Griffel hatte, du quälst gern, das ist alles.«

Der Lonely Twin nickte. »Mädel, du bist 'ne Sadistin, also genieß es doch einfach. Vor allem schwall uns nicht zu mit deinem Psychomist.«

Sie presste die Lippen aufeinander und schwieg.

Aus dem Handy drang wieder die Stimme der Herzdame: »Jagdvolk? Der Jabberwocky hat gerade gesimst, er ist schon am Hochsitz vorbei und müsste gleich bei euch sein.«

Die Gefesselte richtete sich gespannt auf und setzte sich besonders gerade hin, die Männer entfernten die Laken. Mehrere Kisten und ein Käfig kamen zum Vorschein. »Twin, Blondie, helft mal«, sagte der Gote zu der fülligen Frau und dem mit dem Blasrohr, der sein Instrument nur widerwillig weglegte und sich an dem Käfig nützlich machte. Darin tobte panisch ein kleiner Fuchs mit buschigem Schwanz und einem weißen Fleck unter dem Auge. Gemeinsam trugen sie den Käfig ins andere Zimmer.

Dort hing ein sehr junger, muskulöser Mann mit gebräunter Haut und dichtem schwarzem Haar in einem Ledergeschirr an einer Kette von der Decke, mit dem Rücken nach unten, eine Manschette band dem Jungen vor der Brust die Handgelenke mit den Fußknöcheln zusammen, sodass er sich kaum bewegen konnte, und über ihm schwebte an derselben Kette ein Käfig, groß genug, um ihn wie eine stählerne Glocke zu umfassen. Sein Körper war nackt und glänzte vor Schweiß.

Blondie musterte ihn ausgiebig. »Auch mal ne Art von Sling. Sexy.«

Sobald sie die Schwelle übertraten, fing das Schreien wieder an, bis der Lonely Twin der sitzenden Frau den kleinen Apfel aus den Händen nahm und die Geräusche damit erstickte.

»Danke«, seufzte Blondie, »also dieses Gebrüll kann einen doch fertigmachen.«

»Nicht jeder narkotisiert gern«, sagte der Lonely Twin und tätschelte dem Opfer den Kopf. »Siehst aus wie ein Schweinchen. Schlachtplatte.« Er lachte meckernd und packte weitere Geräte aus: medizinische Instrumente, Speerspitzen und Messer in unterschiedlicher Größe und einige Fläschchen mit durchsichtiger Flüssigkeit.

»Vorsicht!«, der Gote zeigte auf die Fläschchen. »Das hat Jabberwocky extra noch mal gesagt. Nicht öffnen. Nicht zerbrechen.«

Der Lonely Twin hielt die Fläschchen gegen das trübe Licht der Deckenleuchte. »Weiß einer, was drin ist?«

Die anderen schüttelten die Köpfe. Der Lonely Twin stellte die Fläschchen vorsichtig wieder ab. Alle gingen zurück ins Nebenzimmer.

»Wieso bin ich eigentlich die Einzige, die kein Geld kriegt?«, fragte die Frau plötzlich und drehte ihren Kopf herum, als könnte sie trotz der Augenbinde etwas sehen. Die eintretende Stille stand im Raum wie ein großer Block Gelatine. Die anderen drei sahen sie ungläubig an. »Vielleicht weil du hier gar nichts machst?«, fragte Blondie. Der Gote kniete sich umständlich vor sie hin, ein Bein aufgestellt, als wollte er ihr einen Heiratsantrag machen, und erklärte ihr sehr geduldig die Lage.

»Schätzchen, das hat dir die Herzdame doch erklärt. Oder nicht?« Er sah zu dem Handy hinüber, aus dem prompt ein empörtes »Natürlich!« schallte.

»Dein Eintrittsgeld war zwar höher als das Gebot des Jabberwocky, der heute der glückliche Gewinner ist, das stimmt, aber du hast dich damit eben zunächst nur in unseren Club eingekauft. Eine eigene Beute darfst du ersteigern, nachdem du auch hilfreich gewesen bist. Heute ist deine Hochzeitsnacht. Du bist die Jungfer und trittst ein in diese« – er drehte sie zu den anderen um – »große, glückliche Familie.«

Die Neue wollte ihn unterbrechen, aber er legte ihr die Hand auf den Mund. »Sobald du für das Labyrinth legitimiert bist, was wir heute für dich erledigen werden, und du dich auf der Internetplattform bewegen kannst, darfst du erst mal helfen. Und wenn du dich da gut anstellst, steht es dir frei, richtig mitzubieten. Und dann gehört die Beute dir, vorausgesetzt, du gibst das Höchstgebot ab. Manche brauchen jahrelang, bis sie etwas vor die Linse kriegen.«

Die Blonde schnaubte. »Ich hab zwei Jahre gewartet und ein Vermögen investiert, bis ich jemanden zum Spielen bekommen habe.« Der Gote grinste. »Deine Spiele sind ja auch nicht sehr schön, Blondie.«

Die knarzende Stimme der Herzdame meldete sich wieder aus dem Handy. »Der Jabberwocky ist an der Lichtung. Noch ein paar Minuten. Und, Schätzchen ...« Die Neue hob den Kopf, als könnte die Stimme aus dem Handy sie sehen. »Das hier funktioniert wie in einer guten Ehe. Geben und Nehmen. Gut ist es, wenn alle etwas davon haben. Heute kriegst du deine Versicherung, damit du Zugang erhältst zur Plattform der Grinsekatze. Sie weiß es nicht, aber das ist die Fleischbörse, darauf versteigern wir unsere Beute. Der Höchstbietende kriegt den Zuschlag. Alle anderen helfen ihm bei seinen Wünschen, welche immer das auch sein mögen. Zum Dank wird das eingezahlte Geld unter allen Mitbietenden geteilt, es gewinnt also eigentlich jeder.« Sie lachte. »Na ja, von der Beute mal abgesehen.« Die anderen lachten auch. Die Stimme fuhr fort: »Und unsere Alibis funktionieren, weil es im realen Leben keinerlei Beziehung zwischen uns gibt. Keine Namen, nur Nicknames.«

Der Lonely Twin nuckelte wieder an seinem Blasrohr. »Ich warte nur auf den Tag, an dem die Grinsekatze rafft, was da auf ihrer Plattform abgeht. Wie kann jemand mit so einem Kontrollzwang so blind sein? Die führt ihre Spielwiese wie eine Mischung aus KGB und Mossad, aber sie merkt rein gar nichts.«

Bevor jemand antworten konnte, waren draußen Schritte zu hören. Der Gote stand stöhnend und umständlich auf. Alle sahen zur Tür. Ein Mann trat ein: dicklich, jovial lächelnd, ein grüner Jagdhut auf dem fahlbraunen Haar, eine Pfeife im Mund, ein braun karierter Tweedanzug.

Die Blonde winkte ihm zu. »Jabberwocky, Waidmannsheil, wir warten schon. Ich hoffe, du verlangst nicht, dass wir dir das Horn blasen.«

Wie ein Jagdherr marschierte der Jabberwocky gleich in den anderen Raum. Er lachte, als er den Apfel im Mund des Opfers sah. »Wie bei einer Metzger-Werbung!« Er drehte den Jungen an der Kette um die eigene Achse und klopfte dem schwer durch die Nase Japsenden auf die Schulter, als würde er ein Pferd oder einen Hund begrüßen. Dann inspizierte er die Geräte und kommentierte einige davon. »Eine sehr gute Jagdplaute«, sagte er etwa und betastete den Griff aus Bernstein. Er zeigte dem Jungen, dessen Augen so groß waren, dass sie fast herauszufallen schienen, zwei Utensilien, die ihm offenbar besonders gefielen: »Ein Häutemesser, um den Balg abzuziehen. Und ein Hirschfänger.«

Ohne ihn zu verletzen, schabte er mit der Klinge über die Brust des Jungen. »Und hier unsere eleganteste Waffe!« Er hob den Käfig mit dem tobenden Fuchs hoch, der vor lauter Angst Schaum vor dem Maul hatte, und sah ihm ins Gesicht. Der kleine weiße Fleck unter dem Auge schimmerte in dem rötlichen Fell wie eine große Träne. »Was bringt die Natur in ihrer Weisheit für schöne Kreaturen hervor.«

»Juja, juja«, sang Blondie.

Der Jabberwocky strich über den muskulösen Bizeps seiner Beute. Der Junge zuckte zusammen, sein Kopf drehte sich hin und her, und durch den Apfel in seinem Mund drangen schrille Laute. »Abu hängt hier wie Döner, ey, nur Döner is schöner, was für goiles Exemplar«, äffte der Jabberwocky den Ton türkischer Kreuzberger nach. »Ihr hattet recht, es wäre schade gewesen, das Fleisch verderben zu lassen, wo wir es schon einmal haben, nur weil gerade« – er zögerte, als würde er Worte suchen – »ein bisschen Unruhe entstanden ist durch diese unglücklichen Ereignisse. Die Engel der letzten Tage machen einen gewaltigen Aufstand wegen ihres Meisters und seiner Hurentochter. Das sollten wir im Auge behalten. Aber widmen wir uns wieder ihm hier, sonst wird er noch zum Gammel-Kebab.«

Er tippte mit der Klinge des Hirschfängers auf die dicke Ledermanschette. »Gleich kommt das weg, keine Sorge. Das Wild muss ja eine Chance auf einen fairen Kampf haben. Der Käfig kommt runter, da sieh mal, auf dem Boden sind Scharniere, die halten den über dir bombenfest.« Er kurbelte an einem Rad an der Wand, und der Junge sank auf den Boden. Er wand sich und strampelte, konnte sich aber kaum bewegen.

»Schon viel besser. Wir beide werden eine Menge Spaß miteinander haben, mein Hübscher.« Jabberwocky kniete sich neben ihn, seine Hand wanderte über die muskulöse Brust und das Sixpack über die Leiste zu den Oberschenkeln, die er mit kleinen Klapsen tätschelte. Dann glitt er dazwischen und fummelte eine Weile mit genießerisch geschlossenen Augen. »Sehr viel Spaß.« Danach lauter in Richtung des Handys: »Den hast du gut ausgesucht, Herzdame!«

»Immer wieder gern«, kam es zurück. »Die örtliche Türsteherszene hat jetzt eine vakante Stelle.«

»Der Fuchs war auch nicht so einfach zu besorgen«, maulte der Lonely Twin und legte sein Blasrohr an, aber der Jabberwocky beachtete ihn nicht weiter.

Er sah sich mit kleinen Augen in der Runde um. »Der Prediger und seine Tochter. Hat dazu irgendjemand etwas zu sagen?« Die anderen standen mit verschränkten Armen da, zuckten mit den Schultern oder beobachteten sich gegenseitig. »Niemand? Kein Alleingang von einem unter euch? Vielleicht ein ganz privates Ding?«

Schweigen.

Der Junge auf dem Boden schluchzte, und sein Brustkorb hob und senkte sich hektisch. Der Jabberwocky legte seine Hand auf die Brust und spielte mit den Brusthaaren und dem goldenen Kettchen, das er um den Hals trug.

»Ich hab munkeln hören, die Grinsekatze hat was damit zu tun«, sagte der Lonely Twin schließlich und trippelte mit den Fingern über sein Blasrohr, als wäre es eine Querflöte. »Ein Kumpel bei der Zeitung sitzt an einem Artikel über die Aktivitäten der Sekte. Die haben der Grinsekatze das Leben ganz schön schwer gemacht. Es ist ja klar, dass die Bullerei da anfängt zu suchen.«

Der Jabberwocky nickte. »Bei uns am Gericht hab ich das auch mal fallen lassen in der Kantine. Das geht jetzt über den Flurfunk.«

Er seufzte. »Irgendwer war's. Solange die sich auf das Labyrinth konzentrieren, kann es uns nur recht sein. Ich nehme doch an« – seine Stimme wurde schneidend –, »dass wir alle ein Alibi haben für gestern Abend?«

Die anderen nickten. Der Lonely Twin pustete kurz und heftig durch sein Blasrohr. »Wenn wir rauskriegen, dass einer von uns Alleingänge macht, weiß er ja schon, wer als Nächster in so einem Geschirr hängt.«

Der Jabberwocky rammte den Hirschfänger in den Holztisch mit den Geräten, der Junge zitterte heftig, eine Urinpfütze breitete sich auf dem Holzboden aus. Blondie wandte sich stöhnend ab, aber der Jabberwocky lächelte und zwirbelte die Brustwarze des Jungen zwischen seinen Fingerkuppen. »Mach dir nichts draus, mein Prinz. Lass dich nur gehen, umso schöner wird das für mich.«

Er scheuchte die anderen beiseite und zeigte mit großer Geste, als würde er einen Vortrag halten oder eine Museumsführung veranstalten, auf den Fuchs: »Also, Meister Reineke hier ist der Protagonist des Epilogs, schöner Prinz.« Er nahm eine Zange und ein Skalpell und hielt beides hoch. »Er wird nicht begeistert sein über die Maßnahmen, die ich an seinem Körper vornehmen werde, und sich der Natur entsprechend gebärden. Dann kommt der Käfig zum Einsatz.« Er zeigte an die Decke. »Der Käfig wird herabgelassen und durch diese Scharniere auf dem Boden befestigt. Der Fuchs wird dich für mich vorbereiten. Leider bist du durch die Fesseln etwas im Nachteil. Es wird einen ungleichen Kampf geben zwischen dir und Meister Reineke, aber schließlich werde ich dir zur Rettung eilen und den Fuchs erlegen. Es hat etwas von Jackson Pollocks Kunst.« Er stockte, als müsste er überlegen, aber an den Gesichtern der anderen sah man, dass sie wussten, wie gern er diese Monologe hielt. »Man weiß nie, welches Muster die wilde Natur auf deiner Prinzenleinwand hinterlassen wird. Nun, gleich darauf kommt diese wunderbare Essenz zum Einsatz. Sie wird etwas brennen in den Wunden des edlen Wüstensohnes.«

Er hielt ein Fläschchen gegen das Licht und verbeugte sich in Richtung des Handys. »Der Prinz und ich bedanken uns recht demütig bei der Herzdame für dieses aphrodisierende Tonikum. Dieses jedenfalls wird in das rohe Fleisch gegeben und die Empfindungen des Prinzen um ein köstliches Quantum steigern, was wiederum meine Lust befeuern wird.« Er beugte sich hinunter und leckte dem Jungen züngelnd über die heftig auf und nieder gehende Bauchdecke.

Der Gote flüsterte: »Das wird ja noch umständlicher als die Sache mit der Frau und der Armbrust, ich sag nur Augenklemmen.«

Und der Lonely Twin murmelte zurück: »Aber der Spaß war schnell vorbei, da hat er nur drei Schuss gebraucht. So viel Geld für ein paar Minuten Action.«

»Hiervon wird er länger etwas haben. Weißt du, was in dem Fläschchen drin ist? Sind das Tollwut-Erreger?« Laut fragte der Gote: »Und wer bringt nachher den Müll raus?«

Blondie drehte sich zu den Männern: »Keiner, wir sind hier fertig. Der Wald wird ihn recyceln.« Sie lachte. »Dünger, total bio. Nehm ich zu Hause für die Rosen.«

Der Gote klatschte in die Hände. »Also, wir kommen dann in ein paar Stunden wieder und helfen beim Aufräumen. Und während ihr drei« – er zeigte auf den Jabberwocky, den

Fuchs und den Jungen – »euch hier amüsiert, kümmern wir uns um Stiefvaters Töchterchen und sehen zu, dass sie ein Visum fürs Labyrinth kriegt.«

Sie schlossen die Tür, hinter welcher der Jabberwocky laute Opernmusik anstellte, und gingen zurück ins erste Zimmer. Der Gote legte der Neuen die Hand ins Genick. »Na komm«, sagte er und führte sie zum Ausgang, »wir machen Passfotos.«

Mit glühenden Wangen hinkte sie neben ihm her und zog bei jedem Schritt einen Fuß nach. Der Gote zeigte auf ihr Bein: »Sportunfall?«

Sie schnaubte nur. »Stiefväterliche Strenge. Kann man Jabberwocky nicht zusehen?«, fragte sie dann mit heiserer Stimme und drehte sich zu der geschlossenen Tür des zweiten Zimmers. Die anderen schoben sie aus der Hütte.

»Ich hab da an eine Lesbennummer gedacht«, sagte der Gote, als sie draußen unter den Bäumen standen.

»Du denkst immer an Lesbennummern«, seufzte Blondie, zog sich das Jackett aus und eine Tiermaske über, ein Waschbärgesicht. Auch die anderen holten Masken aus ihren Jacken und setzten sie auf. Jetzt wurde der Neuen die Augenbinde abgenommen. Sie blinzelte, sah von einem zum anderen und wusste offensichtlich nicht, was sie jetzt tun sollte.

»Nackig machen«, befahl der Lonely Twin. »Blondie auf den Baumstumpf da und du zwischen ihre Knie. Sieh zu, dass man dein Gesicht deutlich erkennt. Hier, zieh den Siegelring links an und leg Blondie die Hand gut sichtbar auf den Schenkel. Dann musst du aber auch schreiben, dass du mit einem Adligen verlobt bist, mit einem Schrammenstein, von denen ist das Siegel nämlich.«

Er warf ihr den Goldring mit der großen Onyx-Stempelplatte hin, dann zündete der Lonely Twin sich eine Zigarette an und ging gelangweilt um die Blockhütte, aus der man jetzt laute Schreie hörte, die gleichzeitig gurgelnd und schrill waren. Die Neue kniete sich umständlich hin und hielt dabei ihr steifes Bein gestreckt zur Seite. Der Gote fotografierte die beiden Frauen, legte die Hand mit dem Siegelring noch mal ins richtige Licht. »Die Grinsekatze sortiert Bewerbungen aus, wenn sie mitkriegt, dass Mitglieder sich gegenseitig bei den Versicherungen helfen. Man darf Blondie nicht erkennen. Und du darfst uns alle erst dann sehen, wenn die Akkreditierung abgesegnet ist. Sollte eine Formsache sein.«

Die Neue hielt den Ring direkt an Blondies Kitzler. »Eine Lecknummer reicht, damit sie einen durchlässt?«, fragte sie mit zweifelndem Unterton, und der Gote nickte. »Das Kätzchen ist nicht halb so schlau, wie sie glaubt. Diese Schrammensteins sind erzreligiös. Wenn deren Schwiegertochter bei so was erwischt würde, wäre es tatsächlich das Aus für ihre lukrative Ehe. Das sollte der Grinsekatze reichen, damit sie dir den Zugang gewährt. Und dann kannst du dich mit deinem Nickname anmelden.«

Die Neue hörte auf zu lecken und sah ihn mit feucht glänzendem Kinn an. »Ich nehme ›Novizin‹ als Nickname. Oh, ich hoffe, das klappt alles!«

Der Gote scheuchte sie mit einer Handbewegung zurück zwischen Blondies Schenkel.

»Wir machen diese Versteigerungen schon seit Jahren, früher über eBay oder andere Plattformen, und seit es das Labyrinth gibt, eben da. Wir sprechen nur in einem privaten Unterforum, für das du eine Einladung brauchst, die schicke ich dir dann. Andere User lesen nicht mit. Trotzdem: niemals ein Wort, worum es wirklich geht. Die Herzdame eröffnet die Auktion, und wir tun so, als würden wir einen Wettbewerb veranstalten, also wer das Korsett am engsten schnürt, wer am meisten Fickpartner beim letzten Labyrinth hatte, wer die meisten Dildos besitzt oder Ähnliches. Sie schreibt dann, zu gewinnen gebe es ›einen schönen Preis‹, das ist das Schlüsselwort. Die Währungseinheit ist immer tausend Euro. Solltest du dich verplappern und über die Beute sprechen oder über uns, bist du dran. Niemand hier hat Probleme damit, dich kaltzumachen. Wir sind kein Nonnenkloster, du Snuff-Novizin. Übrigens« – er zündete sich ebenfalls eine Zigarette an –, »das hat der Jabberwocky so dahingesagt, aber es könnte durchaus sein, dass der Prediger auf das Konto der Katze geht. Die macht das ja nicht aus Begeisterung, da geht es um richtig viel Geld bei diesen Partys. Wenn ihr jemand in die Quere kommt, glaube ich nicht, dass sie das einfach so hinnehmen würde.«

Die Blonde klopfte sich die Tannennadeln von der Kleidung. »Ist mir egal. Mich interessiert eher, was nach dem Gammelfleisch da drinnen auf der Karte stehen wird. Schon was in Aussicht?«

Der Lonely Twin hatte seine Runde beendet und stellte sich wieder dazu, er hielt sein Smartphone hoch und trat seine Zigarette aus. »Die Herzdame hat die nächste Beute gerade reingestellt. Leckeres Portiönchen, sicher zart wie Stubenküken. Da würd ich gern den Wishbone knacken.«

Der Gote zog ein Tablet aus seiner Umhängetasche, sah nach und pfiff durch die Zähne. »Alter, die ist Premium-Geflügel, die kannst du dir nicht leisten. Du kennst doch die Background-Infos, das ist nicht irgendein Hühnchen, die ist ein Opfer-Promi.«

Der Lonely Twin spuckte auf den Boden. »Jetzt 'n Chicken-Döner, gute Idee, Mann.«

TANTE LORINA 5

Auf dem Gehweg vor dem Grundstück der Sekte drängelten sich so viele Leute, dass Fiona sich hindurchschlängeln musste, um zu Tante Lorinas Haustür zu kommen. Junge Männer in Lederkleidung verteilten Handzettel, Frauen zündeten Kerzen an oder legten Blumen und Bilder vor dem schmiedeeisernen Tor nieder, alte Paare standen kopfschüttelnd einfach nur da und sahen sich alles murmelnd an, eine Gruppe junger Leute entrollte gerade ein Transparent, dazwischen trugen junge Eltern ihre bunt bemalten Kinder auf den Schultern und zupften an deren Zuckerwatte. Fiona zog den Kopf ein und ballte die Fäuste, bis ihre Fingernägel ihr in die Handballen schnitten. Sie hätte die Gaffer am liebsten angeschrien und weggeschubst. *Die stehen hier rum wie im Zoo,* dachte sie und kickte eine leere Dose gegen einen Autoreifen.

Im Garten der Sekte hielten sich die verbliebenen Jünger an den Händen und beteten laut. Zwischen ihren Füßen wuselte der kleine weiße Terrier von Evi herum und kläffte. Bestimmt vermisste er sie. Bilder aus der Nacht, in der sie über das Grundstück gehetzt war, schossen Fiona durch den Kopf. Der Verfolger, das morastige Gras und die wispernden Büsche, Evis Gesicht, von dem Jan ihr erzählt hatte, die Nacht im Truck mit den vielen nackten Körpern, die sich aneinander rieben, ineinander stießen, die leckenden Zungen, saugenden Münder, hochgereckten Hinterteile schoben sich vor das Bild der grausam zugerichteten und geschorenen Freundin, füllten Fionas ganzen Schädel aus, bis er zum Platzen voll war von Seufzern, Stöhnen, speichelnassen Mündern, feuchten Mösen und harten Schwänzen.

Sie wischte sich über die verschwitzte Stirn, als sie bei Lorinas Haus ankam, und schloss für einen Moment die Augen, um wieder klar zu werden. Der Druck in ihr ließ einfach nicht nach. Als sie morgens aufgewacht war und nicht mehr einschlafen konnte, hatte es draußen erst langsam gedämmert. Sie hatte sich eine Tüte Speckmäuse genommen, sie am offenen Küchenfenster gegessen, und sobald es hell war, war sie auf die kleine Terrasse getreten und die Stufen zu ihrem Garten hinterm Haus hinabgestiegen. Sie hatte den Rasen gemäht, die Hecken getrimmt und die Büsche beschnitten. Sie besaß keine elektrischen Geräte, sondern nur altmodische, teilweise verrostete Gerätschaften, die schwer zu bedienen waren und viel Muskelkraft kosteten. Schweißnass hatte sie sich Stunden später unter den riesigen Baum gesetzt, dessen Wurzelwerk bis unter ihr Haus reichen musste, und in die dicken Äste gesehen. Ihr Körper war völlig schlaff vor Erschöpfung, und die Hände schmerzten, aber in ihrem Kopf war es kein bisschen leiser geworden. Sie fühlte sich fiebrig an, als würde ihr Blut immer heißer durch ihren Körper jagen, und ihr Puls raste. Auf dem Weg zur Dusche im Souterrain sah sie kurz auf ihr Handy, erstarrte und warf es dann mit einem gebrüllten »Scheiße!« aufs Sofa. Sie trat einen Sessel um, besann sich aber gleich, richtete ihn wieder auf und legte das braun melierte Kissen ordentlich zurecht. Sie kämmte sogar die Fransen mit den Fingerspitzen. Dann suchte sie das Handy, das unversehrt zwischen den Kissen gelandet war, und sah sich die Nachricht noch einmal an.

Die Grinsekatze hatte diesmal schon in der Nacht zum nächsten Event eingeladen – und Fiona hatte es verpasst, sich umgehend dafür anzumelden. Sie tigerte wie ein gefangenes Tier durchs Wohnzimmer. Sie hätte einen Besuch im Labyrinth so dringend gebraucht. Seit das mit Evi passiert war, schlief sie fast nicht mehr, und wenn doch, dann träumte sie in hyperrealistischen Bildern von blauen Fliesen, deren Kälte sie sogar im Traum spüren konnte. Sie wusste, dass das Einzige, was sie zur Ruhe kommen ließ, Sex war, sich stundenlang das Hirn herauszuficken, bis ihr Körper sich anfühlte wie entsaftet und durch die Mangel gedreht und in ihrem Kopf endlich einmal Ruhe herrschte und ihre Muskeln nicht ständig zuckten, als wollte sie auf irgendetwas oder -jemanden einprügeln. Und diese Chance hatte sie nun vertan, denn verspätete Meldungen akzeptierte die Grinsekatze nicht, so hielt sie ihre Kunden bei der Stange und die Zahl der Partyteilnehmer überschaubar.

Und dann hatte ihr auch noch, während sie im Garten war, Tante Lorina einen ihrer mütterlichen Erpressungsanrufe auf die Mailbox gesprochen. »Liebes? Du warst seit unserem Gespräch nicht mehr erreichbar, ich mache mir Sorgen! Meld dich bitte umgehend, oder besser noch: Komm her! Ich habe gebacken und warte auf dich. Ein Nein akzeptiere ich nicht. Um drei, meine Kleine!«

Fiona seufzte, wusste aber, dass sie sich fügen würde.

Und nun stand sie hier, die Elendstouristen und die Sektenjünger im Rücken, und drückte auf Lorinas Klingel, der Summer erklang, und während sich die Haustür hinter ihr schloss, hörte sie vom Nachbargrundstück die ersten Takte von »O seel'ge Jungfrau, rein im Schmerze«, das auch Evi oft gesungen hatte.

Tante Lorinas Wohnungstür war nur angelehnt. Fiona klopfte und trat dann ein. Die alte Frau stand am Fenster, die dunkel gefärbten schütteren Haare zu einem Helm hochtoupiert, den Körper in einen bunten Satinkimono mit großen Blumen und Drachen gewickelt. Quer über dem Oberkörper trug sie eine metallene Abendtasche in der Form dreier nebeneinanderstehender Cupcakes, eine Törtchentasche, wie sie in den Neunzigern einmal Mode gewesen war. Die Farben waren grell und schon leicht abgestoßen, und zwischen den kleinen Kuchen war die Tasche mit Pailletten und Strasssteinen besetzt. Ein goldenes Schloss glänzte obenauf.

Lorina hielt einen Kessel, aus dem sie kochendes Wasser in ihre Blumenkästen goss. Dampf stieg auf, und ohne hinzusehen winkte Tante Lorina Fiona zu und rief: »Komm rein, Kindchen, ich kümmere mich nur noch um die Schnecken. Die Viecher werden immer mehr. Überhaupt wird das Ungeziefer hier zunehmend lästiger.«

Sie zeigte auf die Sektenanhänger auf dem Nachbargrundstück und die Menschenmenge vor dem Tor. »Drinnen die Irren und draußen die Elendstouristen, da weiß man gar nicht, was ekelhafter ist. Die haben das Straßenfest um die Ecke nicht abgesagt, stell dir das vor.«

Sie schnaubte und zupfte an dem Kimono. »Ich wünschte, die könnte man mit kochendem Wasser ausmerzen, aber das muss man wohl ertragen.«

Sie drehte sich zu Fiona um, stellte den leeren Kessel auf ein Schränkchen, das über und über mit Muffins auf Tellern, Schalen und Etageren bedeckt war, und öffnete die Arme.

Fiona küsste sie auf die Wange. Die alte Frau hielt sie an den Schultern und betrachtete sie streng. »Du hast dich nicht gemeldet nach deinem Anruf. Ich habe versucht, dich zu erreichen, aber du gehst ja nie ran. Alles in Ordnung?«

Fiona zuckte die Achseln und wies mit dem Kinn in Richtung der Sekte. »Nicht wirklich.«

Tante Lorina drängte sie auf einen Sessel und reichte ihr ein Tablett voller Muffins. Fiona nahm einen, der mit pinken Hasenohren verziert war.

Tante Lorina lächelte. »Wenn ich nachts nicht schlafen kann, backe ich. Die Schmerzen werden schlimmer. Das wussten wir ja.« Sie wedelte mit der Hand vor dem Gesicht und wechselte das Thema. »Wie geht es dir? Was hast du gemacht in diesen Tagen?«

Fiona schluckte den letzten Bissen des Muffins hinunter und zählte an den Fingern ab: »Ich habe geschlafen, gegessen, geatmet, tief ein und auch wieder aus, ich habe mich gewaschen und war bei der Arbeit, ich bin laufen gewesen. Und wenn die Gedanken gekommen sind, habe ich leise vor mich hin gezählt. So wie du es mir beigebracht hast.«

Tante Lorina strich ihr über die Haare. »Gutes Mädchen. Regelmäßigkeit ist das Wichtigste.«

Und Fiona ergänzte, als würde sie einen Kalenderspruch aufsagen: »Der Alltag gibt die Sicherheit. Nicht zurücksehen. Man läuft nur ohne zu stolpern, wenn man vorwärtsgeht.«

Die alte Frau nickte und reichte ihr einen Glasteller mit Donuts, die Augen aus Zuckerperlen und Schnurrbarthaare aus Zuckerguss hatten. Fiona lehnte ab. »Ich muss wissen, was du in der Mordnacht beobachtet hast.«

Unten vermischte sich der Gesang der Sektenmitglieder mit Pfiffen und Rufen der Demonstranten. Fiona wurde dadurch abgelenkt, aber sie konnte nicht verstehen, worum es ging. Als sie sich wieder Tante Lorina zuwandte, hatte die das Sauerstoffgerät, das neben ihrem Sessel stand, aufgedreht und die Atemmaske aufgesetzt. Sie nahm ein paar tiefe Atemzüge und lächelte müde. »Geht schon wieder, Kindchen. Daran müssen wir uns gewöhnen.«

Sie breitete zwei Decken über dem Sofa aus, hob umständlich die goldene Kette des Cupcaketäschchens über den Kopf und ließ ihren Kimono von den Schultern gleiten. Ihre Haut hing runzlig und fahl an ihr herab wie ein zu großes Hemd. Sie drehte Fiona den Rücken zu und legte sich ächzend auf den Bauch. Die kitschige Tasche lag neben ihrem Kopf. Sie hielt eine Hand darauf, als fürchtete sie, sie könne ihr gestohlen werden, wenn sie sie auch nur einen Moment aus den Augen ließ.

»Massier mich ein bisschen, während wir sprechen, Liebchen. Du weißt doch, das tut mir so gut. Geh und hol die Flasche Öl aus meinem Schlafzimmer.«

Fiona stand auf und betrat das dämmrige Schlafzimmer. Hier waren die dunkelroten Vorhänge zugezogen und bewegten sich leicht in der Sommerbrise. Vor dem Fenster war ein Fotoapparat mit großem Teleobjektiv auf ein Stativ geschraubt. Daneben ein Laptop und ein Drucker. Als sie sich nach der Flasche Öl auf dem Nachttisch streckte, stieß sie gegen den Laptop. Die umherwirbelnden Spielkarten, die als Bildschirmschoner eingestellt waren, verschwanden, und stattdessen erschien eine weiße Hand, die schlaff herabhing. Fiona erkannte sie sofort und erstarrte. An einem der Finger steckte Evis breiter Silberring. Sie schaute sich um und entdeckte eine Fototasche, die sie in den Bund ihrer Jeans steckte, ohne sie weiter anzusehen. Sie wusste auch so, was auf den Fotos zu sehen sein würde: der Tatort. Tante Lorina fotografierte alles und jeden, wenn sie nachts keinen Schlaf fand.

Fionas Kopf füllte sich an mit Bildern, die sie erst gar nicht richtig zuordnen konnte. Sie spürte es kribbeln zwischen ihren Beinen. Gleichzeitig füllte diese Eiseskälte sie aus, wenn sie an Evis schlaffe weiße Hand auf dem Foto dachte. Sie wehrte sich dagegen, aber das Kribbeln gewann die Oberhand, und als Fiona keinen Widerstand mehr leistete, empfand sie auch die Erleichterung wegzutreiben, in ihre Erinnerungen einzutauchen und sich den angenehmeren Gefühlen hinzugeben, die sich ausbreiteten. Sie sah ihren Schlafraum des Kinderheimes vor sich. Die hellgrünen Bezüge auf den Decken, die Poster an den Wänden. Die Mädchen schliefen zu viert oder zu sechst in einem Zimmer, und Evi hatte ihr Bett eigentlich in einem Raum am Ende des Ganges, wo die älteren Mädchen wohnten. Aber einige Tage nachdem Fiona ihr gegen die zudringlichen Wärter beigestanden hatte, kam Evi zu ihr herüber. Es war später Nachmittag, die Sonne stand tief und beleuchtete rot die Längswand. Die anderen Mädchen waren beim Sport oder in einer Freizeitgruppe, an der Fiona nie teilnahm. Sie saß auf dem Bett, summte leise und zählte die Rauten in der Tapete. Immer vier Rauten und einatmen. Vier Rauten und ausatmen. Fiona hatte festgestellt, dass sie am wenigsten nachdenken musste, wenn sie sich aufs Zählen und Atmen konzentrierte.

Evi öffnete die Tür und huschte herein, ohne anzuklopfen oder zu fragen, ganz so, als sei es eine Selbstverständlichkeit. Sie setzte sich neben Fiona auf das Bett und legte den Kopf an ihre Schulter. Beide Mädchen sagten kein Wort. Irgendwann merkte Fiona, dass Evi eingeschlafen war, und zögernd entspannte sie sich. Die Sonne wanderte über die Ecke, es wurde dämmrig. Es war ganz still. Die anderen würden direkt aus den Freizeitgruppen zum Abendessen gehen. Evi bewegte sich neben ihr und räkelte sich ein bisschen, ohne den Kopf von ihrer Schulter zu nehmen. Fiona schob den Arm hinter ihren Rücken und zog sie an sich. Sie fühlte ihr Herz klopfen, laut und lebendig, und endlich einmal war ihr nicht kalt. Eine Gänsehaut überzog sie, als sie fühlte, wie Evi vorsichtig ihr Bein mit dem Handrücken streichelte. Sie drehte den Kopf und hauchte Fiona einen Kuss auf den Hals. Fiona wusste nicht, was sie jetzt tun sollte, aber Evi war zwei Jahre älter und hatte eine Ahnung. Sie schmiegte sich an Fiona und begann, sie zu streicheln, ihren Hals, ihr kleines weißes Gesicht, ihren Arm, dann eine ganze Weile ihren Bauch in sanften, kreisenden Bewegungen. Fiona schloss die Augen und überließ sich Evis Hand. Und als Evi sie küsste, auf die Wange diesmal und dann auf den Mund, ließ sie es geschehen und erwiderte den Kuss schließlich. Evi pellte sich aus ihrer engen Jeans und der Bluse, bis sie nur noch in Unterwäsche dastand. Und Fiona machte es ihr nach und bewunderte Evis schon sehr weiblichen Körper. Sie trug bereits einen BH, ihre Hüften waren rund und weich. Evi schlüpfte wieder zu ihr ins Bett, und Fiona zog mit einem Ruck ihr Hemdchen über den Kopf, sodass sie mit nacktem Oberkörper neben Evi lag. Ihre Brüste waren kaum gewölbt und ihre Haut blass und kühl. Evi schob sich über sie, sodass sie eng an sie gepresst dalag, und leckte vorsichtig, als müsste sie erst probieren, an Fionas Nippeln. Fiona stöhnte leise, ihr Herz setzte einen Moment aus. Mit gespreizten Fingern fuhr sie durch Evis blonde Haare, die bis auf ihren Oberkörper fielen und ihre Haut kitzelten. Und während sich die Mädchen küssten, leidenschaftlicher jetzt, und ihre Zungen sich vorwärtstasteten und miteinander spielten, wanderte Fionas Hand über Evis Bauch zwischen ihre Schenkel. Auch Evis Hand tastete sich über Fionas Po zwischen ihre Beine vor. Fiona fühlte sich zum Zerreißen gespannt und konnte die Spannung kaum mehr aushalten.

Doch dann hörten sie ein Geräusch am Ende des Ganges. Vermutlich hatte eines der anderen Mädchen etwas vergessen und wollte vor dem Abendessen noch einmal in ihr Zimmer. Evi sprang aus dem Bett und schlüpfte so schnell es ging in ihre Jeans. Und auch Fiona warf sich ihr T-Shirt über und zog sich die Bettdecke über die Beine. Jemand ging vorbei und öffnete die Tür nebenan. Evi und Fiona sahen sich erleichtert an. Dann lächelte Evi mit diesem strahlenden, offenen Lächeln, das Fiona jedes Mal, wenn sie es sah, wieder überraschte, beugte sich zu ihr hinunter und gab ihr einen langen zärtlichen Kuss. Sie verschwand ohne ein Wort aus dem Zimmer.

Mehr war nie zwischen ihnen passiert. Aber noch jetzt durchströmte Fiona eine Wärme und Lebendigkeit wie ein Fieber, wenn sie an diesen Nachmittag im Schlafsaal zurückdachte. Doch gleichzeitig mit der Erinnerung kam auch die Traurigkeit zurück, als ihr einfiel, wie sehr sich Evi verändert hatte, wie sie immer mehr unter den Einfluss ihres Vaters geraten war und wie furchtbar ihre letzten Minuten gewesen sein mussten. Fiona schüttelte sich, zählte und atmete, wie sie es im Heim getan hatte, wenn der Druck zu groß wurde, und versuchte, alle Bilder in ihrem Kopf unsichtbar werden zu lassen, damit sie schließlich verschwanden. Und nebenan wartete ja auch Tante Lorina und fragte sich vielleicht schon, was sie hier so lange machte.

Bevor die alte Frau misstrauisch wurde, eilte Fiona zurück ins Wohnzimmer, goss sich Öl in die Hand und verteilte es mit langsamen Strichen auf Tante Lorinas Rücken. Mit geschlossenen Augen fühlte sie nach, wo Knoten saßen, ertastete die harten Stellen und begann dann, die Verspannungen zu lösen, indem sie den Körper mit den Fingerspitzen knetete. Vom Sofa kam ein tiefes Seufzen. »Macht dir das nichts aus, Liebes, den ganzen Tag welke Körper anzufassen?«

Fiona gab ihr einen Klaps auf die Schulter. »Also erstens haben wir im Studio nicht nur ältere Patienten, sondern auch Sportverletzungen oder Wellnesskundinnen, aber mir sind die alten Leute am liebsten. Die verlangen nicht, dass ich viel rede, und erzählen meistens selbst. Ich checke vorher in den Patientenakten die Geburtsdaten und stelle mir vor, wie meine Eltern heute wären, wenn sie noch leben würden. Sie würden mir erzählen, was bei ihnen passiert, dass sie eine Kreuzfahrt gemacht haben oder im Krankenhaus gewesen sind.« Sie berührte ein kreisförmiges Mal auf der Hüfte. »Was hast du hier? Das sieht aus wie ein Biss?« Tante Lorina brummte. »Meine jüngere Tochter hat mich mal gebissen, als sie zehn oder so war. Ein ganz und gar verdorbenes Mädchen. Höllenbrut. Hat nur Ärger gemacht.«

»Ist sie auch tot?«

»Die ältere hab ich begraben. Von der Missratenen weiß ich nichts. Wir haben keinen Kontakt mehr. Schon seit Jahren nicht.«

Fiona ertastete die angespannten Muskeln, setzte vorsichtig ihre Fingerkuppen auf und führte kleine, kreisende Bewegungen aus. Der Knoten unter ihren Händen löste sich langsam, und tiefe Atemzüge gingen durch den Körper, gefolgt von kehligem, fast lustvollem Stöhnen.

»Jetzt kräftiger, Mädchen.«

Fiona walkte mit beiden Händen, setzte ein Knie auf, um sich besser bewegen zu können. Sie knetete den gesamten Rumpf von den Schultern bis kurz vor dem Steißbein und hob nur kurz den Kopf, als es unten von der Straße erneut zu Pfiffen und Rufen kam. Diesmal verstand sie eine Stimme, die dunkler und lauter war.

»Ihr kommt in die Hölle!«, rief jemand, »Kinderficker!«, und kurz darauf »Mittelalter!«. Doch die Gesänge wurden wieder stärker, und »des Lebens Pein sei mein Elixier für deine Himmelssüße« drang zu ihr hinauf. Sie kniff die Augen zusammen, als könnte sie damit auch ihre Ohren verschließen. Dann fragte sie laut und bestimmt, damit sie auf jeden Fall eine Antwort erhielt: »Habe ich wirklich Evis Wagen zerkratzt?«

Tante Lorina drehte ihr den Kopf zu, hielt die Augen aber weiterhin genüsslich geschlossen, während Fiona mit sanften Handkantenschläfen ihre Schultern bearbeitete. »Ich nehme mal an, du warst außer dir. Ich habe gesehen, wie du hinten aus dem Garten gekommen bist, etwas torkelnd übrigens und merkwürdig zurechtgemacht, du kamst wohl von einer Kostümparty? Ich schätze es überhaupt nicht, wenn ihr Mädchen so viel trinkt.«

Fiona ging nicht darauf ein. »Was genau hast du gesehen?«

»Du hast ihre beiden Spiegel weggetreten, und dann hast du vor dich hinschimpfend den Lack mit deinen Schlüsseln zerkratzt. Ich hatte schon befürchtet, dass du jemanden aufweckst. Was du da reingeritzt hast, konnte ich von hier oben natürlich nicht erkennen.«

»Ich vermisse dich«, murmelte Fiona tonlos.

Eine faltige Hand tätschelte ihr Knie.

»Es hat mich so wütend gemacht. Du hast dafür gesorgt, dass sie in das Heim kommt. Wir hatten es doch gut. Und kaum ist sie volljährig, rennt sie zu ihrem Vater zurück, wird seine« – ihre Stimme nahm einen angeekelten Ton an – »Glaubensgattin und lässt mich einfach fallen.« Sie schluckte hart. »Ich vermisse sie.«

Die Hand klopfte beruhigend auf ihr Knie. »Ich sag's keinem, dass du das mit dem Auto warst. Die Polizei denkt sowieso, es war der Mörder.«

Fiona hörte auf zu massieren. »Hast du noch jemanden gesehen in der Nacht? Jemanden außer mir? Hinter mir?«

»Nein, aber ich stand auch nicht die ganze Zeit am Fenster. Mir ging es nicht gut, und ich musste immer wieder zum Sauerstoff. Am nächsten Tag, als die Polizei hier war, da hab ich einiges mitbekommen.«

Fiona hockte sich ans Kopfende des Sofas und betrachtete Tante Lorina gespannt. Die ruckelte erst mit den Schultern, doch als Fiona sich nicht rührte, begann sie zu erzählen.

»Auf eine verrückte alte Schachtel achtet niemand, weißt du, das ganze Leben ist man als Frau damit beschäftigt, gesehen und wahrgenommen zu werden, man malt sich an, stöckelt herum, korsettiert und rüscht sich. Dann wird man alt, und plötzlich ist man unsichtbar wie ein Geist. Da muss man sich entscheiden: jammern über das verlorene Leben oder die neue Freiheit genießen und herumspuken. Ich habe entdeckt, dass ein Leben im Verborgenen viele Möglichkeiten bereithält. Man kann immer Spaß haben auf die eine oder andere Art.«

Fiona seufzte ungeduldig, zwang sich aber, ruhig zu bleiben.

»Was hast du gesehen?«

»Gehört hab ich. Direkt unter meinem Fenster haben sich zwei von der Kripo unterhalten. Und Fotos hab ich gemacht vom Abtransport der ... na ja ... der Überreste halt.« Sie stützte ihren Oberkörper auf, langte auf die Fernsehkonsole neben dem Sofa und zog einen braunen Umschlag unter einem Teller Muffins hervor. Der Umschlag blieb auf der Sofalehne liegen, Fiona wagte nicht, ihn zu berühren. Die Fototasche aus dem Schlafzimmer drückte in ihr Kreuz, sie fühlte, wie sich darunter ein Schweißfleck bildete.

»Es gibt keine Einbruchsspuren am Haus. Die Latte im Zaun wurde verschoben, sie vermuten, dass der Mörder da rein ist. Es sind Trampelspuren im Gras. Die haben Gipsabdrücke genommen.« Sie machte eine kleine Pause und sagte dann fast triumphierend: »Und Evi wurde nicht vergewaltigt.«

Fiona schloss die Augen und atmete ruckartig aus. Sie sah Funken im Dunkeln, und es rauschte in ihren Ohren. »Dafür hat er ihr sonst was angetan«, murmelte sie.

»Ach, das, ja, ja, ja«, zwitscherte Tante Lorina, als sei das eine Nebensächlichkeit, »das mit dem Gesicht. Das wurde erst nach ihrem Tod gemacht. Auch die Haare. Davon hat sie nichts mitgekriegt. Anders als ihr Vater. Sagt zumindest die Polizei. Der war wohl noch bei Bewusstsein, während man seinen Schwanz in den Schraubstock ...« Sie wedelte mit der Hand vor dem Gesicht, als sei ihr das zu unappetitlich, um weiter darüber nachzudenken.

»Ich glaube, dass es diese Swinger waren. Nachmittags kam ein Herr von der Zeitung, der glaubt das auch.«

Fiona begann wieder, mit streichenden Bewegungen die Reste des Öls in die Haut einzumassieren.

Obwohl es schwierig war, Zutritt zum Labyrinth zu erhalten, waren die Partys der Grinsekatze kein Geheimnis. Gerüchte gab es viele, und im letzten Jahr hatte es eine Journalistin geschafft teilzunehmen, und sie hatte einen langen anonymen Bericht darüber geschrieben. Außerdem konnte jeder auf der Homepage der Grinsekatze eine Art Manifest lesen. »Freier Sex ist ein Grundrecht«, hieß es da, und »Lust, gleich welcher Art, verdient Respekt. Zärtlichkeit, Leidenschaft. Spaß ohne Reue, Verpflichtung oder Risiko. Just fun!« Angedeutet wurden auf der Website auch die spektakulären Inszenierungen, die erotische Fantasien wahr werden ließen. »Jede Art von Lust ist uns willkommen. Wir unterscheiden nicht zwischen sauberem Sex und schmutzigem. Jeder Wunsch wird bei uns möglich. Wir haben keine Vorurteile, wir grenzen niemanden aus. Nichts muss ein Traum bleiben im Labyrinth der Lust.«

Der Prediger hatte die Grinsekatze zum Hassobjekt seiner Kampagnen erklärt und jede Chance genutzt, um ihr das Leben schwerzumachen. Es liefen Dutzende von Anzeigen, und er hatte die anderen Clubs der Stadt terrorisiert und versucht, die Betreiber zu bewegen, ihm Informationen über das Labyrinth zu geben. Die Zeitungen waren überschüttet worden mit Briefen und Artikeln von ihm und seinen Anhängern. Und einmal war es ihm tatsächlich gelungen, eine Party auflösen zu lassen, die in einem stillgelegten alten Schwimmbad stattgefunden hatte, in das sich die Labyrinth-Leute Zugang verschafft hatten. Da es keine Einbruchsspuren gab, lag die Vermutung nahe, die zuständige Behörde habe die Pläne gekannt, und mehrere Beamte mussten ihren Platz räumen. Von der Grinsekatze war damals ein Flugblatt erschienen, in dem sie ankündigte, solche Fanatiker könnten sie nicht kleinkriegen, und sie werde weiterhin für libertäre Erotik kämpfen. Kein Wunder, dass sich die Polizei erst einmal auf die Grinsekatze konzentrieren würde.

Tante Lorina fand das offenbar sehr richtig. »Diese Swinger, Schweinevolk, muss das denn sein? Diese ganze Öffentlichkeit, braucht denn heute jeder eine Bühne für seine Gelüste? Früher war man mit sich und seinem Trieb allein, man tat, was man musste, und niemand sprach darüber. Das war gut, das hat funktioniert. Jeder bekam, was er wirklich brauchte. Man muss doch nicht alles ans Licht zerren und jedem entgegenbrüllen, was sich im Kopf oder in der Hose abspielt. Heute schiebt sich jeder eine Kamera bis zum Uterus oder twittert über seine Prostata. Ein Gentleman genießt und schweigt, sagten wir früher. Na, und eine Dame natürlich erst recht.«

Fiona hörte ihr gar nicht richtig zu. Sie war in Gedanken wieder im Labyrinth, sah Knäuel von nackten Körpern und hörte diesen ganz eigenen Ton, der entsteht, wenn sich mehrere schwitzige, klebrige Leiber aneinanderreiben und festsaugen. Sie atmete tief und versuchte, sich auf die Massage zu konzentrieren. *Du hast einen an der Klatsche,* sagte sie sich. *Evi wurde ermordet, und alles, woran du denkst, ist ficken. Du kannst immer nur ans Ficken denken.* Aber wenn sie sich die Vorstellungen von weit geöffneten Beinen und stoßenden Unterleibern verbot, stieg sofort der Ärger in ihr hoch, und sie merkte, wie schwer es ihr fiel, nicht sofort die Treppen hinunterzurennen, direkt auf das Grundstück der Sekte, ins Haus zu stürmen und alles zu demolieren, was sie an Evi erinnerte. Den Andachtsraum, die Bibliothek mit den Schriften ihres Vaters. Die Gemeinschaftsschlafräume mit den schmalen Pritschen, das Büro, in dem die Aktionen geplant und vorbereitet wurden, die kleine Kapelle im hinteren Teil des Hauses, in der eine Madonna mit obszön entblößten Brüsten stand und in der Geißeln aus Leder hingen. Auch die Anhänger im Garten wären vor ihr nicht sicher, wenn sie sich gehen ließ. Sie würde zu gern all den Mist aus ihnen herausprügeln, die faschistischen, frauenfeindlichen und verlogenen Parolen, die der Prediger ihnen eingetrichtert hatte, aber sie beherrschte sich. Sie beherrschte sich ja immer. Fast immer.

Sie tastete auf Lorinas Rücken die Muskeln ab, bis sie Verspannungen fand, und lockerte sie mit geübten Griffen.

Die Stimmen unten hatten sich jetzt zu einem lauten Sprechchor zusammengeschlossen.

»Keine Sekten!«, rief die Menge außerhalb des Gartens.

»Weis uns den Weg, o Leidensmann«, sangen die Jünger hinter dem Tor. Evis Terrier jaulte dazu.

Tante Lorina erhob sich mit einem Mal ächzend und für Fiona so überraschend, dass sie zusammenzuckte und die öligen Hände vor sich hielt wie ein Operateur, der auf seine Handschuhe wartet. Lorina raffte den Kimono über der Brust zusammen, hängte sich die Cupcake-Clutch wie ein Kindergartenkind um den Hals und eilte zum Fenster. Sie öffnete es und brüllte mit schriller Stimme »Haltet endlich die Klappe!« hinunter. Ein paar Pfiffe quittierten ihren Auftritt, die anderen ignorierten die alte Frau am Fenster. Sie griff sich ein Tablett mit Muffins, störte sich nicht daran, dass ihr Morgenrock weit offen stand und die Menge ihre schlaffen Brüste sah, und bewarf Demonstranten wie Jünger mit Muffins. Die Leute johlten, einige lachten. Andere, die von den Kuchen am Kopf getroffen wurden, wandten sich ärgerlich zum Nachbarhaus. »Geht sterben!«, rief sie, und ihre Stimme überschlug sich dabei. Mit einem Krachen schloss sie das Fenster und zog die Vorhänge zu. Das Wohnzimmer wurde in dämmriges Licht getaucht.

Fiona wischte sich die Hände an ihrer Jeans ab, trat neben sie und legte ihren Kimono über der Brust zusammen. »Geht sterben?«, fragte sie und hob die Augenbrauen.

Tante Lorina kicherte und verbarg den Mund hinter einer Hand. »Das schreiben sie in den Chatrooms, wenn jemand sie besonders nervt. TeenieVZ und so. Diese jungen Mädchen sind wie ein Rudel Wölfe. Eine suchen sie sich aus, und dann – bämm – fangen alle an zu beißen. ›Geh sterben‹ ist da noch relativ höflich.«

»Wieso bist du in einem Teenie-Netzwerk eingeloggt?«, fragte Fiona, und eine tiefe Falte erschien zwischen ihren Augen.

»Ach, ich mag diese Mädchen einfach, die sind wie meine jüngere Tochter, früher, als sie klein war, so frisch und wild.«

Direkt neben ihnen gab es einen lauten Knall. Jemand hatte etwas gegen die Fensterscheibe geworfen. Fiona spähte durch einen Spalt der Vorhänge nach unten. Mit einem weiteren Knall zerplatzte ein rohes Ei auf dem Glas.

»Ungeziefer«, sagte Tante Lorina, »man bräuchte einen gigantisch großen Wasserkessel, um die alle auszurotten.«

Etwas abseits der Menge erkannte Fiona eine vertraute Gestalt, und augenblicklich begann es in ihrer Brust zu kribbeln. Khakifarbene Hosen, den breiten Brustkorb in ein dunkelgrünes Armeeshirt gezwängt, und der ganze Mann deutlich größer als alle anderen: Püppi. Da war noch ein anderes, sehr viel leiseres Gefühl, eine Art innerer Schluckauf, fast wie eine kleine gute Nachricht, aber sie schob dieses ungewohnte Gefühl energisch beiseite. Ein Gedanke machte sich in ihr breit und beherrschte sofort ihren ganzen Körper: Da Püppi für die Security der Grinsekatze arbeitete, konnte er sie vielleicht höchstpersönlich auf die Gästeliste setzen. Dann würde sie heute Nacht doch noch ins Labyrinth gehen und endlich alles vergessen und anschließend ruhig schlafen. Der Gote hatte bestimmt wieder guten Stoff dabei, es würde Alkohol in rauen Mengen geben, und so viele nackte, warme, weiche oder muskulöse Körper. Niemand würde mit ihr sprechen wollen, sie fragen, wie es ihr ging, wer sie war oder was sie erlebt hatte. Sie würde einfach nur ficken, bis sie es selbst nicht mehr wusste, die Schwänze sich in ihr abwechseln lassen, ihr Gesicht in Mösen vergraben und auf ihr eigenes Keuchen hören, eine Sprache, die keinerlei Erinnerungen oder Assoziationen mit sich brachte als Lust.

Püppi stand ein paar Schritte von den Demonstranten entfernt, und Fiona überlegte, wen er beobachtete, die Sekte, die Gruppe vor dem Tor oder nicht doch vielleicht das Nachbarhaus. Wusste er, dass sie hier war? Erwartete er sie? Sie trat hibbelig von einem Fuß auf den anderen. Sie musste nach unten und ihn fragen, ob er sie ins Labyrinth einschleuste. Sie überlegte, ob sie ihn zu einem Dankbarkeitsfick überreden könnte, war sich aber ziemlich sicher, dass er darauf nicht eingehen würde.

»Kennst du da jemanden?«, fragte Tante Lorina, und Fiona drehte sich hastig vom Fenster weg.

»Nein«, log sie und bemerkte gerade noch, wie Püppi wegging in Richtung einer Seitenstraße, die sie nicht mehr einsehen konnte.

»Ich muss los.« Sie küsste die alte Frau auf die Wange, war schon halb bei der Tür, zögerte und zeigte dann auf den braunen Umschlag. »Kann ich die Fotos mitnehmen?«

»Nicht ohne eine Wegzehrung, mein Kind.« Tante Lorina reichte ihr einen kleinen Kuchen mit türkisem Fondantüberzug, schief wie ein eingedrückter Zylinder, auf dem in bunter Zuckergussschrift zwei Worte standen. Fiona stürmte hinaus. Sie warf erst im Flur einen Blick darauf und las: »Iss mich.«

Sie brach ein Stück ab und schob sich den Bissen in den Mund, während sie die Treppen hinunterlief. Er schmeckte gleichzeitig süß und salzig und hatte einen fast blumigen Nachgeschmack, der die Zunge leicht taub werden ließ und ihr mit einem leichten Schwindel in den Kopf stieg.

QUÄLIUS 6

Der Lacksklave stand in gebückter Haltung neben dem Schreibtisch und kontrollierte die Anmeldungen und Zahlungseingänge für das abendliche Labyrinth. Die Teilnehmerzahl war wie immer begrenzt. Es wusste noch niemand, aber das Labyrinth würde diesmal in einem Bunker stattfinden, und die Herrin Grinsekatze war mit ihrem Team schon seit Tagen mit den Sicherheitsmaßnahmen und der Ausgestaltung beschäftigt. Der Sklave versuchte, wenigstens eine Pobacke auf den Schreibtischstuhl zu setzen, aber der dicke Kater fauchte nur und rückte keinen Zentimeter. Auch wenn die Herrin nicht da war, galten die Gesetze, also blieb er stehen. Seit zwei Stunden war die Leitung dicht, wer jetzt nicht überwiesen hatte und akkreditiert war, musste heute Nacht woanders vögeln. Er hatte bereits alle Angemeldeten angeschrieben und nach Klaustrophobie oder sonstigen Gebrechen gefragt. Jetzt musste er nur noch die Nicknames abgleichen, ob auch wirklich alle Versicherungen hatten und ordnungsgemäße Labyrinthgänger waren. Eine Teilnehmerin sortierte er aus, als er sah, dass bei ihrer letzten Zahlung der Bankeinzug verweigert worden war, und schrieb ihr eine Absage. Bei kleinen Motto-Partys in Wohnungen oder bei fahrenden Labyrinthen in gemieteten Limousinen war es nicht so tragisch, wenn mal hier und da ein Beitrag fehlte, aber die

Sache im Bunker heute Nacht war kostspielig. Da musste selbst die Herrin rechnen.

Es war ihm ein Rätsel, warum die Leute so wild auf diese Fickfeste waren. Die vielen Nackten, das Gedränge, das Gestöhne, alle packten ihre Geschlechtsteile aus und krabbelten sich an. Nichts für ihn. Er wollte sich rein halten für die Herrin.

Als er alles erledigt hatte, surfte er noch durchs Forum, mit seinem Masterpasswort kam er in jeden Unterthread, konnte Privatnachrichten mitlesen und Userprofile verfolgen. So viel Macht war ganz ungewohnt, und er fühlte sich immer leicht unbehaglich, wenn er wie Gott durch das Forum geisterte. Aber sie hatte es ihm aufgetragen, seine Macht war ihr Befehl, also durchkämmte er die neuen Einträge, löschte Bilder, die das Copyright nicht beachteten, mahnte User ab, die sich rassistisch oder homophob äußerten, und verfolgte Chats über Sextoys, Treue und Kochrezepte. Eine Gruppe pflegte offenbar einen Schuhfetischismus, denn sie überboten sich in einem Unterforum gegenseitig mit der Höhe ihrer Hacken, die sie tragen wollten.

HERZDAME: *Jagdvolk, ihr wisst, worum es geht. Wer die höchsten Absätze trägt, gewinnt einen schönen Preis. Ich bitte um Meldungen, die Sanduhr rieselt.*
BLONDIE: *Neun Zentimeter.*
GOTE: *Du legst ja ganz schön vor. Ich toppe mit neuneinhalb.*
LONELY TWIN: *Erhöhe auf neun acht.*
NOVIZIN: *Zehn!*
BLONDIE: *Darf die überhaupt schon mitspielen? Sehr hilfreich war sie bisher nicht.*
GOTE: *Lass die Kleine in Ruhe. Konkurrenz belebt das Geschäft.*

HERZDAME: *Bleibt es bei zehn? Hat niemand richtige High Heels im Schrank? Traut euch!*
GOTE: *Auf zehn drei kann ich noch ganz bequem stehen.*
NOVIZIN: *Dann sage ich zehn vier.*
BLONDIE: *Elfeinhalb. Lass die Erwachsenen mal unter sich sein.*
NOVIZIN: *Zwölf.*
GOTE: *LOL! Da ist aber jemand ganz wild auf Stöckelschuhe!*
LONELY TWIN: *Auf einen schönen Preis. Zwölfeinhalb.*
BLONDIE: *Dreizehn.*
NOVIZIN: *Dreizehn drei.*
GOTE: *ROFL. Mein Arzt und Apotheker raten mir von weiteren Geboten ab.*
BLONDIE: *Vierzehn. Mach dich nicht unglücklich, du kleine Sadistin. Das hier ist kein Sprint, sondern ein Langstreckenlauf. Du brichst dir die Hacken! Ach was, ich sage vierzehneinhalb, damit wir hier mal zum Ende kommen.*
HERZDAME: *Vierzehneinhalb Zentimeter sind die höchsten Absätze. Mörderisch. Bietet jemand mehr?*
HERZDAME: *Novizin?*
HERZDAME: *Novizin? Wirklich nicht?*
HERZDAME: *Klopf klopf klopf. Blondie hat gewonnen.*

Der Sklave sah an seinen Beinen im glänzenden schwarzen Latex hinab. Seine Füße waren nackt, die Zehen spielten mit dem flauschigen Teppich. Die Herrin hatte Eingriffe ins Forum nur im Notfall erlaubt, wenn etwas Administratives zu regeln oder Moderation gefragt war. »Das ist kein Chatroom für gelangweilte Sklaven«, hatte sie gesagt, »wenn du tratschen willst, stell dich in eine Ecke und sprich mit der Wand.«

Seine Finger schwebten über der Tastatur. Er hob die Fersen an und wölbte den Spann vor. Ein Ziehen breitete sich in der Wölbung der Fußsohle aus und stach bis in die Wade. Dann begann er zu schreiben.

QUÄLIUS: *Wie kann man denn auf High Heels mit vierzehneinhalb Zentimetern laufen? Oder meint ihr Leckschuhe? So was wie hier zum Beispiel?*

Er verlinkte ein Foto von einem Fuß, eingeschnürt in einen Ballettschuh mit einem so hohen und nageldünnen Absatz, dass man darin nur sitzen konnte und beim Versuch, darauf zu stehen, direkt vornüberfallen würde.
Pause.

BLONDIE: *Alles eine Frage der Übung. Der Schmerz gehört dazu.*
QUÄLIUS: *Like!*

PÜPPI

7

Auf der Straße war von Püppi nichts mehr zu sehen. Mit dem Kuchen in der Hand sprintete Fiona los und versuchte, den Demonstranten und Schaulustigen auszuweichen. Eine Gruppe Frauen hatte ihre Oberteile ausgezogen und hielt Schilder hoch, auf denen »Nicht Sex ist pervers, sondern ihr« und »Frauen sind keine Untertanen« stand. Zwei Männer hielten eine große Regenbohnenfahne zwischen sich, unter der Fiona hindurchtauchte. Sie wollte Püppi keinesfalls verlieren, er würde wissen, was heute Nacht passierte und wo das Labyrinth stattfand, und sie konnte es kaum noch erwarten. Die ganze Arbeit der letzten Tage, ihr Job in der Praxis und das Herumwerken im Garten hatten ihre Unruhe nicht gedämpft, sie stand so unter Strom, dass sie sich völlig elektrisiert und bis zum Zerreißen aufgeladen fühlte. Die Bilder in ihrem Kopf blieben hartnäckig haften, Evi, die sich von ihr wegdrehte, Jans verzerrtes Gesicht, Räume voller Blut, blaue, kalte Fliesen unter ihren Füßen, sie wollte sich fallen lassen und vergessen, wer sie war, wo sie herkam und was sie gesehen hatte. Das Gespräch mit Tante Lorina hatte sie erschöpft und gleichzeitig wütend gemacht, was wiederum Schuldgefühle erzeugte. *Als wär ich ihre Tochter,* dachte Fiona genervt und nahm sich vor, mehr Distanz zu Tante Lorina zu entwickeln. Die lebte ihr Leben einfach weiter, backte und stickte, schoss zwischendurch heimlich ein paar Fotos und backte dann wieder. Sie rief sich innerlich zur Räson, denn sie wusste, dass Tante Lorina schwer krank war und nicht mehr lange leben würde und deshalb alles Recht der Welt hatte, ihre restliche Zeit so zu verbringen, wie sie es wollte, aber sie, Fiona, konnte nicht einfach so weitermachen. Sie würde bald platzen, wenn sie keine Möglichkeit fand, sich abzureagieren.

Die Sektenmitglieder sangen »Sei des Schoßes Keuschheit meine Zier«, woraufhin die barbusigen Frauen anfingen, sie mit Trillerpfeifen zu unterbrechen. Einige Leute klatschten Beifall. Andere banden Stofftiere am Gittertor fest, wo sich schon Sträuße stapelten wie auf einem frischen Grab. Ein Mann mit einer großen Kamera versperrte Fiona den Weg, sie rempelte ihn im Vorbeilaufen an, und er schrie ihr »Aggro-Gör« hinterher. Aus einem Kastenwagen lud ein TV-Team seine Geräte aus, und eine blonde Moderatorin, die schon ein Mikrofon in der Hand hielt, zog sich im Seitenspiegel noch einmal die Lippen nach.

Endlich erreichte sie die Nebenstraße, in der Püppi verschwunden war, aber auch hier standen und gingen so viele Leute herum, dass Fiona nur schwer vorwärtskam. Nach und nach änderte sich die Menge. Statt Demonstranten begegneten ihr jetzt Männer mit bemalten Gesichtern, die ihre schlafenden Kinder trugen, Frauen, die kandierte Trauben von Stäben klaubten, und junge Mädchen in knappen, pinken Kostümen, die als Flamingos verkleidet Süßigkeiten aus Bauchläden verkauften. Von den Gesängen der Sekte war nichts mehr zu hören, ein Gemisch aus Drehorgelmusik und scheppnerdem Pop, Gelächter und Flipperautomatensound dröhnte zu Fiona herüber. Sie zuckte zusammen, als neben ihr eine Salve Gewehrschüsse platzte, in einer Schießbude zielten junge Männer auf kleine Spiegel, die hochklappten. Einer erwischte einen Spiegel, das Glas zersprang, seine Freunde johlten, und der Budenbesitzer reichte ihm ein großes, rotes Plüschherz. Dann war über Fiona plötzlich Blaskapellenmusik, sie sah hoch und fand sich zwischen den Stelzen einer Gruppe Artisten wieder, die über der Menge Tuba spielten und Trommeln schlugen, während sie auf ihren Giraffenbeinen durch die Leute staken. Andere pusteten riesige Seifenblasen, die zu Boden schwebten und zerplatzten, wenn Kinder hineinsprangen. Fiona lief an übergroßen Ballontieren und aufblasbaren Figuren vorbei, ein gigantischer Hase verdeckte die Sicht auf das Haus hinter ihm, laternenhohe Blumen wiegten sich im Luftzug, und Menschen spielten mit Heliumfiguren, die doppelt so groß waren wie sie selbst, eine Art einfaches Schach auf einem schwarz-weißen Boden. Weiter hinten gab es eine Fläche zwischen zwei Häusern, wo Maxigolf gespielt wurde mit Softbällen, die mächtiger waren als die Kinder, die sie herumrollten. Fiona wurde schwindlig, weil sie ständig nach oben starrte, sie stolperte, nahm dann noch einmal Anlauf und sprintete an einem Karussell vorbei, auf dem Kinder in Teetassen saßen. Menschen in einem fliegenden Teppich, der hoch über dem Jahrmarkt hin und her schwang, kreischten bei jedem Richtungswechsel. Jemand stieß Fiona fast um, und sie fing im letzten Moment ihren kleinen Kuchen auf und rannte weiter. Weiter hinten neben einem Popcornwagen entdeckte sie endlich Püppi, der in einen Park ging. Fionas Füße flogen, und sie ließ Püppi nicht aus den Augen, erreichte den Park und holte ihn schließlich schnaufend ein.

»Eule«, sagte er und sah ratlos auf Fiona, die ihm den Kuchen entgegenhielt. »Angebissenes Backwerk«, sagte er und grinste.

Sie lächelte auch. Beide schwiegen.

Schließlich, als sie ihn immer noch nur anschaute, deutete er auf einen Baum, dessen Wurzeln wie die Arme eines riesigen Tintenfisches aus dem Erdreich ragten.

»Vielleicht essen wir ein Stück im Schatten?«, schlug er vor, und weil Fiona bloß nickte, meinte er: »Dein Kuchen ist wesentlich gesprächiger als du.«

Sie setzten sich ins Gras, der Lärm des Jahrmarktes schallte zu ihnen herüber. An den Stamm gelehnt standen mannshohe Spielkarten aus dünnen Sperrholzplatten, vorn drauf die Pikdame mit entblößtem Dekolleté, offenbar klappbare Werbetafeln, die man anziehen und herumtragen sollte. Jetzt bemerkte Fiona auch die drei dazugehörenden Männer, die etwas abseits neben einem Mülleimer rauchten.

»Kannst du mich heute Nacht mit ins Labyrinth nehmen? Ich hab den Recall verpasst«, sagte Fiona schließlich. Püppi sah fast ein bisschen enttäuscht aus, und Fiona schämte sich, ohne zu verstehen, wofür. Püppi brach ein Stück Kuchen heraus und kaute, kommentierte noch »Veilchenaroma« mit vollem Mund und schaute dann wieder nur zum Jahrmarkt hinüber.

Fiona griff zögerlich in ihre Jacke und holte den braunen Umschlag heraus. Fischte auch den kleineren aus ihrer Jeans.

»Du bist gepolstert mit Umschlägen.«

»Im Labyrinth hat mir mal jemand erzählt, dass du früher bei der Polizei warst.«

Er nickte.

»Du musst mir schwören, es niemandem zu verraten und mich auch nichts zu fragen. Ich hab hier Fotos von dem toten Prediger und seiner Tochter.«

Er sah sie plötzlich mit der Wachsamkeit eines Tieres an, das irgendein Geräusch gehört hat und danach stocksteif dasteht und wartet, ob es angreifen oder flüchten soll.

»Ich kann dir nicht sagen, woher ich sie habe. Die Tochter war meine Freundin, also früher war sie meine Freundin.« Sie wollte den Umschlag noch nicht öffnen und fragte deshalb, als wäre es ihr gerade eingefallen: »Warum warst du heute am Sektenhaus?«

»Jemand streut Gerüchte, die Grinsekatze hätte etwas mit den Morden zu tun. Wir versuchen, die Sache im Auge zu behalten. Ich wollte mir das mal ansehen.« Er biss wieder von dem Kuchen ab und reichte ihn Fiona weiter. Jetzt, wo sie sich an das blumige Aroma gewöhnt hatte, schmeckte er ihr.

»Ich habe meine Tante besucht, sie wohnt neben dem Priester. Na ja, sie ist nicht meine richtige Tante. Sie hat sich um mich gekümmert nach dem Tod meiner Eltern, ich war oft zu Besuch. Eigentlich wollte sie mich sogar bei sich aufnehmen, aber dann hat sich ihre jüngere Tochter quergestellt, und wir haben es gelassen. Ich hab nie verstanden, warum ihre Tochter so dagegen war, sie hatte schon gar nicht mehr zu Hause gewohnt. In der einen Woche hieß es noch, ich beantrage die Pflegschaft für dich, dann wohnen wir zusammen, und in der nächsten, meine Tochter sagt: ›Nein, es geht nicht.‹«

»Redest du jetzt wie ein Wasserfall, damit du die Umschläge nicht aufzumachen brauchst?«

»Muss ich fürs Labyrinth irgendwas besorgen?«

Püppi sah sie irritiert an: »Das scheint ja dringend zu sein.«

Fiona nickte. »Ich muss ficken heute Abend, ich weiß gar nicht, wohin mit mir, das war alles zu viel. Ich kann erst wieder klar denken, wenn ich mich abreagiert habe.«

Püppi zog die Augenbrauen hoch und sagte nichts weiter. Fiona drehte den Umschlag in ihren Händen.

»Mit Tante Lorinas Töchtern ist es irgendwie komisch; die ältere ist gestorben, aber ich weiß nicht, woran, und die jüngere ist weggegangen, als sie sechzehn oder siebzehn war. Einen Mann gibt es auch nicht. Beide haben verschiedene Väter, und mit keinem hat Tante Lorina zusammengelebt. ›Man trifft sich, benutzt sich, geht seiner Wege‹, sagt sie gerne.«

Püppi schob die Unterlippe vor. »Sehr romantisch. Und nicht gerade das Ideal der Sekte nebenan.«

»Sie hat sie gehasst. Sie hat dafür gesorgt, dass Evi, also die Tochter des Predigers, in ein Heim kam, da habe ich sie kennengelernt. Der Vater wurde immer fanatischer, dann fand er, es sei eine Superidee, die Sekte zu gründen und der Oberguru zu werden. Er hat Evi völlig vernachlässigt und wahrscheinlich auch misshandelt. Trotzdem ist sie nach dem Heim gleich zurück zu ihm.«

Püppi legte seine Hand auf ihren Arm. »Wollen wir uns jetzt mal den Fotos widmen? Schaffst du das?«

Fiona schaute ihm direkt in die Augen, ohne zu blinzeln. Ihr Mund war fest, fast ausdruckslos. »Ich hab schon Schlimmeres gesehen, und da war ich jünger. Das sind nur Fotos. Ich bin keine Zimperliese, Püppi.«

Er legte den Kopf schief. »Zimperliese wär auch ein schöner Nickname«, sagte er leise. Dann öffnete er zuerst den braunen Umschlag, den Lorina Fiona freiwillig mitgegeben hatte, und reichte ihr einen dünnen Stapel.

Lorina hatte zwar gesagt, sie hätte die Polizisten bei der Arbeit fotografiert, aber tatsächlich hatte sie wohl schon früher am Fenster gestanden. Das erste Foto, das Fiona und Püppi betrachteten, zeigte einen jungen Mann im Garten, den Körper unnatürlich verrenkt wie in einem spastischen Krampf, das Gesicht so verzerrt, dass man es kaum erkennen konnte.

»Das ist Jan, Evis Freund. Den hat sie auch abserviert.«

Eine Großaufnahme von seinem schreienden Gesicht, Speichel und Rotz liefen über sein Kinn, die Augen waren so verdreht, dass sie wie weiße Kiesel in den Höhlen steckten.

Dann zwei parkende Polizeiwagen. Ältere Männer in Zivil und eine sehr junge Frau in Uniform, die auf das große Tor zustürmten.

Eine Aufnahme von der Hausfront. Die junge Polizistin erbrach sich direkt neben der Treppe ins Gras.

Zwei Blechsärge wurden durch den Garten getragen. Dahinter die junge Polizistin, die ein Absperrband abrollte. Auf dem Gehweg ein Jogger mit offenem Mund.

Weitere Polizeiwagen. Die Gruppe, die sie schon kannten, und zwei neue Gesichter, vielleicht Gerichtsmediziner, eine ältere Frau mit einem metallenen Koffer und ein Mann im weißen Ganzkörperanzug mit einem Fotoapparat.

Das war das Letzte.

»Nicht wirklich aussagekräftig«, sagte Püppi, »Polizei bei der Arbeit halt. Gekotzt hab ich auch, wenn der Tatort zu eklig war. Dann ist man direkt der Loser.«

»Heißt du deshalb Püppi?«, fragte Fiona, um irgendetwas zu sagen und das Öffnen der zweiten Fototasche zu verzögern.

Püppi antwortete nicht, klaubte die restlichen Bilder heraus und warf erst einen Blick darauf, bevor er sie Fiona gab.

»Willst du das wirklich sehen? Ich würd's lassen an deiner Stelle.«

»Du bist nicht an meiner Stelle.«

Das erste Bild: Evi. Kaum wiederzuerkennen. Der starke Zoom machte das Bild grobkörnig wie in einem Filmstill. Man sah am Rand die verschwommenen Umrisse eines Holzrahmens, offenbar war es mit Teleobjektiv durch das Fenster aufgenommen. Die Beleuchtung war schlecht, es musste früher Morgen sein. Ihr Hals war merkwürdig abgeknickt, der Kopf hing zur Seite. Der Schädel war kahl rasiert.

Das zweite Bild: ein größerer Ausschnitt. Evi saß offenbar am Schreibtisch. Ihre Arme baumelten schlaff herab.

»Sie hatte so schöne goldene Haare. Darauf war sie immer stolz.«

Die Augenlider waren geschlossen. Mit dunkler Wolle oder Garn hatte ihr jemand zwei große X darüber genäht, von den Augenwinkeln bis zur Braue. Es sah aus wie schlecht geschminkt oder nachträglich ins Bild hineingemalt. Auch über dem Mund war ein X, das ihre Lippen zusammenhielt.

»Das ist nach ihrem Tod gemacht worden«, sagte Fiona und konnte den Blick nicht abwenden.

»Das weißt du aus deiner geheimnisvollen Quelle?«

»Wenigstens hat sie das nicht mehr mitbekommen. Die Polizei vermutet, dass sie vergiftet wurde.«

Das nächste Bild: der Körper des Predigers auf der Ottomane, halb entblößt, zwischen seinen Schenkeln der Apparat mit schweren Platten und eisernem Griff. Überall um ihn herum Blut. Der Schädel eingeschlagen.

»Was ist das für ein Gerät?«

Fiona atmete tief durch. »Eine alte Buchpresse. Man legt Papier zwischen die dicken Platten und dreht an dem Schraubstock.«

Eine Nahaufnahme. Unmissverständlich jetzt, was sich beide schon gedacht hatten. Trotzdem sog Püppi die Luft scharf durch die Zähne, als Fiona sagte: »Die haben seinen Schwanz darin zerquetscht.«

»Die?«

»Einer hält ihn, einer dreht.«

Er nickte abwechselnd und schüttelte den Kopf. »Sieh dir mal den Hals an und die Kopfwunde. Ich tippe eher darauf: Ein einzelner Täter hat ihn auf der Couch überrascht und ihn bewusstlos geschlagen, dann hat er ihm das Gemächt zerpresst und ihn mit der Halsschlinge in Schach gehalten, bis es vorbei war. Das war auf jeden Fall etwas Persönliches. Für einen zufälligen Einbrecher viel zu sadistisch.«

»Glaubst du, Evi musste zusehen?«

Püppi nahm noch mal das erste Foto. »Sie ist nicht gefesselt. Wenn es also bei ihm nicht zwei waren, sondern einer, der sie bedroht, und einer, der sich um ihren Vater kümmert, und wenn sie das Ganze nicht lange vorher geplant hatten, dann war Evi entweder zuerst tot oder kam später dazu. Für zwei Täter würde sprechen, dass die beiden Mordmethoden so extrem unterschiedlich sind: Gift und Gewalt, das passt nicht zu einer Einzelperson.«

Fiona steckte die Fotos zurück in die Tasche. »Es war einer. Ich hab ihn nicht gesehen, aber gehört. Ich hab ihn aufs Grundstück geführt.« Sie nahm noch einmal das Bild mit Evis Gesicht heraus und starrte es an. »Dieser Scheißkerl! Welcher Irre macht so was? Wie krank kann man denn sein?« Sie wischte sich über die Augen.

Püppi reichte ihr ein Taschentuch. »Schnäuzen, Eule.«

Sie trompetete in das Taschentuch und sprang auf. Noch bevor Püppi sie daran hindern konnte, nahm sie Anlauf und trat mit voller Wucht gegen den Bretterstapel. Die übergroßen Spielkarten fielen mit Getöse um, in einer war dort, wo ihn Fionas Stiefel getroffen hatte, ein tiefer Riss. Die drei Raucher schrien wütend, warfen ihre Zigaretten weg und kamen schimpfend auf sie zu. Püppi nahm ihre Hand und zog Fiona weg, sie rannten durch den Park, sahen sich immer wieder um, aber die Männer kamen ihnen nicht hinterher. Sie blieben stehen und lehnten sich gegen einen Baum. Püppi stand vor ihr, die Hände links und rechts von ihren Schultern, als wollte er sie daran hindern wegzulaufen.

»Hast du dich irgendwann auch mal unter Kontrolle?« Er klang eher erstaunt, weniger verärgert. »Du kannst nicht immer auf Sachen losgehen, nur weil dir etwas nicht passt.«

Fiona wurde plötzlich sehr bewusst, wie nah er ihr war. Das seifige Deo, sein Atem, der nach Schokolade und Veilchen roch. Sie sah zu ihm hoch, tastete mit ihren Augen seinen Brustkorb unter dem engen T-Shirt ab, verfolgte die Linien seiner Muskeln, die Bartstoppeln an seinem Kinn, seinen weichen Mund. Jetzt fühlte sie auch, wie seine Beine an ihre gepresst waren, und sie konnte ihn atmen fühlen. Ihr wurde so heiß, dass ihr ein kleiner Tropfen die Schläfe entlangrollte. Sie wollte sich gleichzeitig an ihn schmiegen und ihn wegstoßen, sie versuchte, sich links und rechts unter seinen Armen wegzuschlängeln, aber er ließ sie nicht entkommen.

Sie schloss die Augen. Nach einer langen Pause sagte sie: »Müssen wir nicht bald los ins Labyrinth?«

Er trat sofort einen Schritt zurück und gab sie frei. Seine Stimme klang rau und etwas belegt. »Es fängt erst an, wenn es ganz dunkel ist. Wir können zu meinem Auto gehen. Ich muss noch einiges holen. Wenn du mitfahren willst, dann warte.«

Sie nickte, und genau wie ihm fiel ihr nichts mehr ein, das sie hätte sagen können. Sie trottete einen Schritt hinter ihm her, bis sie wieder in der Nähe des Sektenhauses waren und Püppi ihr die Beifahrertür seines Vans aufschloss. Diesmal schnallte sie sich selbst an. Sie war plötzlich so müde, als wäre sie den ganzen Tag gelaufen. Ihr Kopf legte sich gegen das Polster, die Augenlider wurden schwer. Sie hörte, wie Püppi, der noch neben dem Auto stand, telefonierte. »Ich mache jetzt doch Security heute Nacht, nein, nein, kein Problem, ich komme. Ich bringe jemanden mit, sie hat den Recall verpasst. Ja, ich kenne die Regeln, aber das ist was anderes. Ich muss auch mit Ihnen reden. Sehe ich Sie da?«

Fiona legte die heiße Stirn an die Scheibe und schlief ein.

Anders als sie erwartet hatte, hielt Püppi mitten in der Stadt. Sie wusste nicht genau, in welchem Bezirk sie war, in Sichtweite fuhr eine S-Bahn vorbei, und einige Kioske und Internetcafés hatten noch geöffnet. Püppi parkte seinen Wagen in einer dunklen Seitenstraße und führte sie zu einer Baulücke. Er hob die Plane des Bauzaunes an, und Fiona schlüpfte hindurch. Einen Moment lang erinnerte sie sich an den Bauzaun bei Evis Haus, aber sie schob den Gedanken schnell weg. Püppi ging voran und hielt ihre Hand, damit sie auf dem unebenen Grund nicht stolperte. Wenn sie den Kopf hob, konnte sie rund um die große freie Fläche Hochhäuser erkennen, mit wenigen erleuchteten Fenstern und manchmal Schemen, die sich dahinter bewegten. Hier unten war es stockdunkel.

Sie traten durch eine eingerissene Wand in eine Ruine, und Fiona fand sich wieder in einer Menge erwartungsvoll schweigender Menschen, nur erleuchtet von ein paar Handydisplays und dem Glimmen einiger Zigaretten. Mindestens vier Dutzend Männer und Frauen standen beieinander, rauchten oder zogen schon mal ihre Kleidung aus. Die Security packte ihre Sachen in Seesäcke, die mit einer Nummer versehen waren, und schrieben den Leuten die entsprechende Nummer mit Ölstift auf die nackten Schultern. Die Labyrinthgänger hüllten sich in schwarze Capes und warteten.

Püppi sprach mit einigen Kollegen, einer reichte ihm ein Handy, er hörte konzentriert zu und nickte dann. »Willkommen, Leute«, sagte er und zeigte auf einen zweiten Raum, der bisher durch ein Absperrband von diesem getrennt war. »Die Grinsekatze begrüßt euch herzlich im Labyrinth. Ihr geht bitte in kleinen Gruppen durch diesen Raum und steigt vorsichtig von der ehemaligen Laderampe auf das Grundstück. Es gibt keine Beleuchtung, bleibt also eng zusammen. Es wird immer einer von uns bei euch sein und euch begleiten. Bitte sprecht nicht, wir wollen ja möglichst lange unentdeckt bleiben. Das gilt auch für die Zeigefreudigen, die gern entdeckt werden.«

Eine Frau kicherte.

»Wir lassen euch durch eine Öffnung, die nur wenig breiter ist als ein Gullydeckel, in eine unterirdische Anlage hinab. Ungefähr fünf Meter ist der Schacht tief, unten liegt ein dickes Luftkissen. Ihr könnt euch das letzte Stück also auch einfach fallen lassen, wenn ihr euch traut. Nur noch nicht im Schacht selbst, da ist es strengstens verboten, das Seil loszulassen, ihr würdet euch an den Wänden verletzen. Unten erwartet euch dann ... na ja ... seht selbst.«

Er machte eine Pause, einige fingen an zu klatschen, wurden aber von energischem Zischen unterbrochen. Die erste Gruppe wurde in das hintere Zimmer geführt und verschwand. Durch die schwarzen Capes sah es so aus, als würden sie von der Dunkelheit regelrecht eingeatmet. Die zweite Gruppe, die dritte, die vierte. Fiona wartete. Sie wusste selbst nicht genau, warum, es war schrecklich dringend für sie gewesen herzukommen, aber jetzt ließ sie anderen den Vortritt, und sie brauchte eine ganze Weile, bis sie verstand, dass sie auf Püppi wartete, der die Seesäcke auf einen Anhänger lud. Am anderen Ausgang des Labyrinths, von dem niemand wusste, wo er sich befand, würden sie sie zurückerhalten.

Die letzte Gruppe verließ den Umkleidebereich, und Fiona stellte sich mit zwei kichernden Mädchen und einem älteren Mann mit Ziegenbart auf und wartete. Püppi ging voran. Sie durchquerten das Zimmer, traten hinaus zur Laderampe, wo Püppi sie einzeln auf den Boden hob, und tappten über das leere, sandige Grundstück. Fiona wusste, dass man sie aus den umliegenden Hochhäusern höchstens mit Nachtsichtgeräten erkennen konnte, kam sich aber trotzdem beobachtet und nackt vor.

Endlich hatten sich Fionas Augen an die Dunkelheit gewöhnt. Vor dem Schacht erklärte Püppi leise, wie die Winde funktionierte. Man setzte sich an den Rand, machte den Oberkörper steif, hielt sich mit gestreckten Armen an einem Seil fest und wurde hinabgelassen. Der ältere Mann war der Erste, dann die beiden Mädchen. Die schwarzen Capes blieben bei Püppi. Kaum hatten sich Fionas Augen an die Dunkelheit gewöhnt, kam sie an die Reihe.

»Nicht loslassen«, schärfte Püppi ihr noch einmal ein.
»Bist du auch unten?«
Er nickte. »Ich nehme aber den Personaleingang. Erst bringe ich die Kleidung weg. Dann folge ich euch.«

Nackt wurde Fiona in den Schacht hinabgelassen. Nach mehreren Metern, die sie durch muffig riechende Schwärze geglitten war, hörte sie eine weibliche Stimme von unten: »Du könntest jetzt springen, es ist Platz. Wenn du aber nicht willst, halt dich einfach weiter fest.«

Die Eule ließ augenblicklich los, ohne noch einmal nachzudenken, und fiel durch die Dunkelheit, und es war wie dieser Moment in Träumen, wenn man fällt und fällt und weiß, dass man nie wieder Boden unter den Füßen haben wird. Sie landete in einem weichen Luftpolster wie in einer Wolke. Hoch über ihr wurde der Schacht von einer schweren Platte verschlossen, Sandkörner rieselten auf ihre nackte Haut. »Komm hierher, ich helf dir«, sagte die weibliche Stimme, und zwei Hände packten Fiona und zogen sie nach vorn. Man schob sie um eine Ecke herum durch einen dicken Filzvorhang, und dann befand sie sich mittendrin im Labyrinth dieser Nacht.

Es war eine ehemalige Bunkeranlage oder Ähnliches, die Wände bestanden aus rohem, schartigem Beton. Fackeln flackerten in hohen Gestellen und warfen zitternde Schatten. Technomusik dröhnte, schnelle harte Beats, zu schnell zum Tanzen, aber gerade richtig, um die Gedanken hineinzugeben wie in ein Schlauchboot beim Rafting, sie schossen direkt davon und waren nicht mehr zu fassen.

Eine Frau in einem langen schwarzen Lackkleid, das die Brüste frei ließ, die Augen hinter einer Maske verborgen, die Haare aufgetürmt zu einem Medusenhaupt, raste auf sie zu, Fiona sprang zurück und sah ihr irritiert hinterher. Sie fuhr auf Rollschuhen durch die Gänge, ihre weißen, kleinen Brüste wippten dabei.

Männer in engen schwarzen Lackhosen, hochhackigen Stiefeln und mit nackten Oberkörpern trugen große Flaschen Champagner herum. Fiona winkte ab, sie wollte sich erst umschauen.

»Abstinent heute, Eule?«

Hinter einer dicken Säule kam die hünenhafte Gestalt des Goten hervor. Er hielt ihr ein Amulett entgegen, das er um den Hals trug. »Gute-Laune-Drops gefällig?« Sie lachte: »Genau, was ich jetzt brauche.«

Sie nahm eine blutrote, kleine Pille und ließ sie unter der Zunge zergehen. Der Gote hob sie hoch und hielt sie fest im Griff. »Du lässt mich nachher zusehen?« Fiona lachte und gab ihm einen Klaps. »Dich und vierzig andere.«

Damit sollte sie recht behalten, denn als sie den Gang entlanglief, bemerkte sie die Monitore, die in jeder der abgehenden Kammern hingen, große Flachbildschirme, auf denen bisher nur ein künstliches Kaminfeuer flackerte. Dann sprang das Bild um, und Fiona sah eine Gruppe nackter Körper auf einem sich drehenden Bett, ein Mann mit zwei Frauen, die sich eng verschränkt im Kreis leckten, das Krempeltierchen machten. Sie ging weiter, und auf dem nächsten Bildschirm hing eine Frau mit weit gespreizten Beinen kopfüber und wurde von einem Mann gefingert. Fiona blieb stehen und überlegte, warum die Frau da hing und wie das technisch funktionierte, dann kam sie in eine größere Halle und sah die Szene live. Durch den ganzen Raum waren breite schwarze Gummibänder gespannt wie ein riesiges, elastisches Spinnennetz. Man konnte sich in die

Mulden legen, kopfüber baumeln lassen oder die Bänder als eine Art Sling nutzen. Jede nur denkbare Position und Körperhaltung wurde so möglich. Fiona seufzte, genau das brauchte sie jetzt: nicht mehr zu wissen, wo oben und unten war. Sie kletterte in das Netz, legte ein Bein durch eine Schlaufe, drehte sich, bis ihr Oberkörper in einer weiteren Schlaufe lag, und schaukelte. Das fühlte sich gut an, sie schloss die Augen und genoss das Vor- und Zurückschwingen, das fast den Eindruck von Schwerelosigkeit vermittelte. Dann spürte sie eine Hand an ihrem Fuß und zuckte gekitzelt, bis die Hand sich weiter zu ihrer Wade vorarbeitete, eine zweite Hand kam dazu, und beide machten sich an ihren Oberschenkeln zu schaffen. Sie öffnete die Augen und sah, dass über ihr ein Mann schwebte, nur wenige Handbreit über ihrem Körper. Gummibänder quer über dem Bauch, der Brust und den Schenkeln hielten ihn. Jetzt fühlte sie Hände, die ihren Po betasteten. Sie konnte den Kopf nicht weit genug drehen, nahm aber an, dass auch unter ihr jemand im Netz hing. Ein schwereloses Sandwich. Die Hände unter ihr kneteten ihren Po, die über ihr rutschten von den Oberschenkeln zwischen ihre Beine und massierten ihre Möse, und manchmal trafen sich eine Hand von oben und eine von unten. Sie fühlte, wie sie feucht wurde und die Finger immer tiefer rutschten, zwischen ihre Schamlippen glitten und über den Kitzler fuhren. Ein nasser Finger bohrte sich in ihren After, und sie wehrte sich nicht, sondern genoss das Gefühl, ausgeliefert zu sein. Der Druck in ihrer Möse wurde stärker, ihre Klitoris war prall, und sie zuckte innerlich zusammen, wenn eine Hand über sie fuhr. Der obere Mann steckte ihr den Daumen in die Möse und begann sie zu ficken, der untere Mann merkte es und fickte sie in den Arsch. Fiona wimmerte und fiepte, dann zogen sich beide Männer plötzlich zurück, sie öffnete irritiert die Augen.

Der über ihr hatte sich umgedreht und ließ sich den Schwanz von einer Frau blasen, der unter ihr wurde von einem jungen Kerl gefickt. Fiona wand sich aus den Schlaufen und hangelte sich weiter, bis sie zu einer rothaarigen Frau kam. Normalerweise war sie nicht fordernd und ließ die Dinge, die im Labyrinth geschahen, eher mit sich passieren, aber jetzt war sie unbefriedigt und zum Zerreißen gespannt. Sie stellte sich mit weit gespreizten Beinen vor die Frau hin und zog ihre Schamlippen auseinander: »Leckst du mich fertig?« Die Frau ließ sich nicht lange bitten und saugte an ihrem Kitzler mit einer Kunstfertigkeit, die Fiona in kürzester Zeit kommen ließ.

»Ich würde gern sehen, wie du und mein Freund es treiben«, sagte die Frau und zeigte auf einen glatzköpfigen Mann hinter sich, der bereits ein Kondom über seine Eichel gepellt hatte und sie erwartete.

Fiona setzte sich auf seinen Schoß, schob die Füße durch zwei Schlaufen und begann mit ihm zu schaukeln. Obwohl sie gerade gekommen war, fühlte sich sein Schwanz in ihr gut an. Bei jedem Schwung rutschte er tiefer hinein, wieder raus und wieder rein. Über ihr blinkte ein kleines rotes Licht, und als sie den Kopf drehte, fand sie sich und den Mann schaukelnd auf den Bildschirmen an der Wand wieder. Die rothaarige Frau saß daneben, wichste sich und beobachtete die beiden genau. Schnell rutschte jemand zu ihr und legte sich hinter sie, sie hob ein Bein an, ließ sich in der Löffelchenstellung von ihm ficken und rieb sich dabei weiter den Kitzler.

Schließlich krabbelte Fiona benommen und ein bisschen schwindlig vom vielen Schaukeln aus dem Spinnennetz und winkte sich eine der Security-Maiden heran. Sie kippte gierig ein Glas Champagner und fragte, ob Püppi inzwischen da sei, aber das Mädchen zog einen imaginären Reißverschluss über den Lippen zu und lächelte sie nur an. Fiona zuckte mit den Schultern, sie wusste ja, dass Kontakte zwischen Security und Gästen unerwünscht waren.

Sie brauchte ein bisschen Ruhe und betrat einen Nebenraum, in dem außer einem knutschenden Pärchen nur ein Junge mit blauen Haaren saß, der sie zu sich heranwinkte. Sie setzte sich neben ihn auf eine weiche Bank, er sagte »ich würde gern deine Brüste untersuchen«, und Fiona lachte. »Nur zu, sag Bescheid, wenn du etwas herausfindest.«

Er betastete ihre Brüste mit einer Gründlichkeit, als hätte er noch nie zuvor einen Busen angefasst, zutzelte an den Nippeln, leckte darüber, presste sein Gesicht in das weiche Fleisch, drückte die Brüste zusammen und wog sie in seinen Händen. »Ich würde auch gern deine Scheide untersuchen.« Fiona erinnerte sich an die beiden Männer im Spinnennetz und sagte: »Nur, wenn du mich hinterher fickst oder fingerst, bloß untersuchen ist nicht.« Der andere Mann, der bisher innig seine Partnerin geküsst hatte, lachte sie an: »Keine Sorge, wenn er es nicht tut, mach ich es, gefickt wirst du heute.«

Fiona setzte sich zurück und spreizte die Beine. Der Junge kniete sich vor sie hin und betastete ihre Schamlippen, ihren Kitzler und den Möseneingang. Er steckte einen Finger hinein, roch daran, leckte sie durch die Spalte und steckte ihr einen anderen Finger hinein. Fiona stöhnte leise. Der Junge war vielleicht merkwürdig, aber er fingerte gut. Er zwirbelte den Kitzler vorsichtig zwischen den Fingerkuppen, und Fiona hatte das Gefühl, als würde die Feuchtigkeit geradezu aus ihr herauslaufen. Sie war nur noch ganz und gar Fotze und ließ sich von ihrer Geilheit überfluten. Der Junge drängte sie zurück, bis sie auf dem Rücken lag, griff nach einem Kondom, legte sich ihre Beine über die Schulter und drang in sie ein. Der andere Mann stand auf und stellte sich neben sie, um zuzusehen, während seine Partnerin ihm den Schwanz lutschte. Der Junge kam, und der Mann schob ihn weg und steckte nun seinen Schwanz in Fiona. Sein Penis war größer und dicker, und er vögelte sie in kleinen harten Stößen, dann wieder in langsamen, gemächlichen, aber es waren die ganz kleinen, fickrigen Bewegungen, die Fiona um den Verstand brachten, bis sie schrie vor Lust. Sie lag noch eine Weile heftig atmend und keuchend da, und als sie die Augen wieder öffnete, war sie allein in der Kammer.

Sie beschloss, sich den Rest der Anlage anzusehen. Es war unglaublich, was die Grinsekatze für eine einzige Nacht auf die Beine stellte. Die Konstruktion mit dem Spinnennetz hatte eine raffinierte Statik, Fiona konnte gar nicht erkennen, wie es befestigt war. Überall hingen und wippten nackte Körper. Es wurde gefickt, geleckt und gefingert, dazu der Beat der Technomusik, und jetzt bemerkte sie in ihrem Hinterkopf auch das typische leise Summen, das meist dann einsetzte, wenn sie ein Geschenk vom Goten bekommen hatte. Ihre Fingerspitzen kamen ihr zunehmend warm vor, bis sie fast glühten, und auch ihr Herz spürte sie deutlich gegen ihre Rippen schlagen. In ihrer Möse breitete sich eine Hitze aus, als würde in ihr eine Kerze schmelzen. Sie schwankte leicht, dann hörte sie hinter sich eine dunkle, schmeichelnde Stimme: »Heiß, Eule? Brennt dir das Fötzchen weg? Dafür hab ich genau das Richtige.«

Der Gote fasste sie an den Schultern und schob sie durch den Gang in eine weitere Kammer, in der ein Fass mit zerstoßenem Eis stand. Er langte hinein und zog einen Dildo aus Eis hervor. »Der wird dich abkühlen, Schätzchen«, sagte er und drückte den frostigen Stab einer drallen Blonden mit aufgesteckten Zöpfen in die Hand.

Er setzte Fiona in einen Sling, der von der Decke baumelte und ihre Beine so weit spreizte, wie es nur ging. Die Blonde stellte sich zwischen ihre Beine und tätschelte ihr den Bauch. »Erst ist das etwas ungewohnt«, hauchte sie, »aber zusammen mit diesen Hitzepillen wird es ziemlich großartig, ein schöner Preis, juja.«

Sie streichelte Fionas Möse mit der einen Hand und ließ mit der anderen den Eisdildo um ihre Brustwarzen kreisen. Fiona zog scharf die Luft ein. Als sie den Kopf nach hinten legte, sah sie sich selbst auf dem Monitor, dann änderte sich das Bild, und sie erkannte Püppi, wie er neben dem Spinnennetz stand und einer Frau half, die Balance in einer der Schlaufen zu halten, während sie von hinten gefickt wurde. Fiona konnte den Blick nicht von ihm abwenden. Die Blonde zog mit dem Eis Schlangenlinien über ihre Haut und hinterließ dort eine feuchte Spur. Dann hob Püppi den Kopf, und Fiona kam es vor, als würde er sie direkt ansehen. War es möglich, dass die beiden Kameras so eingestellt waren, dass sie ihm ihr Bild und ihr seins zeigte?

Der Gote stand neben ihr und legte seine Hand auf ihren Bauch. »Blondie macht das richtig gut, deine Fotze wird sich über die Abkühlung freuen, Eule.« Die Blonde schob den Eisdildo in Fionas Möse, und sie schrie kurz, weniger aus Schmerz als aus Überraschung. Sie wusste kaum mehr, wo oben und unten war. Das lavaartige Brennen in ihr hörte nicht auf, es wurde nicht gelöscht durch das Eis, die Kälte kam als zweiter Reiz dazu, Fiona fühlte sich völlig verwirrt und aus den Angeln gehoben, und das Summen in ihrem Kopf wurde lauter. Die Blonde drehte den Eisdildo in ihr hin und her, so viel bekam sie mit, sie zog den Dildo immer wieder aus ihr und rieb mit der Spitze über ihren Kitzler, dann führte sie ihn erneut ein, sie spielte schließlich an Fionas Poloch und schob ihn ihr Zentimeter für Zentimeter hinein, wo er langsam schmelzen würde. Sie ließ ihn dort, beugte sich vor und lutschte Fionas Möse. Der Gote kniete sich neben sie und flüsterte ihr ins Ohr: »Ja genau, meine Süße, auch ins Ärschle, wir besorgen es dir, lass dich ficken, du Schöne, und Blondie saugt dir das Loch.«

Er wichste sich selbst dabei und spritzte dann in hohem Bogen auf ihren Bauch. Fiona driftete weg, sie war so benommen, dass sie nicht allein aus dem Sling kam. Endlich fühlte sie, wie jemand eintrat, und drehte langsam den Kopf. Alles drehte sich um sie herum. Sie erkannte Püppi in der Tür und streckte ihm die Hand entgegen. »Bitte«, hauchte sie, »fick mich.« Püppi löste ihre Füße aus dem Sling und stützte ihren Kopf ab, als er sie aus den Ledergurten hob. »So sicher nicht, Eule.«

Sie konnte die Augen nicht mehr offen halten und fühlte, wie sie durch die Gänge getragen wurde. »Bringst du mich in den Wald zu den Häschen?«, nuschelte sie an Püppis Brust.

Fiona kicherte, als Püppi in ihren Taschen nach dem Haustürschlüssel suchte. Sie stand an sein Auto gelehnt vor ihrem Haus und bewegte sich keinen Zentimeter. Es war zu lustig, sie musste immer wieder kichern. Er fand den Schlüssel, und sie zog an seinem Arm wie ein quengelndes Kind: »Trag mich!«

Püppi seufzte, warf sie sich über die Schulter und ging mit seiner Last durch den winzigen Vorgarten. Der türkische Nachbar kam aus seinem Haus, nickte kurz und sah missbilligend auf die baumelnde Fiona. »Geht sie nie zu Fuß nach Hause?«

Püppi sagte nur »merhaba«, schloss auf und brachte Fiona in den Flur.

Er setzte sie ab, und sie zerrte sich noch im Flur die Kleidung herunter, bis sie in Unterwäsche vor ihm herging, vorbei an dem Badezimmer, dessen Tür immer geschlossen war. Er stand nur da und trat von einem Fuß auf den anderen. »Ich hab so 'n Hunger!«, rief sie ihm aus der Küche zu. Er stapfte ihr hinterher, und sie hielt ihm den Schinkenblock und ein Messer entgegen. Er schüttelte den Kopf. »Ich hatte genug Fleisch heute Nacht.«

Mit fahrigen Bewegungen zerrte Fiona ihr Bettzeug und die Plüschtiere unter dem Küchentisch hervor und schleppte alles in den Flur. Dort schob sie die dünne Matratze in die Garderobennische und schlüpfte unter die Decke. Püppi besah sich den ausgeblichenen Kalender mit Landschaftsmotiven, dessen Blätter sich schon wellten.

»Wieso ziehst du hier nicht aus? Oder renovierst wenigstens mal komplett?« Er zeigte auf ihre Schlafkoje. »So kann man doch nicht wohnen.«

Sie kuschelte sich an die große Plüschraupe Absolem.

»Weggehen kann ich nicht. Und meins ist es nicht.«

Sie öffnete noch einmal die Augen. »War die Grinsekatze heute da? Die Frau mit der Maske auf den Rollschuhen, war sie das?«

Er zuckte die Achseln.

»Hast du mit ihr telefoniert, bevor wir hingefahren sind? Du musst mich zu ihr bringen. In der Nacht, in der Evi ermordet wurde, bin ich durch ihren Garten gelaufen. Und es war jemand hinter mir her. Ich glaube, der kam von der Truckparty.«

Püppi stand stumm wie ein Soldat in der Tür zum Flur, und zum ersten Mal seit Tagen wusste sie, sie würde traumlos durchschlafen.

Während ihr Atem schon tiefer wurde, hörte sie noch, dass er den Umschlag öffnete und wieder die Fotos durchsah. Dann wählte er auf seinem Handy eine Nummer und sagte leise und eindringlich: »Plan B, Sie müssen die Kleine treffen. Es ist alles ganz anders, als wir dachten. Sie hat Fotos aus dem Sektenhaus – das glauben Sie nicht!«

LONELY TWIN

8

Obwohl sie ihr ganzes Leben in Berlin wohnte, war Fiona noch nie im Hamburger Bahnhof oder einem anderen Kunstmuseum gewesen. Das große Gebäude mit seinen beiden Türmen, die nachts hellblau angestrahlt wurden, hatte sie immer an eine Kulisse für Ritterspiele erinnert und sie auch eingeschüchtert. Ohne näher darüber nachzudenken, fand sie, ihre Eltern hätten sie die ersten Male mit ins Museum nehmen und ihr zeigen müssen, wie man sich vor den Kunstwerken verhielt. Aber so einen Besuch hatte es nie gegeben, und die Erzieherinnen im Heim hatten keine Ausflüge zu den Sammlungen angeboten.

Während Fiona um Mitternacht neben dem Springbrunnen am Haupteingang stand, fragte sie sich, ob sie dadurch wohl etwas verpasst hatte. Jetzt kam sie nicht mehr drum herum, und sie stieg die Stufen zum Eingang hinauf und fand die Tür offen. Sie fragte sich nur kurz, wie die Grinsekatze das arrangiert hatte. Wahrscheinlich gehörte jemand vom Wachpersonal oder von der Museumsleitung zu ihren Kunden.

Drinnen war es dunkel, und die Wände warfen das Echo ihrer Schritte zurück. Die riesige ehemalige Bahnhofshalle hinter den Kassen lag menschenleer und dunkel vor ihr. Vielleicht wurde die Ausstellung gerade umgebaut, Gerüstteile an der Seite, Leitern und große Holzkisten deuteten darauf hin. Der Boden war hier mit Packpapier abgedeckt und raschelte leise, als sie darüber ging.

Nur in einer Ecke schimmerte ein gelbliches Licht. Sie erkannte ein Spiegelkabinett aus Holz, das an altmodische Jahrmärkte erinnerte. Die Zerrspiegel, die auf den Wänden angebracht waren, gaben Fiona ihr eigenes Bild entweder strichdünn oder ballondick wieder.

Über dem Eingang hingen nicht nur Schilder, auf denen Spruchblasen standen wie »Oben ist unten, und unten ist oben« und »Tritt ein ins Labyrinth« und »Erkenne dich selbst« und »Alle Wege hier sind meine Wege«, sondern auch ein Monitor, der ihr Gesicht zeigte, verpixelt und geisterhaft bläulich-weiß. Irgendeine Kamera hatte sie erfasst, aber sie entdeckte keine. Fiona öffnete die Saloontür, die mit einem Quietschen aufschwang, und ging ein paar Schritte durch die Installation. Die Luft war stickig, und es roch durchdringend nach frisch bearbeitetem Holz und Leim und Farbe. Dann, nach einer Biegung, war ihr Weg schon beendet. Sie musste umdrehen. Vor ihr stand ein Monitor, der ihr ihre Rückseite zeigte. Noch während sie überlegte, von wo aus sie aufgenommen wurde, flackerte das Bild, und sie sah sehr verschwommen ihr suchendes Gesicht mit zwei dunklen Flecken, den Schatten ihrer Augen. Schließlich fand sie die richtige Lücke und betrat einen neuen Gang, der sie weiter ins Innere führte. Sie tastete sich vorwärts, erlebte sich lang gezogen wie auf einer Streckbank, mit eingedelltem Gesicht und riesig aufgeblähter Stirn, kaleidoskopartig zusammengesetzt mit mehreren Armen und Beinen. Dann kam ein Bildschirm, der ihre unsicheren Schritte vorführte, sie überlegte, wann das gewesen sein sollte, und erkannte die Eingangspforte des Museums wieder, an der sie nur zögernd weitergegangen war, weil sich ihre Augen erst an die Dunkelheit gewöhnen mussten. Zum Schluss, und das traf sie schockartig, weil sie damit nicht gerechnet hatte, sah sie sich einfach so, wie sie war: klein und zierlich, die fast weißen Haare zu einem Zopf geflochten, der Blick konzentriert und ernst. Genau hinter diesem unverzerrten Spiegel stand sie plötzlich vor einer schwarzen Gestalt, und sie schrie kurz auf. Das Herz schlug ihr bis zum Hals.

Der Mann trug trotz der Wärme einen Ganzkörperanzug aus knirschendem schwarzem Lack, der bis über den Kopf ging und nur die Augen und den Mund frei ließ. Er griff sie und zog sie hinter den nächsten Spiegel. Sie stolperte, aber der Lacksklave schob sie weiter ins Innere des Kabinetts. Er kannte den Weg genau, er zögerte nie, führte sie links- und rechtsherum, an Monitorflächen voll rauschendem Weiß vorbei, und Fiona bekam nach einer Weile das Gefühl, er versuche bewusst, ihr die Orientierung zu nehmen. Sie hatte jetzt schon keine Ahnung mehr, wie sie jemals wieder zum Eingang finden sollte. Ihr eigenes Gesicht sah ihr überall entgegen.

Sie hielten an.

Er stand hinter ihr und zog ihr die dünne Jacke von den Schultern. Dann umfasste er ihre Taille und nestelte an dem Knopf ihrer Shorts. Sie wand sich, aber der Sklave griff sie umso fester und hauchte in ihr Ohr: »Bitte ergebenst, meine Befehle ausführen zu dürfen. Du musst unbekleidet vor die Herrin treten.«

Die Labyrinth-Partys waren videoüberwacht, die Grinsekatze hatte sie also schon zigmal vögeln sehen, vielleicht war es ihre persönliche Vorliebe, mit nackten Mädchen zu sprechen. Vielleicht wollte sie auch bloß ihre Macht demonstrieren und zeigen, dass sie es war, die hier alles kontrollierte.

Fiona ergab sich und ließ sich ausziehen. Nur den Umschlag mit den Fotos hielt sie fest umklammert.

»Es ist wegen der Elektronik«, sagte eine warme, volltönende und fast singende Stimme ganz in ihrer Nähe. Fiona nahm ihr Kleidungsbündel unter den Arm. Sie wurde weitergeführt und trat zwischen zwei Spiegeln hindurch. Vor ihr lag im Halbdunkel, hingebreitet auf einer violetten Chaiselongue, eine Frau, die vom Hals bis zu den Fußknöcheln in ein Gouvernanten-Outfit aus schwarzer Seide gehüllt war. Die Grinsekatze.

Das Kleid raschelte, als sie sich aufsetzte und Fiona zu sich winkte. Auf ihrem Kopf türmte sich eine Rokoko-Perücke aus purpurnem Haar. Vor ihr Gesicht hielt sie eine Lorgnonmaske aus schwarzer Spitze, sodass Fiona nur den ebenfalls purpurn geschminkten Mund sah, der sie freundlich anlächelte. Ihre Taille war so schmal zusammengeschnürt, dass Fiona sich fragte, wie man darin atmen oder sich bewegen konnte. Um ihren Hals baumelten lange schwarze Perlenketten, die sie unaufhörlich durch ihre Finger gleiten ließ. Nur die Hände und die Füße waren nackt und fielen wie angeleuchtet direkt ins Auge. Fiona bemerkte, dass der Sklave gebannt auf diese Füße starrte.

»Es ist wegen der Elektronik«, wiederholte die Grinsekatze, »aber wo bleiben meine Manieren. Bevor man etwas sagt, sagt man erst mal Guten Tag.« Sie beugte den Kopf. »Guten Tag. Handys, Kameras, Mikrofone, das ganze Zeug. In deiner Muschi wirst du so was wohl kaum verstecken. Ich kenne dich ja gut von den Partys, du bist ein wildes Mädchen. Und wie ich riechen kann« – sie tat, als würde sie in Fionas Richtung schnuppern –, »hattest du diese Nacht viel Spaß.«

Fiona stand kerzengerade da und erwiderte ihren Blick, ohne zu blinzeln. Sie würde sich nicht aus der Fassung bringen lassen.

Die Grinsekatze wandte sich an den Sklaven. »Du darfst ihr Abtreter sein. Sieh doch, was für schöne kleine Füße sie hat.«

Der Sklave gehorchte sofort und legte sich flach auf den Boden.

»Das Gesicht nach unten«, befahl die Grinsekatze, »nicht übermütig werden. Ich sag dir schon Bescheid, wenn es dir erlaubt ist, die Füße zu bewundern.«

Quietschend drehte der Sklave sich um, sein Lackanzug reflektierte eine merkwürdige weiße Fläche – ein Gesicht –, und als Fiona über sich an die Decke blickte, fand sie dort einen Monitor, der ihr ein Standbild ihrer eigenen Züge zeigte.

»Du darfst ihn besteigen«, sagte die Grinsekatze, »er muss auch ein bisschen Spaß haben. Haustiere brauchen ihr Gassi, sonst ist das keine artgerechte Haltung.«

Fiona stellte sich auf den Rücken des Sklaven, setzte einen Fuß zwischen seine Schulterblätter, den anderen auf seine Hüfte und versuchte, im Gleichgewicht zu bleiben.

Die Grinsekatze erhob sich und schritt auf Fiona zu.

»Wir haben einen gemeinsamen Freund«, raunte sie, und Fionas Herz schlug schneller, als wäre sie bei etwas Verbotenem oder Peinlichem erwischt worden. »Er hat mich wissen lassen, dass du mir etwas zeigen möchtest.« Sie zog Fiona den Umschlag aus der Hand und tänzelte zurück zu der Récamiere. Sie legte die Fotos auf die Lehne, würdigte sie aber noch keines Blickes.

»Püppi und ich kennen uns schon ewig«, fuhr sie fort, als wäre das eine Information, die Fiona bisher nicht bedacht hatte und unbedingt wissen müsste. »Wir teilen eine Vergangenheit.«

Fiona verlagerte ihr Gewicht unmerklich auf dem Sklaven und ging leicht in die Knie, um mehr Standfestigkeit zu haben.

»Du sprichst nicht viel, oder?«

»Sie wollten sich die Fotos ansehen. Ich möchte wissen, ob Ihnen dazu etwas einfällt.«

Die Grinsekatze lachte amüsiert. »Schätzchen! Mir fällt immer etwas ein. Das ist mein Beruf. Ich schaffe Wege, wo vorher keine waren. Das ist der eigentliche Sinn eines Labyrinths, nicht die Verwirrung, sondern die Verknüpfung.«

Zögernd nahm sie den Umschlag, ihr Gesicht blieb unbewegt, fast gelangweilt. Ganz vorsichtig, als sei das Papier unendlich kostbar, öffnete sie die Lasche, sah dann aber wieder auf.

»Wie schwer bist du? Ungefähr fünfzig Kilo? Achtundvierzig? Weniger? Trotzdem, du solltest langsam von ihm runtersteigen. Er ist nicht mehr der Jüngste.« Fiona trat beiseite und war froh, wieder festen Boden unter den Füßen zu haben. Der Sklave atmete schwer.

»Du darfst dich umdrehen«, befahl die Grinsekatze, und Fiona wusste, dass nicht sie gemeint war.

»Es ist dir gestattet, ihren Füßen zu huldigen. Wenn sie dich nicht wegstößt, darfst du auch daran riechen.«

Der Sklave kroch eidechsenartig auf Fiona zu, ließ ihre Füße nicht aus den Augen und schnupperte. Dann drehte er den Kopf und sah seine Herrin flehentlich an. Die zuckte mit den Schultern.

»Es sind ihre Füße. Wenn sie es erlaubt, habe ich nichts dagegen, dass du ihr die Knöchel leckst. Aber heul nicht rum, falls du einen Tritt bekommst.«

Vorsichtig näherte sich der Sklave noch weiter, streckte probehalber die Zungenspitze aus. Fiona seufzte und rollte mit den Augen, bewegte sich aber nicht. Der Sklave legte sich wie ein großer, schwarz glänzender Embryo um sie herum und schlappte über ihren Knöchel. Ein Mal. Ein zweites Mal. Dann leckte er in stetigen kurzen Zungenschlägen, als würde er Milch ausschlecken. Eigentlich war es nicht unangenehm, Fiona konnte es ganz gut ignorieren und sah der Grinsekatze stumm ins Gesicht. Die widmete sich endlich dem Umschlag und zog den Stapel Fotos heraus.

Fiona erkannte nicht, welches Bild sie gerade betrachtete, die Grinsekatze hielt sie nah vor ihr Gesicht. Sie wusste, dass die ersten Bilder die von Jan aus dem Garten waren. Die Grinsekatze blätterte sie relativ schnell durch, ihr Gesicht zeigte keine Regung.

Aber dann ging ein Ruck durch sie, als hätte sie einen Stromschlag bekommen, ganz kurz nur. Für einen Moment krampfte sich ihr Körper zusammen, und Fiona kam es so vor, als wäre plötzlich eine Elektrizität im Raum, eine kaum erträgliche Spannung. Die Grinsekatze hatte sich sofort wieder in der Gewalt und saß so lasziv und königlich da, wie es offenbar ihre Art war, aber Fiona konnte genau sehen, dass ihre Finger zitterten und ihr Gesicht hinter der Spitzenmaske weiß geworden war. Ihre Augenlider blinzelten häufiger als vorher, und ihr Mund hatte eine ungewohnte Härte.

»Ich bin in der Nacht verfolgt worden«, sagte Fiona, »nach der Truck-Party. Ein Mann war hinter mir her und hat mich mit Pfeilen aus einem Blasrohr beschossen. Ich bin über das Sektengrundstück gelaufen, um ihn abzuhängen. Ich hab ihm also gezeigt, wie man reinkommt.«

»Ein Mann? Mit Blasrohr? Bist du sicher, dass er einer vom Truck war? Die Security hat bei ihren Kontrollen nichts in der Richtung gefunden. Hätte jemand eine Waffe oder auch nur ein Spielzeug dabeigehabt, wäre er direkt abgewiesen worden. Du kennst unsere Regeln.«

»Vielleicht hatte er es irgendwo zwischen den Bäumen versteckt?«

Die Grinsekatze schwieg und spielte mit ihren Ketten. Plötzlich legte sie die Maske und die Fotos beiseite, erhob sich, ging auf Fiona zu und gab dem Sklaven einen leichten Stoß mit dem Fußrücken, dass der auf allen vieren wegrutschte. Ohne Vorankündigung schloss sie ihre Arme um Fiona und drückte sie fest an sich. Fiona stand stocksteif da und wartete. Die Umarmung war warm und trotz des steifen Korsetts sehr weich, fast mütterlich.

Die Grinsekatze legte eine Hand an Fionas Wange und sah ihr tief in die Augen. Ihre Augen schimmerten, und um ihre Mundwinkel lag ein trauriger Zug.

»Alle Täter sind einander ähnlich«, sagte sie, »aber jedes Opfer ist auf seine besondere Art unglücklich.« Sie küsste sie auf den Mund. »Du bist nicht schuld an dem, was deiner Freundin passiert ist. Du hast schon so viel durchgemacht, meine kleine Eule.«

Fiona fing an zu zittern, ihre Knie wurden weich. »Werden Sie mir helfen? Wissen Sie, wer der Mann mit dem Blasrohr ist?«

Die Grinsekatze nahm wieder Platz, diesmal nur auf der Lehne.

»Ich muss ein paar Dinge abklären, ich habe einen Verdacht. Ich glaube, dass ich ihn tatsächlich in der Kartei habe. Sein Nickname ist Lonely Twin, und ich vermute, du bist ihm auch schon im Labyrinth begegnet, aber ich muss erst ganz sicher sein, bevor ich etwas unternehmen kann.«

»Also werden Sie mir helfen?«

Die Grinsekatze schloss kurz die Augen. Fiona war so erleichtert, als hätte ihr jemand ein viel zu enges Korsett aufgeschnürt. Plötzlich konnte sie wieder atmen. Sie wollte auf sie zugehen, aber die Grinsekatze hob abwehrend die Hand.

»Kein Mensch hilft einem, es ist kein Zusammenhalt.«

Sie sammelte die Fotos ein und steckte sie zurück in den Umschlag. »Nichts ist umsonst. Ich erwarte einen Gefallen von dir.«

Fiona überlegte, ob der Gefallen etwas mit Püppi zu tun haben würde. Und tatsächlich fiel in dem Augenblick sein Name.

»Püppi hat mir erzählt, dass die Nachbarin diese Fotos geschossen hat.«

»Sie ist eine alte, sehr kranke Frau und langweilt sich.«

»Diese Frau besitzt eine Tasche, eine Abendclutch, wie sie in den Neunzigern Mode waren. Ein hässliches kleines Teil aus Metall, mit Strass und Glitzer besetzt, das aussieht wie drei bunt dekorierte Cupcakes mit Sahne obendrauf.«

Fiona überlegte, woher sie das wusste, nickte aber. »Das ist ihr Notfalltäschchen. Sie trägt es immer quer über dem Oberkörper, sogar wenn sie ein Nachthemd anhat. Außerdem ist es abgeschlossen.«

Die Grinsekatze seufzte ungeduldig. »Das lass mein Problem sein. Ich will es haben.«

»Das geht nicht. Sie gibt es nie aus der Hand. Sie würde es sofort merken, wenn ich es stehlen würde.«

Püppi fiel ihr ein. Wie er auf der Straße stand. Vielleicht hatte er gar nicht die Sekte beobachtet, sondern das Haus von Lorina. Vielleicht war er in der Nacht, in der Evi ermordet wurde, gar nicht zufällig dort gewesen.

Mit einer fließenden Bewegung erhob sich die Grinsekatze und tappte barfuß hinter das Sofa. Der Sklave folgte ihr und ließ sie eine Leine an seinem Halsband befestigen.

»Das ist der Deal: Ich will diese Tasche. Keine Sorge, du stiehlst sie nicht, du leihst sie nur aus. Ich behalte sie fünf Minuten, und dann bekommst du sie zurück. Unbeschädigt. Niemand wird es merken. Geht alles glatt, gebe ich dir die Informationen, die du brauchst, um den Mann mit dem Blasrohr aus dem Verkehr zu ziehen.«

Sie tätschelte dem Sklaven den Kopf, der sich an ihr Bein schmiegte und wie ein Hund zu ihr aufsah. »Und du wirst mit niemandem über diese Abmachung sprechen. Schick mir eine SMS, wenn du dich entschieden hast.«

Er zerrte an der Leine, sie sagte zu dem ungeduldigen Sklaven: »Hör auf, hör auf, nun raus, raus, raus!«, und führte ihn auf allen vieren hinter einen weiteren Spiegel. Als Fiona sich wieder angezogen hatte und ihr hinterherlief, waren beide verschwunden.

* * *

Fiona stand in der Straße hinter dem Sektenhaus neben Püppis Kastenwagen. Sie trat von einem Fuß auf den anderen und zuppelte an ihrem T-Shirt. Der Lacksklave war selbst bei diesem heißen Wetter in einen Ganzkörperanzug aus Latex gegossen, der wie ein echter Zweireiher mit Hemd und Krawatte bemalt war und nur Hände und Kopf frei ließ. Er trug eine riesige, verspiegelte Sonnenbrille und einen buschigen schwarzen Bart, sodass von seinem Gesicht nichts zu erkennen war.

Er senkte den Kopf und wisperte: »Ich bitte untertänig darum, dich ruhiger zu verhalten und stillzustehen, du machst die Herrin nervös.«

Als würde sie einen Hund dressieren, hielt Fiona ihm die flache Hand entgegen und zischte: »Kusch!« Erstaunlicherweise funktionierte es, und Quälius setzte sich auf den Kantstein.

Fiona biss auf ihrer Unterlippe herum. Das gefiel ihr alles nicht. Sie war es gewohnt, Dinge zu verschweigen, aber im Lügen hatte sie keine Übung. Und dann ausgerechnet Lorina etwas vorzumachen, die sie so gut kannte. Sie wusste einfach nicht, ob sie das hinkriegen würde. Und auch nicht, ob es richtig war. Die Grinsekatze hatte nichts erklärt, sondern ihr nur den Preis genannt. Tante Lorina trug das kitschige Abendtäschchen zu allen Tages- und Nachtzeiten mit sich herum, egal ob sie fernsah, backte oder nur im Sessel saß und den Sauerstoff aus der großen Flasche einatmete. Was wollte die Grinsekatze mit diesem Täschchen? Und falls Püppi neulich vor dem Sektenhaus für sie spioniert hatte – wieso war er heute nicht hier?

Das Beifahrerfenster des Kastenwagens wurde heruntergekurbelt. Fiona beugte sich vor. Die Grinsekatze trug eine große Sonnenbrille und ein buntes Seidentuch um den Kopf, als würde sie in einem Agententhriller der Sechzigerjahre mitspielen. Neben ihr, auf dem mittleren Platz, saß ein grinsender Mann, klein, rund und weiß wie eine Made. Vorgestellt wurden Fiona und er einander nicht.

»Ist es sicher, dass der Arzt heute kommt?«

Fiona nickte und sah auf die Uhr. »Gleich vier. Er ist meistens sehr pünktlich.«

Die Grinsekatze nickte zu Lorinas Haus. »Dann los!«

Fiona zögerte, überlegte noch einmal, ob es nur eine belanglose Gefälligkeit war, die sie erledigen sollte, oder eine Art Verrat. Aber die Grinsekatze hatte ihr geschworen, dass sie die Tasche direkt wieder zurückbringen dürfte und dass nichts fehlen würde. Lorina würde es also nie erfahren. Das gab den Ausschlag.

Fiona lief so schnell, als würde sie verfolgt, zwang sich, an der Ecke langsamer zu gehen, weil Lorina am Fenster stehen und sie kommen sehen könnte, aber als sie hinaufsah, waren die Vorhänge zugezogen, und nichts rührte sich. Auch im Treppenhaus begegnete ihr niemand.

In der Wohnung war es dämmrig und stickig, obwohl die Fenster einen Spaltbreit offen standen. Lorina saß in ihren bunten Kimono gehüllt schwer atmend in einem Sessel, das metallene Täschchen hatte sie sich quer über den Körper gehängt. Bei jedem Atemzug rasselte und pfiff sie, und ihre Lippen waren ganz blau, als sie die Sauerstoffmaske kurz absetzte, um Fiona zu begrüßen.

»Liebchen, du siehst verhungert aus. Nimm dir einen Rübli-Muffin.«

Fiona griff direkt zu, fragte sich aber im selben Moment, ob das nicht auffällig war, denn sie machte sich wenig aus Kuchen und nahm meist erst dann ein Stück, wenn Lorina drängelte. Wenigstens konnte sie mit vollem Mund nicht sprechen.

»Wie geht es dir denn?«, fragte Lorina und tätschelte Fionas Knie. Gerade noch rechtzeitig erinnerte sich Fiona, dass sie am Telefon behauptet hatte, sie sei so traurig und wütend wegen Evi und würde gern vorbeikommen, um nicht allein zu sein. Fiona grinste schief und zuckte mit den Schultern.

»Das wird schon, Kindchen.« Lorina kaufte ihr die verschlossene Verzweifelte ab. Vielleicht war sie aber einfach nur zu sehr mit ihren Schmerzen beschäftigt.

Als es klingelte, stürmte Fiona zur Tür und begrüßte den Arzt, der Lorina ernst ansah. Während er mit der alten Frau sprach, schlich Fiona ins Schlafzimmer und legte die Fotos zurück.

»Sie wissen, was wir besprochen haben? Sie erinnern sich, welche Möglichkeiten ich Ihnen erklärt habe? Sie können die Palliativstation jederzeit anrufen und auch das Hospiz, das ich Ihnen genannt habe.«

Lorina nickte schwach und winkte ab: »Ich werd schon wieder.«

Er half ihr aus dem Sessel, entfernte die Sauerstoffmaske und hängte das Täschchen an die Sessellehne. »Wir kontrollieren jetzt erst mal den Shunt. Ich klopfe Sie ab, und dann wird es Ihnen schon besser gehen.« Er führte sie zum Schlafzimmer. »Dauert nicht lang, eine Viertelstunde vielleicht.«

Fiona nickte. »Ich bring in der Zwischenzeit den Müll runter und nehm deinen Schlüssel mit, dann störe ich euch nicht.«

Lorina und der Arzt schlossen die Tür hinter sich. Fiona wartete, bis sie das Ächzen der Bettfedern hörte, dann sprang sie auf, riss das Täschchen von der Lehne, das so leicht war, als wäre gar nichts darin, und versuchte, den Verschluss zu lösen. Es war abgeschlossen. Hoffentlich linkte die Grinsekatze sie nicht. Wie vertrauenswürdig war diese Frau überhaupt?

Sie schnappte sich noch die Mülltüte und rannte die Treppen hinab. Unten stieß sie die Haustür auf, die krachend gegen die Wand schlug, sprang über den Bordstein auf die Straße, wich einem Blumenkübel aus und lief an dem Sektenhaus vorbei zum Kastenwagen. Sie reichte der Grinsekatze die Tasche durchs Fenster.

Die wendete sie hin und her, als wollte sie überprüfen, ob es auch wirklich die richtige war. Schließlich nickte sie und fuhr das Seitenfenster wieder hoch. Der Sklave fasste Fiona mit einer Bestimmtheit am Arm, dass sie gar nicht auf die Idee kam, sich zu weigern. Er führte sie einige Schritte vom Auto weg und sorgte dafür, dass sie in eine andere Richtung sah. Immer, wenn Fiona versuchte, sich umzudrehen, glitt er wie ein Schatten vor sie und drängte sie ab.

Nach einigen Minuten, die Fiona endlos vorkamen, durfte sie zurückgehen und das Täschchen wieder in Empfang nehmen. Die Grinsekatze hatte das Fenster nur halb heruntergelassen und schob es Fiona durch den Spalt entgegen.

Skeptisch drehte sie es in den Händen und knibbelte am Verschluss. Es war immer noch abgeschlossen. Und sie konnte keinerlei Kratzspuren oder sonstige Beschädigungen feststellen. Sie roch sogar daran.

Die Grinsekatze lächelte aus dem Auto zu ihr hoch. »Es ist unversehrt, wie besprochen. Wenn du das Ding zurücklegen kannst, ohne dass es ihr auffällt, hast du deinen Teil erfüllt, das war doch wirklich nicht schwer. Glaub mir, ich selbst investiere sehr viel mehr in unsere kleine Unternehmung.«

Der madige Mann neben ihr lächelte dümmlich und wischte sich mit seinen prallen, kurzen Quarkfingern über das schwitzige Gesicht. »Jetzt lauf zurück!«

Fiona hatte sich schon fast umgedreht. »Wieso ist Püppi nicht hier?«

Die Grinsekatze wedelte mit den Händen vor ihrem Gesicht. »Er hat etwas unglaublich Wichtiges, Bedeutsames, Rührendes zu tun.« Fiona überlegte, ob sie gelangweilt oder verärgert klang oder aber einfach neidisch, ein abwegiger Gedanke, denn die Grinsekatze konnte doch wohl alles haben, was immer sie wollte.

Der Rest lief so reibungslos, dass es Fiona fast misstrauisch machte: durch das Treppenhaus, in die Wohnung, zum Schlafzimmer, rufen, dass sie zurück war, die Tasche wieder an den Sessel hängen, den Hausschlüssel hinlegen – und dann doch noch etwas, bei dem ihr Herz so laut schlug, dass sie sicher war, Lorina könnte es auf der anderen Seite der Wand hören: lügen. »Tante Lorina? Meine Chefin hat angerufen. Eine Kollegin ist umgekippt, sie hat zu wenig Leute in der Praxis, ich muss einspringen.« Sie hörte ihren eigenen Worten nach, ob sie irgendwie schrill, ausgedacht, unecht klangen.

Lorinas »ist gut, mein Mädchen« kam so kraftlos und gepresst zurück, dass sich Fiona schämte, sie hintergangen zu haben. *Ich habe eine sterbenskranke, alte Frau bestohlen, die mir all die Jahre nur geholfen hat,* dachte sie, *das ist 'ne Superleistung.*

Sie hielt es vor innerer Spannung nicht mehr aus und ertappte sich dabei, wie sie wieder von einem Fuß auf den anderen trat, fast hüpfte. Sie hastete die Treppen hinunter. Unten lief sie los, am Sektenhaus vorbei, vor dem immer noch Blumenberge und Regenbogenfahnen lagen und neuerdings auch Holzkreuze und Marienbilder. Vom Kastenwagen war nichts mehr zu sehen. Sie atmete tief ein und rannte.

* * *

Fiona war über eine Stunde nach Hause gelaufen. Bei jedem Schritt hatte sie sich auf die Geräusche konzentriert, wenn ihre Sohlen auf das Pflaster trafen. Sie zählte ihre Atemzüge mit, aber es half nicht, sie fühlte sich unbehaglich. Was wollte die Grinsekatze mit dieser lächerlichen Tasche? Woher kannte sie sie? Und was war darin? Vielleicht hätte sie darauf bestehen sollen, im Auto mit dabei zu sein, und sich nicht so leicht abwimmeln lassen. Es tat ihr leid, dass sie Lorina gleich zweimal belogen hatte. Sie hatte sie bestohlen und war dann auch noch unter einem Vorwand verschwunden. Schwer atmend bog sie in ihre Straße ein, trabte um einen Spaziergänger mit einem wild kläffenden Hund herum und legte die Hand über die Augen, um zu erkennen, was vor ihrem Haus los war.

Ein Lieferwagen stand direkt am Grundstück, daneben Kisten mit Werkzeug und Latten. Auf den Stufen zu ihrer Eingangstür saß Püppi und grinste. Fiona wurde nervös und fühlte Verärgerung in sich aufsteigen.

»Ich dachte, du hast etwas ganz Wichtiges zu erledigen?«
»Hatte ich auch.«
Er sprang auf, kam ihr entgegen, griff um ihre Hüfte und warf sie sich mit einem einzigen Schwung über die Schulter. Sie baumelte kopfüber an seinem Rücken, fühlte seine Hände, die sie an den Oberschenkeln hielten, und musste unwillkürlich lachen.

»Was soll das?«

Püppi befahl ihr, die Augen zu schließen, und trug sie an ihrem Nachbarn vorbei, der gerade mit seiner Frau aus dem Nebenhaus trat. »Merhaba«, sagte Püppi freundlich, und der Nachbar zog seine Frau, die große Augen machte und ihnen hinterhersah, weiter.

Fiona lachte. Sie ließ sich einfach hängen und fühlte, dass Püppi sie nicht die Stufen zum Eingang hochtrug, womit sie gerechnet hatte, sondern dass er weiterging, um das Haus herum, in ihren Garten, der eigentlich aus nichts bestand als den eingrenzenden Hecken und der riesigen Buche in der Mitte, deren Krone noch das Grundstück nebenan verdüsterte. Der Baum hatte ihr schon mehrere Beschwerdebriefe ihres Nachbarn eingebracht, die sie mittlerweile ungeöffnet in den Papierkorb warf.

Püppi stellte sie ab, Fiona hörte das Blut in ihren Ohren rauschen und fühlte sich leicht schwindlig.

»Ta-tah«, schmetterte Püppi, und Fiona blinzelte ins Licht. Sie standen hinterm Haus direkt vor dem Stamm der Buche. Fiona schaute ihn fragend an, bis Püppi mit dem Zeigefinger nach oben deutete. Sie folgte seinem Finger und entdeckte über sich mitten im Baum einen Boden aus Brettern.

Sie stolperte einige Schritte zurück, und jetzt sah sie es in seiner ganzen Pracht: ein Baumhaus, groß genug, dass ein Erwachsener sich bequem darin ausstrecken konnte. Sie selbst würde sogar aufrecht stehen können, Püppi natürlich nur gebückt. Sie schnaufte mit offenem Mund und wusste gar nicht, was sie sagen sollte. Püppi angelte mit einem Stock eine Strickleiter herunter, hakte sie an einem Pflock im Rasen ein und zeigte darauf wie ein Theaterdirektor. »Für dich. Ein Bett im Baum. Mit Dach.«

Sie starrte ihn immer noch verständnislos an.

»Wieso baust du ein Bett in meinen Baum?«

Püppi drehte sich halb zum Haus.

»Du kannst doch nicht jede Nacht durchs Haus vagabundieren. Du hast gesagt, weg kannst du nicht, aber deins ist es auch nicht. Das hier ist deins. Und die Adresse bleibt gleich.«

Sie ließ sich von ihm zu der Leiter führen, hielt sich an den Seilen fest und erklomm tastend einige Sprossen. Er legte seine Hände unter ihren Po und schob sie behutsam höher.

Sie erreichte das Podest aus Holz mehrere Meter über dem Boden, stemmte sich hoch und robbte bäuchlings in das Baumhaus. Es war mit einem Futon ausgelegt. Sogar an Bettzeug hatte Püppi gedacht und an dicke Kissen, mit denen die Wände gepolstert waren.

Er grinste. »Du hast das Küchenfenster offen gelassen. Nicht nur gekippt, komplett offen. Hast du gar keine Angst vor Einbrechern?«

Sie streifte die Schuhe ab, warf sie hinunter auf den Rasen und kroch ganz in ihre neue Höhle.

»Ich hab nie Angst. So was passiert nicht zweimal.«

Staunend drehte sie den Kopf, sie konnte hier sitzen und rüber zum Haus sehen, durch die großen Küchenfenster im Hochparterre bis tief in den Flur. Sie war da, aber nicht drin, und mit einem Mal fühlte sie sich ganz frei. Es gab nur die Türöffnung. Wenn sie die Strickleiter hochzog, kam niemand hinein.

Dann spürte sie die Anstrengung der letzten Stunde in allen Knochen, sie streckte sich wohlig aus und öffnete die Augen auch nicht, als sie die Strickleiter knarren hörte.

»Darf ich eintreten?«

Ohne ein Wort rutschte Fiona zur Wand und machte Püppi Platz, der sich umständlich in der Tür sitzend die Schuhe auszog und dann neben sie glitt und dort leise schnaufte.

»Das hat noch nie jemand für mich gemacht«, flüsterte sie.

»Ein Baumhaus gezimmert?«

»Ein Zuhause.«

Er legte den Arm unter ihren Hals, und sie schmiegte sich an ihn und legte ihren Kopf auf seine Brust. Sie konnte sein Herz schlagen hören, sehr laut und sehr regelmäßig, und es klang verlässlich und, obwohl sie den Gedanken im gleichen Moment selbst ein bisschen kitschig fand, irgendwie unsterblich. Püppi streichelte ihr Haar.

»Ein Horst für eine Eule«, murmelte er und küsste ihre Stirn. Noch bevor Fiona klar war, dass sie einschlafen würde, fühlte sie sich schwer werden und ließ sich in diese Wärme, die von seinem Körper ausging, gleiten, passte ihren Atem seinem an, und dann schlief sie auch schon.

* * *

Das Prasseln auf dem Holzdach weckte sie. Es war inzwischen dunkel draußen, und der weiße Schein einer LED-Taschenlampe strahlte gegen die Decke. Fiona gähnte und wusste nicht genau, ob es ihr peinlich war, eingeschlafen zu sein, aber Püppi lag ganz entspannt da und lächelte sie an.

»Wenn du mal schläfst, ist das ja wie Stecker gezogen.«

Sie streckte sich und streichelte vorsichtig mit fast ungeschickten Klapsen seinen Bauch.

»Jetzt bin ich wach.«

»Du bist wach.«

Er zog sie enger an sich und küsste sie.

»Erzähl mir mehr von meinem Baumhaus.« Sie bedeckte sein Gesicht und sein Ohr mit kleinen Küssen, vergrub ihre Nase an seinem Hals und zeichnete mit der Zungenspitze feine Linien über seine Schlüsselbeine. Er roch nach Erde und Laub und frischem Holz. Sein Brustkorb bekam eine Gänsehaut, als Fionas Hand unter sein Shirt glitt.

»Es wiegt insgesamt mehrere hundert Kilo und steht auf Rundhölzern, die ich mit den Ästen vertäut habe. Ich habe also keine Nägel in den Baum geschlagen, und die Rinde wird auch nicht beschädigt.«

Er zog sie über sich, sodass sie fast mit ihrem ganzen Gewicht auf ihm lag. Er kam ihr riesengroß vor, wie ein Floß.

»Das ist sehr nachhaltig.«

Er verschloss ihren Mund mit seinem. Sanft öffnete er ihre Lippen und spielte mit seiner Zungenspitze an ihrer, bis sie darauf einging und sie sich tief ineinander verknoteten. Nur ihr leises Schnaufen durch die Nasen, das Knarren der Äste und Blätterrauschen waren zu hören. Püppis Stimme klang atemlos, als Fiona sich von ihm löste. Sie richtete sich auf und zog ihr Oberteil zusammen mit dem BH über den Kopf.

»Die tragenden Teile sind eine Konstruktion aus Kanthölzern. Und das Dach ist ein Pultdach.«

»Pultdach, aha.«

Sie zerrte an seinem Shirt, und er wand sich liegend, bis er sich daraus befreit hatte. Vorsichtig, als müsse jeder Zentimeter genau passen, schmiegte sie sich wieder über ihn und fuhr mit den gespreizten Fingern durch sein Haar. Er schloss die Augen und lächelte.

»Die Dachhaut besteht aus Bitumenwellpappe, das ist eine Art Wellblech aus Dachpappe, also wasserdicht.«

Sie ließ ihren Oberkörper auf seinem kreisen und wippte sachte vor und zurück, sodass er fühlen konnte, wie ihre Brustwarzen auf seiner Haut hart wurden. Er winkelte leicht die Beine an, und sie presste ihren Unterleib gegen seinen. Sein Penis drückte sich hart auf ihre Möse, die anschwoll, bis sich die Feuchtigkeit in ihrem Slip ausbreitete.

»Total praktisch bei einem Dach. Woraus sind die Wände?«
»Seekiefersperrholz. Daraus macht man auch Überseekisten.«
»Ich schlafe in einer Überseekiste. Ich bin ein Frachtgut.«
»Du bist eher Gefahrengut.«

Mit einem Schwung drehte er sie beide um, sodass sie auf dem Rücken lag und zu ihm hochsah. Er kniete zwischen ihren Beinen. Ihr Gesicht war ganz klein und weiß in den dicken Kissen, und ihre Augen waren so groß, als könnte sie es gar nicht fassen, dass sie hier mit ihm lag. Er griff unter ihren Hintern und hob ihr Becken an. Sie kam ihm entgegen, spannte das Kreuz und legte ihre Füße auf seine rechte Schulter, damit er ihr die Jeans von den Beinen ziehen konnte. Zusammen mit seinen Shorts und seinem Slip flogen sie in die Ecke. Püppi stieß sich dabei die Hand an der Decke, beachtete es aber nicht weiter. Sein Blick war die ganze Zeit auf Fiona gerichtet, er ließ sie nicht aus den Augen, als könnte er irgendetwas verpassen oder übersehen, wenn er nicht ganz genau hinschaute, und sie hielt diesem Blick stand, manchmal zuckte in ihren Mundwinkeln die Andeutung eines Lächelns. Mit kleinen Schweißperlen auf seiner gebräunten Haut sagte er: »Ich will dich nicht zerdrücken«, und legte sich neben sie. Seine großen Hände glitten über ihren Körper, kreisten um ihre Brüste und umfassten ihre Taille, während seine Beine sich mit ihren verschränkten. Sein Mund saugte sich an ihrem Hals fest, bis sie kicherte. Er küsste sich hinab und nahm ihre harten Nippel zwischen die Lippen. Fiona stöhnte, kratzte über seinen Rücken und streckte ihm ihre Brust entgegen, rieb sich an seinem muskulösen Körper, packte seine Oberarme und krallte sich in seinem Nacken fest. Er drückte sanft ihre Beine auseinander, und begleitet von ihrem leisen, hohen Stöhnen, das fiebrig klang, fuhr er mit den Fingerkuppen über ihr feuchtes Höschen. Er ging nicht weiter, ließ sie zappeln, berührte ihre Spalte kaum, und immer wenn er den Druck auch nur um eine Winzigkeit erhöhte, flatterten ihre Augenlider, sie spannte den ganzen Körper an und stöhnte lauter. Endlich tastete er unter den nassen Stoff und glitt zwischen ihre Schamlippen. Ihre Möse war inzwischen prall geschwollen und fühlte sich heiß und seimig an. Püppi schluckte hart. Fiona hob den Po und zog den Slip bis zu den Kniekehlen hinunter, dann strampelte sie ihn sich von den Beinen und sah ihn erwartungsvoll an. Ihre Augen glänzten. Sie küsste ihn leidenschaftlich, schlang ein Bein um seine Hüften und rieb ihre Möse an seinem Schwanz, der sich hart gegen seinen Bauch drückte. Püppi griff hinter sich und holte unter einem Kissen eine Packung Kondome hervor.

»Oha, Baumhaus mit Extras.«

Er pellte sich das Kondom über und zog sie auf sich. Fiona stützte sich neben seinem Kopf ab, beobachtete ihn genau und senkte dabei langsam ihr Becken ab. Wie von selbst glitt sein Schwanz in ihre Möse. Sie wartete einen Moment, bis die erste Erschütterung abgeklungen war. Dann begann sie, ihn zu reiten, zaghaft erst, aber schnell immer fordernder.

Sie hob und senkte ihr Becken, Püppi stieß liegend in ihre Möse und hielt den Daumen an Fionas Kitzler und rieb ihn so bei jedem Stoß. Sie fickten sich, bis ihr Atem keuchender wurde und Fiona die Augen verdrehte. Ihre Körper klatschten leise aufeinander, und zwischen ihren Beinen schmatzte es. Sie floss so über vor Nässe, dass auch Püppis Schamhaar längst feucht und seimig war. Sein Körper krampfte sich unter ihr zusammen, er presste ihre Brüste, streckte den Hals und kam mit einem lauten Stöhnen. Ein weiterer Stoß, und ein Zittern ging durch Fiona, sie richtete sich auf, stützte sich rücklings auf seinen Beinen ab und ließ sich von ihrem Orgasmus durchschütteln. Püppi nahm seinen Daumen erst von ihrem Kitzler, als sie sich schlaff und träge wieder über ihn beugte und sich auf seinem Oberkörper ausruhte.

»Ich heiße eigentlich Bill«, sagte Püppi schließlich und streichelte ihr Haar. Fiona reichte ihm förmlich die Hand, und er grinste und nahm sie ebenso förmlich. Bald wurden ihre Atemzüge länger, und er tastete nach der Taschenlampe und löschte das Licht.

* * *

Als sie die Augen öffnete, wusste sie im ersten Moment nicht, wo sie war, instinktiv tastete sie nach ihren Stofftieren, aber dann sah sie den großen, schlafenden Mann, dessen Oberkörper sich ruhig hob und senkte, und beruhigte sich. Hatte sie es sich so vorgestellt, das gemeinsame Erwachen? Was folgte jetzt? Frühstück, Küsschen und »viel Spaß auf der Arbeit, Schatz«? Machte man das nicht so? Püppi räusperte sich im Schlaf, und Fiona legte ihren Kopf wieder an seine

Brust und beschloss, ihn zuerst aufwachen zu lassen. Er würde schon wissen, wie es weitergehen sollte. Er drehte den Kopf zu ihr, flatterte einige Male mit den Augenlidern und lächelte sie an. Er küsste ihre Schläfe, und seine Hand streichelte über ihren Rücken, wo er die einzelnen Wirbel fühlen konnte.

»Hast du deinen Nickname von ihr?«

Sie wusste selbst nicht genau, warum sie darauf kam, aber sie war trotzdem enttäuscht, als er Ja sagte, nur Ja, keine weitere Erklärung.

Er stützte sich auf, sah ihr direkt ins Gesicht und strich ihr die Haare aus der Stirn.

»Es war furchtbar für mich, dich im letzten Labyrinth herumficken zu sehen.«

»Ich konnte nicht anders.«

»Das weiß ich. Und trotzdem. Ich will nicht der Security-Typ auf irgendeiner Party sein. Ich möchte was Richtiges.«

Fiona musste schlucken. Eine Weile war es still zwischen ihnen, draußen lärmte rund um das Baumhaus ein Schwarm Vögel.

Ihre Stimme klang tonlos, fast gehaucht, sie setzte mehrmals an, bis sie es sagte. »Wenn ich mit dir zusammen bin« – sie machte eine Pause –, »kann ich mir fast vorstellen, dass ich lieben kann.«

Püppis Handy klingelte. Augenblicklich griff er danach. Fiona sah ihn mit geöffneten Lippen unverwandt an, sie fühlte sich wie eingefroren oder als hätte jemand einen Film gestoppt. Püppi langte hinter sich und drückte auf eine Taste. Sie konnte es nicht fassen, dass er jetzt ans Telefon ging. Er sagte: »Ja natürlich, bleiben Sie, wo Sie sind, ich komme sofort.« Er suchte nach seiner Kleidung, stieß sich den Kopf am

Dach, zerrte sich hektisch die Shorts über die Beine, küsste Fiona flüchtig und sagte, schon auf der Strickleiter stehend, nur noch: »Ich muss weg, es tut mir leid.«

Fiona sah ihm ungläubig hinterher und lag bewegungslos da. Sie wusste, dass sie sich anziehen musste, dass ihre Chefin bald anrufen würde, wo sie bleibe, dass sie etwas essen sollte, dass sie irgendetwas tun sollte, aber sie konnte sich nicht bewegen. Nach einer Weile, die sich länger als die ganze Nacht anfühlte, raffte sie ihre Kleidung zusammen, warf sie auf den Rasen, rutschte nackt wie sie war die Strickleiter runter, rannte zu ihren Gartengeräten und holte eine Heckenschere. Sie stieg die Leiter wieder hoch und schnitt die Seile durch. Als sie zusammen mit den Überresten der Leiter auf den Rasen fiel, schlug sie hart auf ihrer Schulter auf, rappelte sich aber sofort wieder hoch und stopfte die Leiter in die große Mülltonne. Das Gras unter ihren Füßen war so kühl, dass ihr die Kälte durch den ganzen Körper kroch.

HERZDAME

9

»War dieses Blau mal schick? Da kriegt man ja Augenherpes.«

Die Novizin beugte sich näher zu den Fliesen und fuhr mit dem Finger über die Badezimmerwand. Sie steckte in einem Ganzkörperanzug aus Latex, der sie von Kopf bis Fuß bedeckte und auch ihr Gesicht bis auf die schmalen Schlitze über Augen und Mund verbarg. Um die Stirn trug sie eine Art Grubenlampe, die einen Lichtkegel ausstrahlte. Der kaltweiße Fleck irrte in dem kleinen Raum herum, als sie zur Badewanne hinkte. Abgesehen von dem Schein ihrer Lampe gab es nur das altersschwache Licht aus einem vergilbten Allibert-Schränkchen über dem Waschbecken.

Der Gote schleppte in derselben Aufmachung einen großen Kanister hinein. Seine Maske hatte über dem Mund einen offenen Reißverschluss, durch den er so aussah, als hätte er silbrige Reißzähne.

»Veronika heißt die Farbe. Späte Siebziger. Immer noch besser als dieses Gallegrün, das sah aus wie Katzenkotze.«

Er setzte sich stöhnend auf den Kanister. Sechs weitere reihten sich schon neben der Badewanne auf.

Die Novizin kratzte sich am Rücken. »Ich schwitze wie Sau in dem Teil. Alles klebt. Und ich seh aus wie ein verdammter Radiergummi ...«

Ein Telefonklingeln beendete ihre Tirade abrupt. Der Gote durchschnitt die Luft mit der Handkante, damit sie sich leise verhielt, und presste das Handy gegen die Gummimaske.

»Herzdame, teure«, sagte er schmeichelnd, »womit kann ich dienen?« Er hörte eine Weile zu. »Wieso kennen die sich? Was haben die denn zu besprechen?« Und später: »Natürlich, aber wir sind ja immer vorsichtig, online und im Real Life.«

Er beendete das Gespräch, griff in den Plastiksack neben sich und warf der Novizin einige Handtücher mit orangenem Blumenmuster zu.

»Hab ich drüben neben der Küchenspüle gefunden. Häng die neben dem Waschbecken auf.«

Sie folgte seinen Anweisungen zwar, maulte aber wieder, der Schweiß würde ihr schon in die Schuhe tropfen, und sie hätte morgen bestimmt einen Ausschlag am Rücken.

Der Gote zwang sich, geduldig zu bleiben, seine Stimme war nur mühsam beherrscht. »Schätzchen. Du willst auch nicht, dass irgendwer deine Fingerabdrücke oder Hautschuppen findet.«

Sie lächelte ihn an. »Es wäre doch zu schön, wenn Blondie hier ganz zufällig etwas hinterlassen würde. Ein blondiertes Rapunzelhaar vielleicht.«

Er trat blitzschnell auf sie zu und hielt ihr ein Springmesser nur wenige Zentimeter unter ihr Auge.

»Du kleines Miststück tust nichts, was die Gruppe gefährdet. Eher murks ich dich ab. Und, Süße« – sie konnte seinem Blick nicht ausweichen –, »das würde mir Spaß machen.«

Sie tätschelte seinen Arm und sprach auf ihn ein, als wäre er ein aufgeregter Hund. »Schon klar, guter Gote, guter, guter Gote.«

Er schleppte zwei weitere Kanister hinein, fasste neben sich in die Wanne und stöpselte den schon etwas brüchigen

Gummipfropfen in den Abfluss. Mit einer wedelnden Handbewegung zeigte er auf die Kanister: »Rein damit!«

Die Novizin hob ächzend den ersten Kanister an, stellte ihn auf der Wanne ab, kippte ihn und goss einen Schwall Blut in die Wanne.

»Tierblut?«

»Schwein.«

»Das stinkt doch bis zum Himmel, noch bevor Blondie kommt.«

Er zuckte mit den Schultern und zündete sich wieder eine Zigarette an. »Ihr Ding. Ihre Auktion. Ihr Gewinn. Ihre Regeln.« Er schnaubte. »Würde mich nicht wundern, wenn sie auch Fruchtfliegen, Maden, Egel oder so 'n Zeug mitbringt.« Er lachte meckernd. »Sie liebt solche Wimmelbilder. Frühkindliche Prägung wahrscheinlich. Das passiert, wenn Kinder auf dem Schlachthof spielen statt in der Waldorf-Kita.«

»Was für ein Problem hat die Herzdame?«, fragte die Novizin und schüttete den zweiten Kanister Blut in die Wanne.

»Die Grinsekatze. Es geht immer um die Katze, wenn die Herzdame Schnappatmung kriegt. Sie ist völlig besessen von dieser Swingerschlampe. Sie hat sich an ihr festgebissen, keine Ahnung, warum sie auf die eingeschossen ist. Ich komm nicht dahinter, ob sie eine Höllenangst vor ihr hat oder ihr die Fotze lecken will.«

»Aber jetzt ist doch irgendwas passiert?«

Seine Gelenke knackten so laut, wie das Latex knirschte, als der Gote in die Knie ging und sich auch einen Kanister griff. Er winkte ab.

»Das war letzte Nacht. Es gab ein Treffen zwischen der Grinsekatze und der Eule.«

»Uh!«

Die Novizin war plötzlich so aufmerksam, dass sich ihr ganzer Körper anspannte.

»Im Hamburger Bahnhof. Lonely Twin hat sie beobachtet, er klebt ja an ihr dran. Und die Herzdame steigert sich gerade in eine Panikattacke rein, dass die Grinsekatze spitzkriegen könnte, was es bedeutet, wenn wir uns in ihrem Chat darüber unterhalten, wer den längsten Schwanz hat oder wie viel Finger einer beim Fisten reinkriegt. Mich wundert es eh, dass ihr das noch nie aufgefallen ist.«

»Dumme Muschi!« Die Novizin lachte, brach aber direkt ab, als es an der Wohnungstür klingelte.

»Was jetzt?«, flüsterte sie.

Der Gote legte seinen Zeigefinger über den Mund. »Stillsein ist immer eine gute Idee, wenn man nicht entdeckt werden will.«

Sie gab ihm einen Stoß gegen die Schulter.

Sie hörten draußen jemanden lallen, und die Novizin atmete schneller, sodass der Gote wieder väterlicher wurde.

»Mach dir keine Sorgen. Das war nur irgendein Besoffener. Die Eule bleibt garantiert bis zum Morgen in ihrem kuscheligen neuen Baumhaus. Einweihungsfick.«

»Und weil wir ja keine Unmenschen sind, wollen wir nicht stören.«

Sie verstauten die leeren Kanister in riesigen Mülltüten. Der Gote reichte ihr ein Kabel und zeigte oben an der Decke auf einen eingebohrten Haken, aber sie schüttelte den Kopf und drehte ihr Bein mit dem steifen Knie. »Da komm ich nicht hoch. Mein Stiefvater sagte immer, ich hüpfe zu viel, und das macht ihn nervös, und irgendwann hatte er dann eine Eisenstange in der Hand.«

Der Gote sah sie zweifelnd an, dann grinste er. »Nette Geschichte, du armes kleines Prügelmädel. Er hatte vielleicht wirklich eine Eisenstange, aber du hattest mit Sicherheit ein Küchenmesser.«

Sie grinste auch. »Eine Sichel. Antiker Wandschmuck. Mutti sammelte so was, das war zwar alt, aber scharf wie Metzgers Geselle.«

Er stieg auf die Toilette, stützte sich mit einem Fuß auf dem Wannenrand ab und erreichte die niedrige Decke, wo er das Kabel durch den Haken zog.

»Wimmelbild mit Strom? Ist ja auch eine seltsame Kombination.«

»Nicht, wenn man schon als Kind mit der Betäubungszange auf dem Schlachthof gespielt hat.«

Er reichte der Novizin die Hand, damit er wieder sicher auf den Fußboden steigen konnte, und küsste sie galant. Er knickste.

»Hat die Herzdame den Club gegründet?«, fragte sie, während sie eine Flasche Apfelshampoo und ein oranges Plastikboot mit Playmobilmännchen neben der Seifenschale verteilte.

Der Gote zuckte mit den Schultern. »Oh, das weiß keiner so genau. Sie ist jedenfalls seit einer Ewigkeit dabei. Den Club gibt es ja schon viel länger, als ich oder der Twin oder Blondie oder die anderen teilnehmen. Es sind immer eher wenige, bei denen es ganz dringend ist, so wie bei dir jetzt. Aber es gibt auch noch Connaisseure, die nur mitbieten, wenn ein ganz bestimmtes Opfer angeboten wird. Manche verschwinden jahrelang wieder in der Versenkung.«

Die Novizin trat einen Schritt zurück, damit der Kegelschein ihrer Grubenlampe breiter streute, und besah sich ihr Werk.

»Ich wünschte, ich hätte Blondie in dieser Wanne. *Waterboarding Blondie*, das klingt doch wie ein echt geiler S/M-Porno.«

Der Gote lachte. »Ach, gönn ihr das. Sie hat dich halt überboten, nimm's sportlich. Sie hat so um den arabischen Jungen gekämpft, den dann Jabberwocky filetieren durfte. Sie braucht auch mal ein Erfolgserlebnis.«

»Ich war jetzt zu meinem ersten Labyrinth eingeladen«, wechselte sie abrupt das Thema, »die Bunker-Sause in Maulwurfshausen.«

»Hab dich gar nicht gesehen ... Und wie war's für dich?«

Der Gote zündete sich eine Zigarette an, nahm einen tiefen Zug und gab sie an die Novizin weiter. Sie inhalierte gierig und wartete einen Moment, bevor sie ausatmete.

»Ja meine Güte, ficken halt. Irgendwie bewundere ich ja Leute, die so anspruchslos sind, dass ihnen Schwanz in Fotze reicht.«

Beide räumten die Verpackungen beiseite. Der Gote kontrollierte den Ausguss. Seine silbrigen Reißzähne verzerrten sich zu einem schiefen Grinsen, als er in einen Plastiksack griff und drei alte Stofftiere herauszog. Die Novizin seufzte.

»Das hatte ich mir alles irgendwie spannender vorgestellt. Ich dachte, mit euch kommt Spaß in mein Leben, stattdessen mach ich hier einen auf Martha Stewart der Folterbäder.«

Sie knotete die Müllbeutel zu und verließ damit das Badezimmer. Ihre Stimme klang im Weggehen, als käme sie aus einem schlecht eingestellten Radio.

»Neulich hab ich mir einen zugedröhnten Stricher vorgenommen: ein bisschen von dem Zeug, das du mir gegeben hattest, und der kriegte nichts mehr mit. Rohypnol, da fühlst dich wohl.«

»Was hast du mit ihm gemacht?« Der Gote folgte ihr in den Flur und zog die Badezimmertür diesmal nicht so fest zu, wie sie es seit gut zwanzig Jahren gewesen war, sondern ließ sie einen Spalt weit offen stehen. Die schwache Glühbirne über dem Waschbecken brannte und warf einen Lichtschein auf den Flur.

»Ach, Tic, Tac, Toe in der scharfen Variante. Ein Bauch, eine Rasierklinge, Salz, eine Zigarette. Und später dann die Version für Fortgeschrittene.«

»Klöten?«

Sie nickte. »Und Gesicht. Er soll sich jedes Mal im Spiegel fragen, was mit ihm passiert ist.«

»Hinkebeinchen, man merkt, dass du noch Anfängerin bist. Das ist keine Kunst, was du da veranstaltest, das ist Gekrakel. Du brauchst eine Handschrift. Jeder Künstler hat eine eigene Handschrift.«

Sie begannen, sich auf der Malerfolie, die sie im Flur ausgebreitet hatten und auf der ihre zivile Kleidung lag, aus den Anzügen zu pellen. Der Gote nahm die Maske ab und hielt sein Handy hoch, als hätte er plötzlich eine tolle Idee.

»Der Twin jagt heute Nacht bestimmt, es ist Vollmond, wir rufen ihn an. Du erzählst ihm übrigens nicht, dass ich dir das von der Herzdame gesagt habe. Wenn er das weiterpetzt, macht sie uns kalt, alle beide. Das Gesetz lautet, niemals never ever irgendwem irgendwas über die Gruppe zu erzählen. Keinem Fremden und auch keinem von uns. Wer ihre Gesetze bricht, stirbt, das ist kein Scherz.«

Die Novizin sah ihn lasziv an, klemmte sich ihre Glitzerspange ins Haar, langte zu ihm hinüber und fasste ihm zwischen die Beine. »Aber du brichst die Gesetze. Und ist das nicht erregend?«

Sie ließ ihre Hand, wo sie war, drückte seine Hoden durch das Latex hindurch, während er den Twin anrief und das Handy laut stellte.

Es knackte, als der Twin abnahm, aber der sagte nichts.

»Wo bist du?«

Verkehrsgeräusche, die leiser wurden, offenbar saß der Twin im Auto und ließ gerade die Fensterscheibe hochfahren.

»Köterjagd.«

»Bestimmter Köter?«

»Weißer Terrier. Gehört dieser Sektenhure. Hab ihn schon an der Flanke erwischt, jetzt humpelt er durchs Gras und jault. Ich überlege, ob ich einen scharfen Pfeil einlege, dann ist das Hündchen hinüber.«

Der Gote lachte und spreizte leicht die Beine, damit die Novizin ihn besser kneten konnte. »Klar, mach ihn platt. Ist nur ein Köter. Und wenn seine Leute recht haben, kriegt er zweiundsiebzig Jungfrauen im Jenseits.«

»Das waren andere Irre.« Ein tiefes Einatmen, etwas wie ein leiser Pfiff, dann ein gezischtes »Ja!«.

»Hast ihn erwischt?«

»Zuckt und röchelt noch, krepiert aber bald. Ich hab die halbe Dosis genommen« – er lachte –, »dann hat das Hündchen ein bisschen mehr davon. Hunde sind öde. Das war heute schon mein dritter. Ich glaub, ich geh mal zu etwas Spannenderem über.«

»Omas in Fenstern?« Der Gote atmete schneller, und die Novizin verstärkte ihren Griff.

»Nee, sie müssen rennen. Das passiert mir nicht noch mal, dass mir ein Opfer entgeht, nur weil es schneller ist. Ich muss mehr trainieren.«

»Also?«

»Obdachlose, schätz ich.«

Der Gote japste und langte der Novizin mit der freien Hand an die Brust. »Twin, ich hab hier was zu ficken. Waidmannsheil, wie Jabberwocky sagen würde.«

»Juja, juja.«

ALICIA 10

Die Grinsekatze hatte eine harte Woche hinter sich. Es hatte sie alle Beherrschung gekostet, der Eule im Spiegelkabinett die Fotos nicht aus der Hand zu reißen. Und als sie entdeckt hatte, worauf Püppi gestoßen war, und gehört hatte, wie die Eule vor dem Verfolger über das Sektengrundstück geflüchtet war, hielt sie es kaum noch aus. Sobald sie mit dem Sklaven hinter dem großen Zerrspiegel, der eine versteckte Tür enthielt, verschwunden war, verließ sie den Hamburger Bahnhof, sprang in ihren Wagen und raste nach Hause. Püppi wartete schon in ihrer Wohnung.

»Ich hatte also recht?«, sagte er, während sie hereinstürmte und Quälius wegschickte.

Sie ging im Raum auf und ab wie ein Tier im Käfig und versuchte, ihre Gedanken zu sortieren.

»Wir müssen es genau wissen. Wir brauchen Beweise. Am besten klauen wir ihre scheußliche kleine Tasche«, sagte sie schließlich und griff nach dem Telefon. »Ich rufe Fidelio aus der Gerichtsmedizin an.«

»Der macht das nicht umsonst. Der ist scharf auf Sie.«

Die Grinsekatze zuckte mit den Schultern und begann, die Nummer zu wählen. Püppi nahm ihr den Hörer aus der Hand und legte ihr eine Hand an die Wange.

»Sie haben noch nie mit einem Kunden geschlafen.«

»Sex ist eine Währung. Warum sollte ich nicht damit bezahlen?«

»Weil Sie immer gesagt haben, für kein Geld der Welt würden Sie das tun.«

»Ach du Romantiker.« Sie lachte, aber es klang gekünstelt und etwas zu hoch. »Hältst du mich für die heilige Madonna der Mösen? Außerdem geht es nicht um Geld. Da geht es um mein Leben.«

Er zog die Augenbrauen hoch und trat einen Schritt zurück.

Die Grinsekatze lächelte schief. »Es ist zu wichtig. Ich muss das machen.« Sie wählte, und er stand mit verschränkten Armen da und wartete ab. Irgendwo in Berlin wurde jetzt jemand geweckt.

* * *

»Dieses war der erste Streich«, sagte die Grinsekatze und sah zu, wie Quälius die Suppe in die Teller schöpfte. Einen für sie und einen für Püppi, er selbst würde in der Küche essen. Als er gerade aus der Tür war, rief die Grinsekatze ihm noch nach: »Da sind Erbsen in der Suppe! Du wartest auf Knien, bis ich komme und dich dafür bestrafe.« Der Sklave nickte freudig und verschwand.

»Was tun wir jetzt?«

»Wir haben zwei Probleme«, fasste die Grinsekatze zusammen. »Das eine ist meine Privatsache, und ich kümmere mich darum. Und nein« – sie machte ihm ein Zeichen mit der Handfläche –, »ich möchte nicht wieder über Fidelio und unser Abkommen diskutieren. Ich weiß, worauf ich mich einlasse.« Sie löffelte die heiße Suppe und fühlte, wie sie sich etwas entspannte.

»Der andere Punkt ist viel heikler. Die Eule hat mir erzählt, dass jemand mit einem Blasrohr hinter ihr her war.«

Püppi sah sie aufmerksam an.

»Ich glaube, ich kenne ihn. Wir haben uns doch schon mal darüber gewundert, dass du immer wieder tote Tiere gefunden hast, wenn wir ein Labyrinth irgendwo draußen inszeniert haben. Da waren welche dabei, die kleine Pfeile im Körper hatten.«

Das Klirren von Püppis Löffel, der durch die Suppe rührte, war eine Weile das einzige Geräusch zwischen ihnen. Die Grinsekatze räusperte sich.

»Ganz am Anfang des Labyrinths, damals waren es noch Motto-Partys in Wohnungen, hat einer meiner Security-Leute etwas konfisziert, das wir für eine Rute hielten, eine Art Bambusstock. Der Mann, der ihn dabeihatte, läuft unter dem Nickname Lonely Twin. Wir haben ihm erklärt, dass keine Spielzeuge, Peitschen und so weiter mitgebracht werden dürfen und er unser eigenes Equipment benutzen kann, das wir zur Verfügung stellen. Er ist nie wieder aufgefallen.« Sie nahm ein paar Löffel. »Aber ich wette, wenn wir dein Notizbuch, wo du die toten Tiere einträgst, mit meinen Gästelisten abgleichen, dann haben wir immer einen Treffer. Der Lonely Twin ist der mit Blasrohr.«

Beide sahen sich stumm an, bis die Grinsekatze weiterredete.

»Und weißt du noch was? Ich kann mich irren, ich müsste mal die Videoaufzeichnungen durchgehen, aber eigentlich habe ich einen Blick dafür. Der Twin fickt nicht, und er spankt auch nicht. Selbst dann nicht, wenn wir wie jetzt bei der Nacht im Bunker einen Extraraum einrichten mit Gerten und Ruten und so eine Verrückte dabeihaben wie diese kleine dicke Schwarzhaarige, die sich gern den Hintern peitschen lässt, bis er Beef Tatar ist.«

Püppi beugte sich zu ihr hinüber und tippte mit dem Finger auf die Tischplatte: »Stimmt, er fickt nicht. Er steht immer nur da in einer dunklen Ecke und beobachtet. Dem geht es nicht um Sex.«

Die Grinsekatze nickte.

»Er jagt.«

* * *

Püppi kümmerte sich um den Lonely Twin, sah die Aufzeichnungen der Partys durch, zu denen er angemeldet gewesen war, checkte seine Versicherung und sämtliche Angaben, die sie von ihm hatten, fragte am frühen Morgen bei einer befreundeten Tierärztin nach, die die Kadaver damals untersucht hatte, und verglich alle Daten.

Er traf auch einen ehemaligen Kollegen, der mit ihm zusammen die Ausbildung bei der Polizei gemacht hatte und dem er versprach, ihm zum Dank einen sehr speziellen Zusammenschnitt von Videoaufzeichnungen diverser Labyrinth-Partys zu schenken. Püppi hatte die Filmschnipsel selbst ausgewählt und auf DVD gebrannt: Man sah ausschließlich Füße. Füße in Lackschuhen, in Nylonstrümpfen, mit lackierten Nägeln, überzogen von Hennabemalungen und nackt natürlich. Püppi wusste, dass sein Kollege viel Spaß damit haben würde. Trotzdem druckste der noch eine Weile herum, als sich die beiden Männer bei strömendem Regen auf einer Waldlichtung trafen und der Kollege pitschnass zu Püppi in den Kastenwagen stieg. »Ich darf dir die Ermittlungsakte gar nicht geben«, sagte er und legte die Hände über die braune Kartonmappe auf seinen Knien.

»Ich habe sie nie gesehen«, sagte Püppi und dann ganz nebensächlich, während er an der Klimaanlage herumspielte: »Auf der DVD ist übrigens eine lange Sequenz von einer Frau, die einen Zehenring trägt. Jemand gießt ihr Champagner über den Fuß und leckt ihn ab.«

Wortlos gab der Kollege ihm die Akte.

Es war eine Auflistung der Sektenanhänger. Ganz vorn fand er Bilder vom Prediger und Evi. Dann von den Gläubigen. Püppi war auf die Idee gekommen, als er vor dem Haus auf der Straße gestanden und die singenden Anhänger beobachtet hatte. Es waren elf, und instinktiv hatte er gedacht: »Ihr Judas ist nicht dabei.« Püppi blätterte die Fotos der Männer und Frauen durch und versuchte, sie sich mit Masken, hoch toupierten Haaren oder Make-up vorzustellen. Eine junge Frau kam ihm tatsächlich von den Labyrinth-Partys vertraut vor. *Tagsüber beten, abends huren, hallo Höllenfeuer.*

Und da war noch jemand, den er schon oft beobachtet hatte: der Lonely Twin. Er erkannte ihn direkt wieder, obwohl er auf dem Foto dichtes Haar hatte. Ein Toupet. Ins Labyrinth kam er immer kahlköpfig. Aber das markante Kinn und die mittelgroße, eher schmächtige Statur waren unverkennbar. Püppi blätterte weiter.

»Wisst ihr, wie die organisiert sind?«

Der Kollege versuchte, seinen nassen Hemdsärmel im Luftzug der Klimaanlage zu trocknen. »Tscha, schwirig, von denen sagt niemand was. Immer wieder fangen sie an zu singen. Die machen uns wahnsinnig damit. ›O Elend, Geißelung, Schmerz und Pein, marter mich, pfähl mich, lass mich leiden‹ – es hört nie auf. Das ist ein einziger S/M-Verein.«

»Wie weit seid ihr mit den Ermittlungen?«

»Der Gerichtsmediziner sagt, der Prediger wurde offenbar überrascht und bewusstlos geschlagen. Die Kopfschwarte war großflächig aufgerissen, das Tatwerkzeug suchen wir noch. Dann wurde sein Schwanz in die Buchpresse geschoben und eine Schlinge um seinen Hals und die Lehne der Ottomane gelegt. Er hatte auch Spuren eines Narkotikums im Blut, und wir haben einen winzigen Einstich gefunden, vielleicht von einer Spritze, obwohl sich unser Doc da nicht so sicher ist, irgendwas kam ihm daran komisch vor, er wollte sich nicht festlegen. Jedenfalls hat der Täter ein Gift benutzt, bei dem das Opfer wach bleibt, sich aber nicht wehren kann.«

»Der Prediger hat also die ganze Tortur mitbekommen.«
Der Polizist nickte.

»Bei der Strangulation füllt sich der Unterleib durch den extremen Zwerchfell- und Bauchmuskelspasmus mit Blut, und die Genitalien schwellen zu ungeahnter Größe an. Dann wurde es richtig schön, und es hat sich der Darm entleert.« Er zog einen Zettel aus der Akte. »Hier steht es genau: ›Die genitalen Quetschwunden haben nach innen geblutet, das Hämatom hat sich dem Lymphabfluss folgend durch die Leistenkanäle in den Bauchraum und den Hodensack beziehungsweise außerhalb des Schambeins in die Bauchwand verteilt. Offenbar wurden Penisschaft und Hodensack vorher mit einer Schlinge abgebunden.‹ Tscha, das wünsche ich nur meinem ärgsten Feind.«

»Wieso denn vor dem Zerquetschen abgebunden?«

»Der Doc sagt, er kennt solche Verletzungen von S/M-Unfällen. Der Schwanz platzt dabei wie eine Tomate.«

Er nahm die Fotos wieder an sich, steckte sie unter sein Hemd und verstaute auch die DVD mit den Fußfilmchen. Er öffnete schon die Tür des Kastenwagens, als Püppi ihn zurückhielt.

»Was ist mit der Tochter?«

»Tscha, das ist die X-Akte bei dem Ganzen. Keine Fesselungsspuren. Offenbar hat man sie betäubt, und zwar vor der Rasur und vor der Gesichtsumgestaltung. Da wurde aber Belladonna benutzt und nicht dieses exotische Zeugs, das den Prediger alle gemacht hat. Sie ist wegen einer Überdosis draufgegangen.«

»Zwei verschiedene Gifte? Heißt das, zwei Täter?«

Der Polizist zuckte mit den Schultern. »Unwahrscheinlich, oder? Wir bleiben dran.« Er sprang aus dem Wagen und rannte durch den Regen zurück zu seinem eigenen Auto.

Püppi saß da, hörte zu, wie die Tropfen auf das Dach trommelten, und überlegte. Der Lonely Twin war nicht nur im Labyrinth, sondern auch in der Sekte aktiv gewesen. Neun von zehn Mördern kommen aus dem direkten persönlichen Umfeld. Der Schwanz im Schraubstock, das bedeutete schon etwas ziemlich Persönliches. Er musste mal mit der jungen Frau sprechen, die sowohl in der Sekte als auch im Labyrinth unterwegs war. Bei der Polizei konnten sich die Prediger-Groupies hinter ihren Elendsgesängen verstecken, aber mit ihm würde sie reden.

Und das tat sie.

* * *

»Raten Sie mal, wer Kalif werden wollte anstelle des Kalifen«, sagte Püppi und reichte Gemma eine Mappe. Sie schlug sie auf und runzelte die Stirn. Er tippte einen Absatz an. »Er hat sich zum Vertrauten des Predigers hochgearbeitet. Die Hasskampagne gegen die Schwulenclubs Anfang des Jahres – das war sein Werk. Und mehr noch: Unser Lonely Twin mochte nicht mehr lonely sein. Zum Dank forderte er die Tochter. Aber das wollte der Prediger wieder nicht. Die junge Sektenmaus sagt, sie haben ständig gestritten wegen Evi, und der Twin hat ihm gedroht, der Presse zu erzählen, welche ehelichen Pflichten so eine Glaubensgemahlin hat.«

Die Grinsekatze seufzte. »Gute Arbeit.«

Während sie sich in die Unterlagen vertiefte, sah er wieder auf sein Handy und fand eine SMS der Eule, die sich bei ihm dafür bedankte, dass er das Treffen im Spiegelkabinett organisiert hatte. Er stand lange reglos am Fenster und überlegte. Dann hatte er eine Idee, mietete einen größeren Transporter und rief in einem Baumarkt an, um sich einige hundert Kilo Bretter zu reservieren.

* * *

Am Nachmittag ließ sich die Grinsekatze von Quälius zu dem vereinbarten Treffpunkt in der Straße hinter dem Sektenhaus fahren. Unterwegs holten sie den ungewöhnlich weißhäutigen Fidelio in der Gerichtsmedizin ab, der die Grinsekatze mit einer tiefen Verbeugung und einem Handkuss begrüßte und so aufgeregt war, dass er kein Wort herausbekam und selig lächelnd zwischen ihr und dem Sklaven saß. Dass es brütend heiß im Kastenwagen war und ihre Arme aneinanderklebten, schien ihn nicht zu stören, er rückte so nah an die Grinsekatze heran, wie sie es duldete, und rieb ab und zu seine weißen Hände. Die Eule wartete schon dort, als der Wagen hielt.

Die Kleine zierte sich, und Gemma hatte dafür sogar Verständnis, obwohl sie sich das nicht anmerken ließ und ihre

Augen hinter einer übergroßen Sonnenbrille versteckte. Jemanden zu bestehlen, der sich immer um einen gekümmert hatte, war sicher keine angenehme Aufgabe. Aber sie tat es. Nach wenigen Minuten in Lorinas Wohnung war sie zurück am Auto, das Gesicht noch blasser und angespannter. Sie reichte Gemma die Handtasche mit angewidertem Ausdruck durch das Wagenfenster.

Der Sklave führte sie ein paar Schritte weg und schirmte sie ab, während Gemma Lorinas metallene Cupcake-Tasche ansah.

»Was für eine modische Abscheulichkeit.« Fidelio versuchte, sie zu öffnen. »Abgeschlossen.«

Gemma zog eine Kette aus ihrem Ausschnitt hervor, an der ein winziger Schlüssel baumelte, drehte ihn im Schloss und öffnete die Tasche. Fidelio streifte sich Latex-Handschuhe über und holte zwei Röhrchen mit langen Wattestäben aus der Box zwischen seinen Füßen. Dann durchsuchte er Lorinas Tasche. »Diese hier?«, fragte er und hielt eine große, schon etwas rostige und leicht verbogene Ledernadel mit den Fingerspitzen hoch. Gemma nickte. Er nahm einen Abstrich davon und verschloss das Röhrchen. »Auch einige Haare«, sagte sie, und Fidelio zog aus einem Etui, das mit einer dicken blonden Strähne gefüllt war, ein paar Haare mit einer Pinzette hervor und schob sie in das zweite Röhrchen.

»Die dritte Probe habe ich ja schon im Labor«, sagte er. »Die Authentizität ist sicher? Sie wissen, dass das alles vor Gericht bedeutungslos wäre? Ich tue Ihnen einen rein privaten Gefallen, weil Sie mir« – seine Stimme wurde schmeichelnd – »auch einen privaten Gefallen tun werden.«

Gemma nahm ihm die Tasche ab. »So ist es.« Und dann murmelte sie mehr zu sich selbst als zu ihm: »Dafür gibt es sowieso kein Gericht.«

Fidelio verstaute die beiden Röhrchen in seiner Box und legte Gemma die Hand aufs Knie. »Dann würde ich sagen, wir gehen zum angenehmen Teil über.«

»Moment noch«, Gemma fand in der Tasche ein kleines Fläschchen mit wenigen weißen Tabletten. Sie überlegte kurz, kramte im Handschuhfach herum, bis sie eine kleine Plastikdose fand, schüttete die Tabletten aus und füllte die aus der Plastikdose hinein.

Dann verschloss sie die Tasche wieder und gab Quälius ein Zeichen, damit er Fiona holte.

Sie reichte ihr die Tasche durch das Autofenster. Die Kleine war so misstrauisch, sie besah sie sich von allen Seiten und schnupperte sogar daran. Aber natürlich konnte sie keine Veränderung feststellen und spurtete zurück zu Lorinas Haus.

* * *

Gemma wartete in einem kleinen Café, bis es Zeit für ihren Auftritt bei Fidelio war. Sie hätte jetzt gern mit Püppi hier gesessen und sich beratschlagt, aber der war unterwegs in ritterlicher Mission. Sie fand es rührend, allerdings auch ein bisschen befremdlich, dass Männer, wenn sie ritterlich werden, zunächst in einen Baumarkt gehen.

Fidelio, der ihr seit Jahren Liebesbriefe schrieb, ohne sie auch nur ein Mal gesehen zu haben, war überwältigt gewesen, als sie ihm mitgeteilt hatte, dass sie ihm unter Umständen für eine erotische Inszenierung seiner Wahl zur Verfügung stehen würde. »Ich erfülle Ihnen alle Wünsche«, hatte sie gesagt bei ihrem Anruf im rechtsmedizinischen Institut, »vorausgesetzt, Sie checken für mich drei DNA-Proben. Das Warum muss Sie nicht interessieren, es ist eine Privatsache, und natürlich müssen Sie diesen Gefallen diskret behandeln und aus sämtlichen Akten und Dateien heraushalten. Wenn Sie sich dazu in der Lage sehen, wird Ihre heimlichste, schärfste und dringlichste erotische Fantasie wahr.«

Fidelio hatte nur ganz kurz gezögert und allem zugestimmt. Und jetzt war Showtime. Gemma schob sich die große Sonnenbrille ins Haar und versuchte, nicht an den Ausgang der Untersuchung zu denken. Sie strich sich über den kurzen Rock und spürte die Strapshalter unter dem Stoff. Er hatte sich eine filmreife Szene gewünscht, direkt bei ihm im Labor. Seine junge Kollegin Keiko würde dabei sein, allerdings wusste die noch nichts von ihrem Glück. Aber laut Fidelio war sie »eine heiße Maus«, »eine Popcorntüte kurz vor dem ultimativen Ploppen«. Gemma seufzte so tief, wie es ihr extrem eng geschnürtes Korsett zuließ, und hoffte, es würde alles nach Fidelios Vorstellung laufen: Die unbekannte Schöne verführt die Mitarbeiterin, die daraufhin in aller Leidenschaft ihren Kollegen bespringt. Leider hatte sie selbst, Gemma, den Spielort nicht vorbereitet. Fidelio wollte es improvisiert und möglichst echt. Na gut, sie würde ihr Bestes tun. Und vielleicht war es sogar ganz gut, dass sie sich darauf jetzt voll konzentrieren musste. Ein bisschen Bühnenluft und Abenteuer, das lenkte sie ab vom befürchteten Ergebnis.

»Vorhang frei«, murmelte sie und betrat auf ihren hochhackigen schwarzen Pumps das Institut für Rechtsmedizin.

Kellergeschoss, den Gang runter, durch die Glastür, rechts abbiegen, dann die erste links Richtung Innenhof, die blaue Tür neben dem Kaffeeautomaten, hatte er ihr erklärt. Gemma ging ohne zu zögern, als kenne sie sich aus. Die große Tasche in ihrer Hand berührte ihr Bein. Sie hatte einige Spielzeuge dabei, man wusste ja nie.

Mit Schwung öffnete sie die Tür zum Labor, ließ die Tasche zu Boden gleiten, warf die Arme hoch und schmetterte: »Hier bin ich!«

Da war die Mitarbeiterin, Keiko, und Fidelio selbst, er über ein Mikroskop gebeugt, sie neben einer Zentrifuge. Beide trugen weiße Kittel. Und beide sahen sie verständnislos an.

Gemma stützte die Arme in die Seiten, warf sich in Positur und fing an, mit hauchender Stimme »Happy Birthday« zu singen.

Keiko suchte irritiert Fidelios Blick, der zuckte mit den Schultern, ging einige Schritte auf Gemma zu und versuchte, sie mit Handzeichen zu unterbrechen. Schließlich hörte sie auf zu singen und guckte genauso verstört wie die beiden.

»Was tun Sie hier?«, fragte Fidelio streng, und da er mit dem Rücken zu Keiko stand, hielt er es für ungefährlich, ihr zuzuzwinkern.

»Ich ... äh ... ich bin die Geburtstagsüberraschung«, stammelte Gemma. »Ich soll Dr. Werner gratulieren.« Sie sah von einem zum anderen.

»Oh, junge Frau, da haben Sie sich vertan, Dr. Werner arbeitet im zweiten Stock«, setzte Fidelio an, und Gemma machte einen möglichst enttäuschten und peinlich berührten Eindruck. Während sie noch scheinbar nach Erklärungen suchte und etwas von Wegbeschreibung stotterte, legte sie die Hand gegen die Stirn und sackte leicht in den Knien ein. Der Türrahmen fing sie auf, aber schon war Fidelio bei ihr und stützte sie.

»Ist Ihnen nicht gut?« Er winkte Keiko heran, die sie zu einer gepolsterten dunkelgrünen Liege führte.

Aus den Augenwinkeln sah Gemma, wie Fidelio schnell und lautlos die Tür verriegelte. Phase eins war abgeschlossen. Mit dem gleichen Blick registrierte sie erleichtert, dass keine Leichen auf den metallenen Untersuchungstischen lagen.

»Es ist so heiß«, murmelte sie, »und mein Korsett ist so eng. Vielleicht würden Sie ... ein wenig ...« Sie drehte Keiko den Rücken zu, die sich daranmachte, die Bänder zu lockern. Seufzend lehnte sich Gemma gegen sie. »Schon viel besser.« Sie nahm Keikos Hand und hielt sie an ihre Wange. »Sie sind aber geschickt. Und Sie haben so zarte Hände. Frauen in Laborkitteln finde ich ja unglaublich sexy. Vielleicht fühle ich mich deswegen etwas schwach.«

Fidelio fing Keikos Blick auf, lächelte amüsiert und zwinkerte nun auch ihr zu. Keiko hatte rote Wangen und rutschte verlegen hin und her, stand aber nicht auf und ließ es zu, dass Gemma sich weiterhin an sie lehnte. Fidelio rollte sich einen Hocker heran und nahm einige Meter von den beiden Frauen entfernt Platz.

»Jetzt bin ich schon mal da«, begann Gemma, drehte sich leicht, sodass sie fast in Keikos Armen lag und ihr Gesicht ganz nah an ihrem war. »Der Dr. Werner weiß ja nichts von mir. Und ich möchte gerade gar nicht gern weg. Vielleicht ...« Sie stockte und flüsterte dann: »Vielleicht können wir hier ein bisschen Spaß zusammen haben.« Sie hauchte Keiko einen Kuss auf die Wange. Die zuckte zwar zusammen, wehrte sich aber nicht. »Sie sehen aus, als könnte man sogar eine Menge Spaß mit Ihnen haben.« Gemma wartete ab. War das zu dick aufgetragen? Würde Keiko jetzt einen Schlussstrich ziehen? Und sollte sie Fidelio, der auf seinem Hocker saß und die Arme amüsiert vor der Brust verschränkt hatte, erst mal ignorieren oder ihn sofort mit einbeziehen? Sie entschied sich, alles auf eine Karte zu setzen, versenkte ihren

Blick in Keikos erstaunte schwarze Augen und küsste sie direkt auf den Mund. Sie ließ ihre Lippen sanft und weich auf Keikos liegen, veränderte den Druck nur ganz leicht, bis sie spürte, dass Keiko nachgab und den Kuss erwiderte. Dann erst öffnete Gemma die Lippen und tastete sich mit der Zungenspitze vor. Einen Moment der Irritation gab es noch, Keikos Körper versteifte sich kurz, und Gemma nahm an, dass sie sich an ihren Kollegen erinnert und zu ihm hinübergesehen hatte, doch offenbar hatte der sein Einverständnis signalisiert, und Keiko fasste sie fester und ließ nun auch ihre Zunge in Gemmas Mund gleiten. Ihr Kuss war frisch und spielerisch, und Gemma wusste sofort, dass sie nicht die erste Frau war, die Keiko küsste. Fidelio hatte offenbar recht gehabt mit der Popcorntüte, auch wenn sich Gemma fragte, wie jemand bei einer heißen Frau an fettige Maiskörner denken konnte. Es lag wohl nur am Gleichklang von Popcorn und poppen. Jedenfalls hatte er richtig geschätzt: Keiko war ausgehungert und züngelte jetzt gierig und fordernd, und ihre Hände glitten über Gemmas Körper und spielten mit dem Rüschenbesatz an ihrem Korsett, unter dem die Brüste zu zwei weißen, weichen Halbkugeln gepresst wurden. Gemma stöhnte und genoss Keikos Finger, die über ihr Dekolleté trippelten, ihren Hals berührten und ihr die Wange streichelten. Sie drehte sich noch etwas in Keikos Armen und öffnete, als ihr Rock dabei höherrutschte, leicht die Beine, sodass Fidelio die Strapse sah. Sie und Keiko legten eine kurze Pause ein und schauten zu ihm herüber.

»Würden Sie mir mit der Schnürung helfen?«

Natürlich kam er sofort zu den beiden Frauen und machte sich an Gemmas Korsett zu schaffen, bis er es ganz ausziehen konnte und sie mit nackten Brüsten auf der Liege saß.

Gemma widmete sich währenddessen Keikos kleinem und festem Busen, dessen Nippel sich durch ihr T-Shirt drückten. Gemma zog ihr den Kittel und das T-Shirt aus, bemerkte erfreut, dass Keiko keinen BH trug, und rieb sich an ihrem nackten Oberkörper. Fidelio hatte wieder seinen Beobachtungsposten eingenommen und verfolgte gespannt, wie Gemma über Keikos Oberschenkel strich, dazwischenglitt und den Schritt rieb. Keiko stöhnte und lehnte sich etwas zurück, als sie schließlich Keikos Jeans öffnete und ihre Hand direkt die Möse suchte. »Deine Pflaume ist heiß und feucht«, flüsterte sie in Keikos Ohr, »eine seimige, nasse Pusch hast du da. Ich würde sie dir gern lecken, was meinst du? Machen wir beide ein Doktorspielchen? Deinem Kollegen scheint das zu gefallen. Er assistiert bestimmt auch gern.«

Keiko ließ sich die Jeans und den Slip ausziehen und legte sich auf das dunkelgrüne Plastik. Gemma schlüpfte aus ihrem engen Rock, sodass sie nur noch die langen Strümpfe und den Strapsgürtel trug und ihre Möse notdürftig von einem hauchdünnen schwarzen Slip bedeckt wurde. Sie kniete sich zwischen ihre Beine und hob Keikos rechtes Bein. »Doktor, würden Sie hier mal halten?«, sagte sie schmeichelnd, und Fidelio rollte mit seinem Hocker heran, legte sich Keikos Wade auf die Schulter und streichelte ihren Oberschenkel, während Gemma sich zu ihrer Möse beugte und sie mit kleinen schlappenden Zungenschlägen zu lecken anfing. Zuerst stöhnte Keiko nur, als Gemma ihre Schamlippen schleckte, aber als ihre Zunge tiefer in die Spalte vordrang und sie begann, den Kitzler zu lutschen, wand sie sich, knetete ihre Brüste und kicherte.

Fidelio hatte seinen Schwanz herausgeholt und wichste, bis Gemma zu ihm sagte: »Doktor, schauen Sie doch mal in meine Tasche, ich habe Spielzeug dabei, vielleicht möchten Sie uns etwas aussuchen?«

Sie war gespannt, welches er wählen würde. Er gab ihr einen kleinen grünen Vibrator, den sie ihn kurz einspeicheln ließ, um ihn feucht zu machen, und ihn dann in Keikos Möse einführte. Sie schaltete ihn erst an, als er ganz in ihr steckte und nur noch das Ende aus der kleinen behaarten Spalte hervorschaute.

»Und jetzt einen für mich«, ordnete sie an. Fidelio fischte einen schmalen violetten heraus und wollte Gemma den Slip herunterziehen, aber dann sah er, dass der Stoff in der Mitte offen war, und er schob den Vibrator hindurch und steckte ihn Gemma in die Möse. Er konnte nicht anders und zog ihn zurück, um ihn gleich darauf wieder hineinzuschieben. Gemma hielt mit ihrem Hintern dagegen und ließ sich von ihm ficken, bis sie sich wieder Keikos Möse widmete, die prall und überschwemmt vor ihr lag und bei jeder Berührung ihrer Zunge noch heißer zu werden schien.

Fidelios Finger hatten nun auch den Weg zu Gemmas Kitzler gefunden und rieben sie dort, bis sie stöhnte und zu Keiko hochsah: »Er hat die Finger in meiner Spalte und rubbelt mir die Klitti«, sagte sie, »ich glaube aber, lieber würde er dir den Schwanz reinstecken, wär das was? Ich kann dich dabei weiterlecken.« Keiko nickte und stand auf.

Fidelio streifte seine Hose ab und setzte sich auf einen stählernen Autopsietisch. Mit einer geschickten Bewegung pellte Gemma ihm ein Kondom über den harten Schwanz, der in die Höhe ragte. Er hob Keiko rücklings auf seinen Schoß und versenkte seinen Schwanz in ihrer Möse. Ihre Beine legte sie über seine Unterarme. So konnte er zwar nicht stoßen, aber Gemma gelangte bequem an ihren Kitzler, als sie sich vor sie kniete und sie leckte, bis sie mit einem breiten Lächeln kam. Dann rutschte Fidelio mit ihr von der Liege. Ohne den Kontakt zwischen ihnen zu unterbrechen, beugte Keiko sich vor, und Fidelio fickte sie von hinten in die Möse. Er kam nach wenigen Stößen. Und noch während er in ihr war, winkte er Gemma zu sich heran, schob seine Hand zwischen ihre Beine und rieb sie fertig. »Gleiches Recht für alle«, lächelte er.

Gemma stand nah bei den beiden, eine Hand auf Keikos Rücken, eine auf Fidelios Brust, und zum ersten Mal, seit sie das Labor betreten hatte, fielen ihr die Proben und das mögliche Ergebnis wieder ein. Zumindest Fidelio hatte nun alles, was er wollte, wenn sie seinen entspannten und zufriedenen Gesichtsausdruck richtig deutete. Jetzt war es an der Zeit, die beiden allein zu lassen, damit sie sich noch näher kommen, aber auch ihre Arbeit tun konnten.

Gemma zog sich an, ließ sich von Keiko das Korsett wieder schnüren, überlegte laut, ob sie jetzt trotzdem zum angeblichen Geburtstagskind Dr. Werner ins zweite Obergeschoss gehen sollte, entschied sich dagegen, sammelte ihre Vibratoren ein, gab den beiden einen Kuss und verabschiedete sich. Keiko und Fidelio blieben nackt auf der Liege sitzen und schienen so vertraut miteinander, dass Gemma sich fragte, ob sie bisher wirklich nur seine Kollegin gewesen war und nichts von Gemmas Besuch gewusst hatte. Letztendlich war es auch egal. Sie hatte ihren Teil der Vereinbarung erfüllt, jetzt war Fidelio am Zug. Er würde ihr Gewissheit verschaffen. Und während sie die Tür aufschloss und durch das Gebäude zum Ausgang stöckelte, sagte sie zu sich selbst: »Frag nie etwas, dessen Antwort du nicht erträgst.«

* * *

Püppi betrat Gemmas Wohnung mit seinem eigenen Schlüssel und rief noch im Flur: »Ich hoffe, es ist wichtig. Sie haben mich aus einer sehr privaten Situation herauskommandiert.«

Die Grinsekatze saß auf einem Fensterbrett und hörte mit geschlossenen Augen zu, wie Quälius in der Küche hantierte. Sie hatte ihn gebeten, diesmal Poffertjes zu backen mit frisch gekochtem, zuckerfreiem Apfelmus. Obwohl sie spürte, wie enttäuscht er war, dass sie es ihm erstens nicht befohlen hatte und ihm zweitens die Hausarbeit auch nicht mit kleinen Piesackereien versüßen würde, hatte er sich gefügt. Sie war einfach zu müde und zu angespannt, um ihn herumzuscheuchen und sich Erziehungsspielchen für ihn auszudenken.

Püppi legte ihr eine Decke über die kalten Füße, und sie berührte kurz seinen Arm. »Gleich müssten die Ergebnisse kommen«, sagte sie, ohne die Augen zu öffnen. »Fidelio hat eben angerufen, dass er einen Kurier losschickt.«

Püppi nahm ihre Hand und massierte die kalten Finger. »Und was dann? Was macht die große Grinsekatze, wenn sie es mit Sicherheit weiß?«

Sie lehnte den Kopf gegen die Wand und sah ihn an.

»Ich habe nicht die geringste Ahnung.«

Der Kurier von der Rechtsmedizin war jetzt seit zwei Stunden unterwegs. So lange brauchte kein Mensch, schon gar kein Radfahrer, auch nicht bei dichtestem Verkehr. Sie versuchte sich abzulenken und strich Püppi über den Arm.

»Es tut mir leid, dass ich dich so herbestellt habe. Mir ist klar, wie wichtig es für dich ist, bei der Eule zu sein.« Sie lächelte schief. »Ich war nur schrecklich aufgeregt, und du weißt ja, was von den Ergebnissen abhängt.«

Er tätschelte ihre Hand.

»Hat dem Käuzchen das Baumhaus gefallen?«

Er grinste und zuckte die Achseln.

»Ich denke immer noch, dass es ein hoher Preis war, mit Fidelio zu ficken. Die Grinsekatze hatte doch Prinzipien.«

Sie schmiegte sich an ihn.

»Du hast aus mir erst die Grinsekatze gemacht«, sagte Gemma. Und schloss die Augen, als er ihr über den Kopf streichelte. Sie trug keine ihrer Perücken oder Tücher, und ihre Glatze schimmerte. Hinten im Nacken hatte sie sich beim Rasieren geschnitten. Sie zuckte zusammen, als seine Finger die wunde Stelle berührten.

»Da warst du noch klein und niedlich. Und hast so geheult, dein Gesicht sah aus wie eine schrumpelige Kartoffel. Du wolltest gar nicht mehr aufhören.«

Sie war elf gewesen und hatte schon die ganze Fahrt über so geweint, dass ihre Mutter das Autoradio lauter stellte. Ihre Schwester Alicia, die eigentlich groß genug war, um vorn zu sitzen, kauerte stumm mit ihren staunenden Augen neben Gemma und zeigte ab und zu auf etwas, das sie im Vorbeifahren bemerkte. Dann gluckste sie, aber als Gemma ein paarmal nicht reagiert hatte, ließ sie es bleiben. Beide Mädchen trugen dicke Wollmützen, die sie gern abgenommen hätten, weil es warm war im Auto und sie unter der dicken Wolle schwitzten, doch das war verboten.

»Sobald ihr aus dieser Tür geht«, hatte die Mutter geschimpft und sie auf die Köpfe mit den raspelkurz geschnittenen Haaren geschlagen, »tragt ihr die verdammten Mützen!«

Zwischen ihnen auf der Rückbank lag die Puppe, aus Stoffresten genäht. Sie trug ein blaues Kleid mit weißer Rüschenschürze und hatte die roten und braunen Haare zu glänzenden Affenschaukeln geflochten.

Keines der Mädchen wollte sie. Gemma war sicher, dass ihre Mutter nur deshalb eine für zwei Töchter genäht hatte, damit sie sich darum stritten, und nicht weil es zu wenig Stoff gegeben hatte. Gemmas Blick traf den ihrer Mutter im Rückspiegel. Zuzutrauen wäre es ihr. Vielleicht hatte sie gedacht, die Trennung würde den Mädchen leichter fallen, wenn sie böse aufeinander waren. Aber das würde nie passieren.

Es war Winter, und der Schneematsch spritzte, als die Häuser weniger wurden und draußen mehr Äcker und Bäume zu sehen waren und die Mutter das Auto beschleunigte. Gemma kam die Fahrt endlos vor, sie musste dringend auf die Toilette, und ihr Herz klopfte laut. Endlich hielten sie an. Ihre Hand klammerte sich am Türgriff fest.

Das Haus war groß und verwinkelt wie dieses Zauberpuzzle aus Holz in ihrem Kinderzimmer, das man zusammenschieben musste, bis es wieder einen Quader ergab. Gemma hatte es oft versucht und doch nie geschafft. Alicia war es zwar ein Mal gelungen, aber sie konnte Gemma nicht zeigen, wie sie es gemacht hatte.

Die Mutter zog Alicia aus dem Auto, legte ihr den Schal enger um den Hals und drückte ihr die Puppe in die Hand. Alicia reichte sie an Gemma weiter. So ging das einige Male, bis die Mutter aufgab und die Mädchen die Anhöhe zum Haus hochwies. Alicia trug ihren kleinen Koffer selbst, sie war schon fast so groß wie die Mutter. Von hinten unterschied sie kaum etwas von einer Erwachsenen. Gemma trottete neben den beiden her. Der Kies unter ihren Füßen knirschte. Es hatte zu schneien begonnen. Schwere, nasse

Flocken, die mit einem Piksen auf der Haut schmolzen. Die Mutter atmete schwer, als sie am Haus ankamen. Unten befanden sich Garagen und dunkle Gänge, die in das Gebäude hineinführten, wahrscheinlich zu den Wirtschaftsräumen, der Großküche oder den Materiallagern. Oben reihte sich ein schmales Fenster an das andere, und Gemma fühlte sich von allen beobachtet. »Such dir eine Toilette und warte dann beim Empfang«, herrschte die Mutter Gemma an, die von einem Fuß auf den anderen trippelte. »Ich muss allein mit dem Arzt sprechen.«

Sie führte Alicia die gewundene Steintreppe nach oben, und erst nachdem die beiden hinter der schweren Tür verschwunden waren, fiel Gemma auf, dass sie immer noch die Puppe im Arm hielt.

Sie rannte zum Eingang, aber als der Summer ansprang und sie eintreten konnte, war von ihnen schon nichts mehr zu sehen. Es roch nach Desinfektionsmittel und etwas, das Gemma an Maggi erinnerte. Eine Schwester in gestärkter Schürze sagte streng: »Na, Schätzchen?«, und Gemma ließ sich die Toilette zeigen.

Auf dem Rückweg schlurfte ein alter Mann im Bademantel an ihr vorbei. Ein Speichelfaden lief ihm übers Kinn, und sein Gesicht war aufgedunsen. Er brabbelte pausenlos, rollte dazu mit den Augen, und der Pfleger, der neben ihm ging, umklammerte seinen Arm und zog ihn ungeduldig weiter. Eine junge Frau saß in einer Ecke und lachte die ganze Zeit, ohne auch nur ein Geräusch zu machen, ein stummes, grausames Gelächter. Ihr Haar hing strähnig herab, und sie krümmte und schüttelte sich, sodass es eher nach Schmerz aussah als nach Heiterkeit. Einige andere Patienten saßen einfach da, murmelten oder starrten an die Decke. Gemma hielt das alles nicht mehr aus und rannte aus dem Haus, die Treppe hinunter.

Sie lief draußen zu den dunklen Gängen und fand einen, in dem Werkzeug an den Wänden hing und Türme von Autoreifen standen, und verkroch sich ganz hinten, wo es dunkel war und niemand sah, wie sehr sie weinen musste, obwohl sie doch schon elf war und damit fast groß.

Und dann kam der Junge.

Zuerst hörte sie nur ein Pfeifen, drückte sich enger an die Wand und hoffte, er würde sie nicht sehen. Vorsichtig spähte sie um einen Reifenstapel und sah einen schlaksigen Jungen in dicker Jacke, der eine Katze auf dem Arm trug, leise mit ihr sprach und nebenher eine Säge an einen Haken hängte. Er stutzte, sah in die dunkle Ecke, in der Gemma versuchte, sich unsichtbar zu machen. Schließlich schaltete er das Licht ein, eine einzelne Glühlampe, die hinter einem birnenförmigen Gitter an der Wand befestigt war, und kam langsam auf sie zu. Gemma begann wieder zu weinen, sie konnte einfach nicht anders.

Er hockte sich vor sie hin, und Gemma erwartete das übliche Verhör, mit dem Erwachsene meistens ein Gespräch anfingen. Wer bist du, was machst du hier, wo ist deine Mutter, warum weinst du, was willst du. Aber der große Junge sagte gar nichts, sondern sah sie nur an. Irgendwann gab er ihr ein Taschentuch und setzte die Katze ab. Die sprang auf einen Reifenstapel, schnurrte und leckte sich die Pfote.

Schließlich fragte er doch etwas, und damit brachte er Gemma völlig aus dem Konzept. »Sie«, sagte er, »haben Sie das Auto unten vor der Auffahrt geparkt? Das müssen Sie wegfahren. Da ist Halteverbot. Haben Sie das Schild nicht gesehen?« Gemma sah ihn mit runden Augen an.

»Ich kann gar nicht Auto fahren, ich bin ein Kind.« Sie schnaubte in das Taschentuch.

»Sie sind ein Kind«, sagte der Junge, als sei das eine echte Überraschung, dann neigte er höflich den Kopf: »Ich wohne hier, mein Vater ist der Hausmeister.«

Sie gaben sich die Hand.

»Und wie heißen Sie, Kind?«

Gemma schwieg.

»Hier ist es gar nicht so schlecht, wissen Sie. Die Schwestern sind eigentlich alle ganz nett, wenn man sie nicht ärgert und macht, was sie sagen. Im Sommer blüht der ganze Park. Und mittwochs gibt es Milchreis.«

Gemma schwieg. Dann flüsterte sie: »Das Haus ist wie ein Kaninchenbau, so dunkel und riesig.«

Der Junge nickte, dann zog sich ein Lächeln von einem Ohr zum anderen. »Manche Patienten sehen tatsächlich weiße Kaninchen. Die leichteren Fälle sehen nur weiße Mäuse.«

Gemma wollte es nicht, aber musste doch lächeln.

»Wenn Sie nicht heulen, erinnern Sie mich an ein lächelndes Kätzchen. Ich glaube, Sie heißen Grinsekätzchen, kann das sein? Oder Grinsekatze? Sie sind ja schon groß.«

Gemma nickte. Sie gaben sich die Hand. Der Junge schüttelte sie sehr langsam. »Grinsekatze also, freut mich. Bleibt die Frage, wer ich bin. Hm, das hab ich jetzt gerade vergessen.«

Gemma sah auf die Puppe, die sie immer noch an sich drückte, obwohl sie sie nicht mochte. Sie roch ganz leicht nach Alicia. »Püppi«, sagte sie dann.

Der Junge musste so lachen, dass er sich hinterrücks auf den Boden setzte und die Beine ausstreckte. Sein Gelächter hallte durch den Werkstattraum. »Das ist ein toller Name!

Damit werd ich glatt hier eingewiesen. Hoffentlich hört das nie jemand.«

Gemma legte einen Zeigefinger vor die Lippen. »Der bleibt unser Geheimnis.«

Püppi hielt an dem Namen fest, auch als er später in die Höhe schoss, sodass er den Kopf einziehen musste, wenn er die Garage betrat. Er und Gemma trafen sich bei ihren Besuchen immer dort, weil ihre Mutter das Klinikpersonal angewiesen hatte, sie nicht zu Alicia zu lassen. Sie selbst besuchte Alicia nur alle paar Monate und verbot Gemma, mit hineinzukommen. Gemma steckte Püppi dann kleine Geschenke für ihre Schwester zu. Zu gern hätte sie ihr Briefe geschrieben, aber Alicia konnte nicht lesen.

»Warum ist Ihre Schwester hier?«, fragte Püppi, als er Gemma aus der Garage führte und sie die Treppe hochbrachte.

»Mutter sagt, sie hat Raupen im Kopf.«

Püppi dachte nach. »Raupen? Meinen Sie vielleicht Grillen?«

»Sie spricht nicht. Sie ist nicht wie wir. Und sie versteht vieles nicht, sagt Mutter. Nur ich weiß, dass sie vieles eben doch versteht.«

Püppi blieb abrupt stehen. »Sie haben die Puppe hinter den Reifen vergessen, Sie werden Ärger kriegen. Ich hol sie schnell.«

Gemma hielt ihn zurück. »Gibst du sie Alicia später? Jemand muss auf sie aufpassen, sie kennt hier ja niemanden.«

Der Junge nahm sie fest bei den Schultern und sah ihr direkt in die Augen. »Ab heute Nachmittag kennt sie mich.«

* * *

Püppis Telefon hatte schon einige Male vibriert, aber er nahm den Anruf nicht an.

»Wieder die Eule?« Gemma tigerte im Zimmer hin und her. Von einer Wand zur anderen. Sie hatten schon Mittag, und noch immer war keine Nachricht aus der Gerichtsmedizin eingetroffen.

Püppi seufzte. »Sie denkt bestimmt, ich bin so ein Arsch, der nach dem Vögeln verschwindet, weil er bekommen hat, was er wollte.«

»Niemand, der dich kennt, würde so von dir denken.«

»Sie kann sich da reinsteigern. Und wenn sie es nicht mehr aushält, zieht sie wieder los und fickt sich irgendwo die Seele aus dem Leib.«

Gemma sah ihn ernst an.

»Sei doch froh, dass sie beim Ficken alles vergessen kann, das ist eine Gabe. Andere mit ihrem Leben wären längst komplett durchgedreht.«

Endlich klingelte es an der Tür, und obwohl sie sofort aufsprang, stockte sie kurz. »Ich wäre froh, wenn ich eine Sekunde vergessen könnte, wer ich bin. Oder was mit Alicia passiert ist.«

JUSTITIA 11

»Püppi? Wo bist du? Ich warte im Baumhaus. Ruf endlich zurück!«

Fiona hörte noch einem Moment dem Rauschen seiner Voicemail nach und stellte ihr Handy in einen ihrer Stiefel. Sie lehnte sich gegen die dicken Kissen und sah hinüber zu ihrem Haus und durch die großen Küchenfenster. Von hier aus hätte man den Eindruck haben können, es sei ein ganz normales Haus, bewohnt von einer Durchschnittsfamilie: Vater, Mutter, Kind. Er repariert irgendwas, sie kocht, das Kind spielt, wie das eben so ist in den ganz normalen Häusern der ganz normalen Menschen. Fiona griff in eine Packung Müsli und aß es direkt aus der Hand. Neben ihr stand eine Tüte Gummischlangen, die sie sich zwischendurch in den Mund schob. Sie hatte solchen Hunger, dass sie sich verschluckte und husten musste. Nach der Nacht mit Püppi im Baumhaus hatte sie ihn nicht mehr gesehen und keine Ahnung, wo er war. Er hatte nicht angerufen, aber mehrmals gesimst, wie leid ihm sein überstürzter Aufbruch tue und dass er sie bald wiedersehen wolle. Und sie hatte einfach das Verlangen, ihm zu glauben, hatte die Strickleiter repariert und war ins Baumhaus zurückgekehrt.

Die Grinsekatze hatte Wort gehalten und ihr einen Tag, nachdem sie Lorinas Tasche gestohlen hatte, einen Kurier geschickt, der bis in den Garten kam, unter dem Baum stand und zu ihr heraufrief. Fiona wusste nicht, wie die Katze das machte, aber genau in dem Moment, als sie die Strickleiter zu dem Boten hinunterrutschte, hatte sie Fiona angerufen und sprach mit ihr, während Fiona die Mappe annahm und auf der Liste unterschrieb.

»In der Kuriertüte liegt ein Umschlag: Informationen über den Lonely Twin. Das war der Deal, Cupcake-Tasche gegen ein Gesicht. Wir sind quitt. Du wirst feststellen, dass kein Name und auch keine Adresse dabei sind. Ich weiß ja, dass du dazu neigst, loszurennen und Leuten in die Eier zu treten, aber das hier ist eine Nummer zu groß. Hinter ihm stehen gefährliche Leute. Die Personaldaten des Twins habe ich bereits anonym der Polizei geschickt, die Adresse des Kommissariats steht schon auf dem Umschlag. Erst wenn sie deine Unterlagen auch noch bekommen, wird die Sache für sie rund. Schick die Unterlagen ab, und der Twin ist fällig. Ich gebe dir die Infos nur, damit du dir ansehen kannst, wer in der Nacht hinter dir her war, und damit du das Gefühl hast, dass du ihn zur Strecke bringst. Alles Weitere macht die Justiz. Und, kleine Eule: Justitia ist nicht immer so blind wie bei deinen Eltern.«

Fiona wartete, bis der Kurier außer Hörweite war.

»Was wissen Sie denn von Recht und Unrecht? Warum musste ich meine Tante bestehlen? Ich habe eine alte, kranke Frau angelogen.«

Die Grinsekatze schnaubte. »Du wirst deswegen nicht in die Hölle kommen, keine Sorge.« Und nach einer kleinen Pause sagte sie noch: »Ich persönlich glaube ja, die Hölle ist ein großer Spiegel, in dem man sich ununterbrochen anschauen muss.« Dann legte sie auf.

Der Umschlag enthielt die Kopie eines Zeitungsberichtes mit Foto, auf dem der Twin mit dem Prediger und Evi zu sehen war. Er trug ein sehr lockiges Toupet, aber Fiona erkannte ihn sofort. *Mein Gott, ich hab schon neben ihm im Labyrinth gefickt,* dachte sie. Alle drei standen demonstrierend vor einer Schwulenbar, aber während Evi und ihr Vater irgendetwas skandierten, hatte der Twin nur Augen für Evi. Außerdem befanden sich eine Reihe Fotos in der Mappe. Ein Haus von außen, ein typischer Berliner Altbau, vermutlich das Zuhause des Twins, und eine Aufnahme aus dessen Wohnung. Schuhe mit einem ungewöhnlichen Profil, eine Rolle Draht, Lederhandschuhe mit dunklen Flecken, eine Pinnwand voller Evi-Fotos, davor Kerzen, ein vertrockneter Rosenstrauch und eine Schatulle mit zwei Ringen und Bilder vom Prediger in einem Schuhkarton, auf denen jemand sein Gesicht mit Teufelsfratzen übermalt hatte. Dann ein verschwommenes Bild eines Blasrohrs und Berichte des Veterinäramtes, manche waren viele Jahre alt. Ganz unten fand Fiona noch ein Büschel Haare, offenbar aus einer Bürste. Das Labyrinth wurde nirgendwo erwähnt. Auch auf die Grinsekatze selbst, Fiona oder denjenigen, der das Material organisiert und zusammengestellt hatte, gab es nicht den geringsten Hinweis.

* * *

Wieder klingelte Fionas Handy. Diesmal seufzte sie erleichtert und stopfte die Gummitiere, die sie gerade verschlingen wollte, in die Tüte zurück.

»Püppi! Wo bist du?«

»Noch unterwegs. Die Grinsekatze brauchte mich, wir sind gar nicht in Berlin. Hier ist gerade Land unter, ich wünschte, ich könnte es dir erzählen. Was hast du mit dem Material über den Twin gemacht?«

»Ich hab den Umschlag persönlich bei der Polizei eingeworfen. Ich glaube zwar, dass die gar nichts auf die Reihe kriegen, aber angesichts dieses Inhalts müsste es ja sogar denen auffallen. Bei meinen Eltern damals gab es nicht mal einen Hinweis.«

Püppi schwieg, sie hörte ihn atmen und Vogelzwitschern.

»Du machst einen Ausflug? Mit ihr?«

Fiona ärgerte sich selbst, dass ihre Stimme so hoch und schneidend klang.

»Ich hab sie nur abgesetzt und warte jetzt, bis sie fertig ist.« Er räusperte sich. »Ich wäre so gern bei dir. Vor allem, weil ... oh, warte!«

Fiona hielt den Atem an.

»Ein ehemaliger Kollege hat gerade gemailt. Er fragt mich, ob ich das Material zum Kommissariat gebracht habe. Jedenfalls haben sie den Twin schon verhaftet! Er will sich später noch mal melden.«

Fiona fühlte das Adrenalin durch ihren Körper schießen, ihr Herz schlug heftig gegen den Brustkorb, ihre Hände und Füße prickelten wie unter Nadelstichen. Ihr war heiß. Sie rief »Moment!« in den Hörer, steckte sich das Telefon in den BH, stieg auf die erste Stufe der Strickleiter, schlüpfte mit den Füßen hindurch und ließ sich kopfüber baumeln. Das Blut rauschte in ihren Ohren. Sie schwang leicht vor und zurück und fühlte sich ganz schwerelos. Sie griff sich in den Ausschnitt und fingerte das Handy hervor.

»Es ist vorbei! O mein Gott, es ist vorbei!«, rief sie hinein und sah unter sich das Gras schwanken wie einen grünen See. Sie dehnte und streckte sich, bis ihre Gelenke knackten, sie rief noch einmal »Moment«, zog sich hoch, warf das Telefon zurück ins Baumhaus und kletterte hinterher. Schwer atmend ließ sie sich auf die nun plötzlich wolkenweichen Kissen fallen. Fiona streckte die Füße bis zur Decke und zuckte mit den Zehen, als würden sie tanzen.

Auch Püppi klang bewegt und erleichtert: »Das feiern wir, wenn ich wieder da bin. Heute Abend müsste ich zurück sein, dann komme ich zu dir.« Er wartete einen Moment. »Wenn ich darf.«

Fiona fuhr mit ihrer freien Hand über ihren Bauch und umkreiste ihren Nabel. »Bist du jetzt gerade allein?«

»Mann allein auf weiter Au. Nur Fuchs und Hase und Gute Nacht. Warum?«

Fiona hauchte mehr, als dass sie sprach: »Weil wir mit dem Feiern dann eigentlich nicht warten müssen.«

»Ist das ein unmoralisches Angebot?«

Sie kicherte. »Ich hab eh kaum was an. Nur ein kurzes Shirt und einen Slip. Einen kleinen Slip.«

»So einen hauchdünnen wie neulich, wo man deine Spalte ganz genau drunter sieht?«

»Yep.«

»So einen winzigen, der nur knapp deine feuchte Ritze bedeckt?«

»Genau so einen.«

»Mit so einem String zwischen den Hinterbacken, den ich nur auf Seite schieben muss, um an dein Pfläumchen ranzukommen?«

»Würdest du das jetzt gern tun? Meine Pflaume fingern?«

Sie hörte ihn undeutlich nuscheln, wahrscheinlich hatte er das Handy zwischen Kinn und Schulter geklemmt und seine Hose geöffnet.

»Ich hab dich nicht verstanden, was möchtest du mit deinem Finger?«

»Ich würde mich gern vor dich knien, und du machst die Beine breit. Du kannst sie ja an den Holzwänden abstützen. Ich lecke dir über die Oberschenkel, und dann will ich an deinem Fötzchen schnuppern. Du duftest nämlich so süß, wusstest du das?«

Fiona lachte. »Das machen die Süßigkeiten, die ich immer esse. Das ist Muschi-Food.«

»Dann würde ich dir die Klitti mit dem Daumen massieren, durch deinen triefend nassen Minislip.«

»Oh, da würde ich stöhnen, ich liebe es, wenn du das tust.«

»Und ich liebe es, wenn du stöhnst. Ich lecke dir über die Fötzchenlippen, die unter dem Stoff hervorquellen, und dann greife ich dir unter den Hintern ...«

»Ich heb ihn leicht an, dann kommst du besser ran an meinen Arsch.«

»Dein Ärschchen, du hast ja einen ganz kleinen. Ich ziehe den String weg und fummel dir in der Hinterritze herum. Und dann ziehen wir dir den Slip aus, und du legst dich wieder hin, die Beine ganz weit gespreizt, damit ich dein Fötzchen genau sehen kann.«

»Ich will, dass du mir einen Finger reinsteckst und vorfickst.«

»Erst wichs ich deine Fotze, ich reib dir die Fotzlippen, bis alles nass und seimig ist und deine Möse prall und heiß ...«

»Steck mir jetzt sofort was in die Muschi!«

»Und dann schieb ich dir einen Finger rein, ach ich glaube, ich nehme zwei, und während ich die raus- und reinschiebe ...«

»Leckst du mich? Ich hoffe, du leckst mich.«

»… sauge ich leicht an deinem Kitzler. Der braucht das, dein ganzes nasses Fickfötzchen braucht das.«

»Ich brauche einen Schwanz, ich will, dass du mich richtig fickst.«

»Dann zieh ich dich hoch, und du setzt dich auf meinen Schoß. Du schiebst dir meinen Schwanz rein. Und ich halte deinen Arsch mit meinen Händen.«

»Ich kann fühlen, wie sich meine Nippel an deiner Brust reiben. Du hast so eine tolle Brust. Sie ist riesig.«

»Ich bin ein großer Kerl, und mein Schwanz ist auch groß.«

»Der ist riesig, er bräuchte einen eigenen Twitter-Account, so riesig ist er.« Sie lachten.

»Er pfählt dich, und du kannst auf ihm reiten, wie es dir gefällt.«

»Das gefällt mir gut. Ich hebe meinen Hintern und lasse ihn wieder fallen, dein Schwanz in meiner Muschi fühlt sich toll an.«

»Reibt dein Kitzler am Schaft entlang?«

»Bei jedem Stoß.«

»Besorgst du es dir dabei? Reibst du dir deine Muschi? Ich denke an deine pralle, saftige Muschi und wie sie schmeckt und wichs mich dabei.«

»Ich liege im Baumhaus auf einem Kissen und rutsche über meine Hand. Oh, jetzt steck ich mir die Finger ins Fötzchen. Ich wünschte, du würdest mich ficken, hart und schnell mit deinem Schwanz ficken.«

Sie hörte ihn aufstöhnen. Und dann kam es auch ihr, und sie blieb bewegungslos liegen, das Ohr auf dem Handy, hing ganz an seinem Keuchen.

Eine Weile schwiegen beide.

»Püppi?«

»Meine Eule?«

»War das nicht zu einfach?«

Er lachte. »Na ja, guter Sex ist meistens einfach. Wenn's schwierig ist, macht einer was verkehrt.«

Sie hatte sich umgedreht und starrte ohne zu blinzeln auf das Astloch in der Wand, die ihr genau gegenüberlag. Wenn sie alles andere ausblendete, konnte sie durch die kleine Öffnung sehen und erkannte dahinter einen Spatz, der auf einem Ast saß und einen zappelnden Regenwurm im Schnabel hielt. Die Schwerelosigkeit, die sie bisher empfunden hatte, nahm spürbar ab und drückte sie tiefer in die Kissen.

»Ich meine den Twin. Funktioniert das so? Die Grinsekatze packt eine Überraschungstüte, weiß der Geier, wo sie die Sachen herhat, die Polizei rückt aus, und zack hat die Welt einen Bösen weniger? So einfach kann es nicht sein.«

Sie hörte selbst, wie die Panik in ihr hochstieg. Sie wusste, dass sie recht hatte. Und plötzlich fand sie auch, dass Püppi nicht ganz ehrlich gewesen war, als er gesagt hatte, sie solle sich beruhigen, alles sei gut und die Polizei würde sich kümmern, dafür sei sie ja da.

»Guck in deine Mails, ob dein Kollege noch was geschrieben hat!«

Sie duldete keinen Widerspruch, und Püppi spürte das wohl, denn er las merkwürdig tonlos die Mail vor: »Verdächtiger in U-Haft, Beweise erschlagend. Labor sagt, zwei Täter: auch eine Frau! Verdächtiger schweigt zur Komplizin.« Püppi brach ab.

Fiona atmete mehrmals tief ein und aus, um ihre Gedanken unter Kontrolle zu bekommen. Der feuchte Fleck unter ihrem Hintern war ihr plötzlich unangenehm.

Als Püppi ihr versicherte, es sei alles in Ordnung, unterbrach sie ihn barsch.

»Wo bist du? Bringst du die Grinsekatze aus der Schusslinie?« Und da er nicht gleich antwortete: »Püppi! Hängt sie da selbst mit drin? Sie weiß doch was, und du auch. War sie mit dem Twin in Evis Haus? Weil die Sekte gegen das Labyrinth gehetzt hat? Erzählt sie mir was von einer sehscharfen Justitia und regelt die Angelegenheit dann selbst?«

Nachdem sie es einmal gesagt hatte, fand sie den Gedanken gar nicht mehr abwegig. Vielleicht hatte die Grinsekatze Fiona nur geholfen, um einen Mitwisser zu beseitigen? Wie viel wusste sie denn schon über diese merkwürdige Frau, die Verbindungen zu allem und jedem hatte und innerhalb weniger Tage so ein Dossier zusammenstellen konnte, als befehlige sie eine Privatarmee? Fiona war sich jetzt ganz sicher, dass die Grinsekatze irgendetwas mit all dem zu tun hatte. Püppi schwieg weiterhin. Fiona schluckte hart und sagte dann sehr fest: »Gut. Wenn die Grinsekatze abgetaucht ist und du mir nicht hilfst, dann frag ich jemand anderen. Ich gehe zu Tante Lorina, die wird mir sagen, was diese hässliche Tasche enthält und was die Katze damit will. Dann erfährt sie eben, dass ich sie hintergangen habe, das verzeiht sie mir schon.«

Sie zuckte zusammen, als Püppi in den Hörer schrie: »Warte! Ich bin bald da, ich erklär dir alles! Es ist ganz anders, überlass das der Polizei, geh auf gar keinen Fall ...«

Fiona unterbrach die Verbindung und stieg in ihre Stiefel. Noch während sie die Strickleiter hinunterkletterte, klingelte das Handy wieder, aber sie ignorierte Püppis Anruf und machte sich auf den Weg, zu Fuß, ihr Auto stand immer noch irgendwo in Zehlendorf. Wieder ein Anruf, diesmal eine unbekannte Nummer.

»Eule? Lass es!« Die Grinsekatze klang hart und unmissverständlich, das war kein Rat, das war ein Befehl.

»Ich ficke deinen Freund nicht! Darum geht es doch, oder? Und ich bin auch nicht abgetaucht. Ich habe hier etwas zu erledigen, und ich kann vorläufig nicht nach Berlin zurück. Hör mir genau zu: Pack ein paar Sachen, nur das Nötigste, und zieh in ein Hotel. Bleib nicht in deinem Haus und auch nicht auf dem Baum. Mach dich vom Acker und sag niemandem, wo du steckst. Püppi ist schon losgefahren, er ist in wenigen Stunden bei dir. Aber sprich mit niemandem, schon gar nicht mit ihr, ich erlaube nicht ...«

Fiona schaltete das Handy aus, sie schäumte. Was bildete sich diese Frau überhaupt ein? Und ins Hotel? Was sollte das schon wieder? Sich zu verkriechen wie ein ängstliches Tier war sicher nicht die Art, mit der sie die Angelegenheit regeln würde. Sie würde vor niemandem weglaufen. Andere konnten ja Panik kriegen, aber sie nicht. Fiona war es leid, dass ihr ständig alle sagten, was sie zu tun hatte. Nie gab es Erklärungen, immer nur Anweisungen und Befehle. Pack deine Sachen, sei nett zu den anderen Kindern, sprich mit den Therapeuten, zieh nicht zurück in dein Elternhaus, lauf nachts nicht draußen rum, leg dich nicht mit Stärkeren an, komm mich öfter besuchen. Sie hatte es satt. Sie wollte endlich Antworten. Und Lorina musste ihr welche geben, dafür würde sie sorgen.

BELLADONNA 12

Püppi hatte noch oft angerufen, während sie in die Richtung des Sektenhauses ging, aber Fiona hatte den Anruf jedes Mal weggedrückt. Sie wollte sich jetzt nicht ablenken lassen. Eigentlich war es eine Familienangelegenheit, denn Tante Lorina war die einzige Art Familie, die sie hatte, und sie würde sie sicher nicht hängen lassen, wenn sie erst verstand, dass Fiona Antworten brauchte.

Die alte Frau setzte sich keuchend in einen Sessel, als Fiona hereinkam. Es standen zwar wieder überall Tabletts mit Kuchen und Muffins herum, aber Fiona sah, dass es dieselben vom letzten Mal waren. Lorina hatte also keine neuen gebacken, was zusammen mit dem grauen Gesicht und den mühsamen Bewegungen ihrer Tante nur bedeuten konnte, dass es ihr erheblich schlechter ging. Sie würde bald sterben und ihr Zustand sich am Ende rapide verschlechtern. Im Grunde war es Fiona schon lange klar gewesen, dass sie sich verabschieden musste, aber jetzt, wo es konkret wurde, hatte sie einen dicken Kloß im Hals und fühlte sich nicht bereit dafür. Sie war auch überrascht, wie hinfällig Lorina plötzlich aussah und mehr einer Greisin ähnelte als der vitalen älteren Frau, die sie im Heim besucht und aufgepäppelt hatte und die sie in den folgenden Jahren beraten, bebacken und unterstützt hatte. Mühsam schob sich ihre Tante die Sauerstoffmaske über Mund und Nase, und Fiona bemerkte, während sie sie ungelenk umarmte, dass sie am Tropf hing, aus einem Plastikbeutel sickerte eine durchsichtige Flüssigkeit in ihre Vene. Fiona ließ sich auf den Sessel ihr gegenüber fallen.

»Es geht mir nicht gut, mein Mädchen.«

Fiona nickte und überlegte, ob sie ihr das Gespräch wirklich zumuten musste. Andererseits, wenn Tante Lorina starb, ohne dass sie sie gefragt hatte, würde sie es sich nie verzeihen.

»Tante«, begann sie unsicher, dachte dann aber an Evi und an die Grinsekatze, deren Ton am Telefon nicht nur befehlend gewesen war, sondern auch – und das fiel ihr jetzt erst auf, ganz plötzlich schoss der Gedanke durch ihren Kopf – ängstlich gewesen war, panisch geradezu. Sie hatte versucht, ihre Besorgnis mit Anweisungen zu kaschieren. Fiona begriff, dass die Grinsekatze wirklich unter Druck gestanden hatte. Was konnte es denn sein, das eine so herrische Frau dermaßen beunruhigte? Fiona straffte ihren Körper, setzte sich ganz gerade hin und sah Lorina direkt ins Gesicht. Die zog eine Augenbraue hoch und atmete pfeifend durch die Maske.

»Tante. Ich weiß, dass du etwas mit dem Mord an Evi und dem Prediger zu tun hast. Ich weiß, dass du die Frau kennst, die diese Swingerpartys organisiert, und ich weiß, dass in deiner kleinen Tasche etwas ist, mit dem man dich erpressen kann.« Das war geraten, Fiona versuchte es einfach, und als Lorina nichts sagte, fuhr Fiona fort: »Mach sie auf!«

Lorinas faltige Augenlider bebten unmerklich, und Fiona sah, wie ihre Finger mit dem Plastikschlauch der Infusion spielten, aber sie rührte sich nicht. Stritt nichts ab. Wehrte sich nicht. In diesem Moment wusste Fiona, dass sie auf dem richtigen Weg war, und eine Gänsehaut kroch über ihren Rücken. Schlagartig wurden ihre Hände und Füße kalt, sie fühlten sich wie abgestorben an, und ihr zugeschnürter Brustkorb ließ sie nur flach atmen.

»Liebchen«, setzte Lorina an und griff sich ans Herz, »hol mir bitte ein Glas Wasser, sei so gut.« Ihre Stimme war leise und brüchig, und Fiona sprang sofort auf und lief in die Küche.

Als sie wiederkam, sah sie gerade noch, wie Lorina ihre Hand unter den geblümten Morgenrock schob. Sie stellte ihr das Glas auf die Sessellehne, und als Lorina danach griff, fasste Fiona einfach in die Stofffalte, so blitzschnell, dass die alte Frau es nicht verhindern konnte. Sie hielt Lorinas Handy in der Hand. Das Display zeigte noch ihre letzte abgeschickte SMS: »F ist hier und weiß es!«

Sie schrie auf, als wäre sie geschlagen worden. Außer sich vor Wut und Entsetzen warf sie das Handy gegen die Wand. Sie beugte sich über Lorina und packte sie an den Schultern, mühsam beherrschte sie sich, nicht zu fest zuzupacken.

»Was soll das? Wem simst du da?«

Sie zerrte Lorinas Arm hoch und nahm ihr die kleine Cupcake-Tasche ab. Sie lief in der Wohnung hin und her, von einer Wand zur nächsten, und wusste nicht genau, was sie als Nächstes tun würde, bis sie einen massiven Brieföffner auf einer Kommode liegen sah, halb verdeckt von einer Platte voller Muffins. Sie zog ihn hervor, einige der Muffins kullerten herunter und blieben auf dem Teppich liegen. Fiona kümmerte sich nicht darum. Sie fuhrwerkte mit dem Brieföffner im Verschluss der Tasche herum, bis es knackte, öffnete sie und starrte hinein.

Sie brauchte lange, um zu verstehen, was sie sah. Sie konnte regelrecht fühlen, wie die Informationen, die ihre Augen aufnahmen, durch die Nervenbahnen schossen und im Gehirn ankamen, all das geschah in Zeitlupe, ihr Mund öffnete sich, ihre Augen wurden groß wie auf einer afrikanischen Maske, ein eiskalter Griff schloss sich um ihr Herz und versuchte, es auszuwringen. Es dauerte wieder gefühlte Ewigkeiten, bis ihr Gehirn alles sortiert und zugeordnet hatte und sich Worte bildeten, die schließlich den Weg aus ihrem Mund fanden.

»Was hast du getan?!«, schrie sie Lorina an und stürmte auf sie zu. Die Flüssigkeit im Infusionsbeutel kräuselte sich. »Das war meine Freundin! Du hast dich um sie gekümmert!«

Fiona schüttete den Inhalt der Tasche auf dem Couchtisch aus: eine gebogene große Nadel, schwarzes dickes Garn, ein Büschel Haare, ein Tablettenröhrchen.

»Wie konntest du?!«

Lorina beugte sich mühsam vor und versuchte, Fionas Hand zu nehmen, aber die sprang zurück und sah Lorina mit so viel Ekel an, als säße eine haarige Spinne vor ihr im Sessel. Sie stammelte nur noch, während sie sich bemühte, einigermaßen normal zu atmen, es gelang ihr nicht. Schließlich sank sie zusammen und schluchzte.

Lorina wartete, dann begann sie, japsend und undeutlich durch die Sauerstoffmaske zu sprechen.

»Es war ein Unfall! Es sollte nur ein Denkzettel werden. Ich hab es für dich getan.«

Fiona starrte sie mit aufgerissenen Augen an, ohne zu blinzeln, bis ihre Augen kribbelten. »Bist du völlig irre?«

Lorina verlagerte ächzend ihr Gewicht im Sessel und griff sich wieder ans Herz. Sie tastete nach dem Wasserglas und stieß es mit ihrer zitternden Hand um. Fiona rührte sich nicht.

»Du warst so traurig. Evi hat dich unmöglich behandelt. Ihr wart beste Freundinnen, und dann lässt sie dich links liegen. Ich hab doch gespürt, wie traurig du warst. Eine Mutter spürt so was.«

»Du bist nicht meine Mutter!«, schrie Fiona und sprang auf. Am liebsten hätte sie die alte Frau geschlagen, beherrschte sich aber und setzte sich wieder. »Du hast eine Frau getötet! Unsere Evi! Begreifst du das denn?« Fionas Gedanken überschlugen sich, sie versuchte abzuschätzen, ob Lorina vielleicht wirklich geisteskrank war, ob es Anzeichen dafür gegeben hatte, aber sie fand nichts. Ihr fiel der typische Satz ein, den Nachbarn immer sagen, wenn sie von Reportern erfahren, dass der Mieter aus 3b ein perverser Mörder war. »Er hat doch immer freundlich gegrüßt«, sagen sie dann oder manchmal auch: »Er hat doch immer seinen Müll getrennt.« Genauso war es auch mit ihrer Tante. Sie war eine normale, resolute, ältere Frau.

»Ein Unfall«, wiederholte Lorina, »ich wollte ihr nur die Haare abschneiden, wie man das früher mit Verräterinnen gemacht hat, im Krieg, weißt du? Den Flittchen wurden die Köpfe geschoren. Es wäre nachgewachsen, und sie sollte ja auch gar nichts mitkriegen. Ich hab noch einen Schlüssel von drüben, fürs Blumengießen, der Alte wusste davon gar nichts, ich wollte sie betäuben, sie sollte bloß einen Schreck kriegen, wenn sie aufwacht. Aber dann ist mit der Dosierung etwas schiefgegangen, es war zu viel Belladonna. Ich bin eine alte kranke Frau, meine Augen machen nicht mehr so mit, das weißt du.«

»Vor allem dein Gehirn macht nicht mehr mit. Du bist eine Perverse, du bist grauenhaft.« Fiona fing wieder an zu weinen.

»Du warst ja nicht ganz unschuldig daran.« Lorina sah sie streng an. »Wochenlang erzählst du mir, wie sehr du leidest, dass sie nichts mehr von dir wissen will, du redest über nichts anderes, du rennst draußen nachts halb nackt rum und trinkst, nimmst Drogen und was weiß ich noch, da musste ich doch einschreiten. Jemand musste Evi einen Denkzettel verpassen, wenn sie mein kleines Mädchen so leiden lässt.«

Fionas Stimme klang abgehackt und schneidend, sie machte hinter jedem Wort eine kurze Pause: »Ich – bin – nicht – dein – kleines – Mädchen.«

Fiona fühlte sich ganz leer und wünschte, sie wäre nie hergekommen. Gleichzeitig wusste sie, dass es noch nicht vorbei war. Sie schnäuzte sich und versuchte, möglichst gefasst weiterzusprechen.

»Du wolltest also ihr Haar abschneiden, um sie zu bestrafen, und als du sie betäubt hast, ist etwas schiefgegangen, und sie ist gestorben.«

Lorina nickte und zuckte mit den Schultern. Es kostete Fiona alle Beherrschung, um nicht wieder aufzuspringen und auf Lorina einzuschlagen. Gleichzeitig war sie so allein wie nie zuvor. Das Gefühl nach blauen kalten Fliesen unter ihren Füßen stieg in ihr hoch. Sie verdrängte es, schob alles weg und konzentrierte sich auf diese Wohnung und diese Zeit.

»Wieso musstest du sie auch noch verstümmeln? Du hast ihr Gesicht entstellt. Du hast wie ein irrer Serienkiller herumgemetzelt. Das ist krank, Tante Lorina, das ist so krank, ich könnte kotzen. Das war keine Kurzschlussreaktion, so was macht man nicht spontan, du hattest Werkzeug dabei, du trägst diese Nadel und die Haare mit dir herum wie einen Fetisch, du wusstest genau, was da passierte. Und hast nicht aufgehört.«

Die alte Frau knetete ihre Hände. »Ab einem bestimmten Zeitpunkt ist es schwer aufzuhören«, sagte sie, als würde das irgendetwas erklären.

Fiona begriff, dass sie hier nicht weiterkam. Vielleicht war Lorina doch verrückt, und man konnte ihr Verhalten nicht erklären und auch selbst nicht verstehen.

»Was ist mit dem anderen Mann, der dabei war«, fragte Fiona also, »und dem Prediger?«

Lorina sah sie nur ausdruckslos an, und gerade als Fiona ihre Frage wiederholen wollte, läutete es Sturm. Gleichzeitig klingelte Fionas Handy.

»Mach auf!«, hörte sie Püppi durch das Telefon rufen, und sie stürzte zur Tür und öffnete. Obwohl sie eigentlich böse auf ihn sein wollte, war sie froh, dass er hier war, jemand, der zwar seine Geheimnisse hatte, bei dem sie aber wenigstens sicher sein konnte, keinen geisteskranken Mörder vor sich zu haben. Sie fielen sich in die Arme, und Fiona schluchzte an seiner Brust.

»Alles wird gut, meine Eule«, flüsterte er und streichelte ihr Haar, dann schob er sie von sich fort und schüttelte sie leicht, bis sie ihn ansah. »Bist du allein mit ihr? Ist sonst jemand da?«

Fiona schüttelte den Kopf. »Nur wir. Aber sie hat irgendwem gesimst, dass ich Bescheid weiß und hier bin.« Püppi griff ihre Hand und zerrte sie zur Tür. »Wir müssen sofort verschwinden!«

Fiona wehrte sich. »Ich bin noch nicht fertig. Ich will erst wissen ...«

Püppi schnitt ihr das Wort ab. »Du musst schnell weg! Vertrau mir. Wir klären das später.«

Fiona riss sich los und sprang zu Lorinas Sessel.

»Er hat recht, meine Kleine«, hustete Lorina und tätschelte ihre Hand, »frag nicht weiter, es ist vorbei, lass das alles ruhen und geh mit ihm. Du bist hier nicht sicher. Es werden furchtbare Dinge geschehen, wenn du weiter herumstocherst. Du bist doch mein kleines, hübsches Vögelchen.«

Püppi stand am Fenster und spähte durch die Scheibe.

»Ich weiß, wer der andere Mann im Haus war.« Fiona sprach so schnell, dass man sie kaum verstehen konnte. »Was hast du mit ihm zu tun? Warum deckst du ihn, und warum erzählt er in der Untersuchungshaft nichts über dich? Was soll das für eine Gefahr sein, wenn ich weiterfrage? Tante Lorina! Du bist mir Antworten schuldig!«

Die alte Frau nahm die Atemmaske ab und lächelte schief. Röchelnd sog sie Luft ein. »Schuld ist ein weiter Begriff, kleine Eule. Du hast keine Ahnung, was du da aufrührst, also mach dich aus dem Staub« – sie wedelte kraftlos mit der Hand durch die Luft – »und flieg weg. Husch!«

Püppi stürzte zu Fiona, griff ihre Hand und zerrte sie zur Tür. »Hinten hat ein Auto gehalten, sie sind da.«

Sie ließen Lorinas Wohnungstür einfach offen stehen und rannten die Treppe hinunter. Fiona sprintete vor und zeigte Püppi den hinteren Ausgang, der in den Garten führte, sodass sie nicht über die Straße mussten. Sie liefen durch das Gras, an den gepflegten Blumenbeeten vorbei. Als sie die Hecke erreichten, bückte sich Püppi, faltete die Hände zu einer Räuberleiter und warf Fiona fast über das Gebüsch. Er selbst sprang auf einen Findling und hechtete hinterher. In der Seitenstraße zog er sie vorwärts.

»Meinen Wagen holen wir später«, rief er ihr zu. Und sie rannten. Fionas Stiefel machten beim Abrollen auf dem Asphalt ein vertrautes Geräusch, ihre Schritte passten sich einander an, und obwohl Fiona bei jedem von Püppis Schritten zwei machen musste, fanden sie einen gemeinsamen Rhythmus und liefen so tief und regelmäßig atmend die Straßen entlang immer weiter, als wüssten sie genau, wohin sie müssten. Fiona hatte keine Ahnung, wo das sein sollte, aber sie wusste genau, dass sie an Püppis Seite in Sicherheit war und dass das Ziel ihrer Suche und der Weg hinaus aus diesem Labyrinth der Fragen und Gefahren die Grinsekatze sein würde.

MONIKA UND AXEL 13

Es war schon fast dämmrig, als Püppi und Fiona ihr Elternhaus erreichten. Schwer atmend kramte Fiona den Schlüssel aus ihrer Tasche, während Püppi die Grinsekatze anrief, um ihr zu sagen, dass er bei Fiona bleiben würde.

Sie hatten, noch während sie nebeneinander her liefen, darüber gestritten, ob Fiona sich verstecken würde, aber sie bestand nach wie vor darauf, sich nicht verjagen zu lassen und mit der ganzen Sache ja eigentlich nichts zu tun zu haben.

»Keine Ahnung, was zwischen der Grinsekatze und Tante Lorina vorgeht, aber das interessiert mich nicht mehr, ich bin mit ihr fertig. Ich überlege nur noch, ob ich sie anzeige oder sie einfach so in ihrer Wohnung verrecken lasse. Und die Sektenidioten sollen sich von mir aus gegenseitig abmetzeln, das ist mir wurst.«

Offenbar nahm sie weder Lorinas Drohungen ernst noch den Ratschlag der Grinsekatze, sich erst einmal zurückzuziehen.

Püppi lehnte im Türrahmen und sagte gerade in sein Handy: »Lorina behauptet, es war ein Unfall, und es wäre ihr nur um einen Denkzettel gegangen, deshalb die Sache mit den Haaren ... nein, wissen wir nicht, wir mussten dann sehr schnell weg ...«, da hörte er Fiona aus dem Flur laut und durchdringend schreien.

Er ließ das Handy fallen und rannte ihr hinterher.

Sie kniete vor dem blauen Badezimmer. Die Tür, die sonst immer abgeschlossen war, stand einen Spaltbreit offen. Fiona hielt die Hände vor den Mund gepresst und starrte mit weit aufgerissenen Augen in das Zimmer, das sie seit zwanzig Jahren nicht mehr betreten hatte. Püppi stürzte zu ihr und riss sie in seine Arme. Dann erst sah auch er hinein. Innen leuchtete eine schwache Glühbirne im Spiegelschrank und verbreitete ein trübes Licht. Das Blau der Fliesen wirkte stumpf und wie aufgemalt. Blümchenhandtücher hingen an Haken, ein oranges Playmobil-Boot und eine Flasche Apfelshampoo lagen auf dem Wannenrand. Die Wanne selbst war randvoll mit Blut. Es füllte sogar die in die Fliesen eingelassene Seifenschale, es war über den Wannenrand gelaufen und hatte sich auf den Boden ergossen. Auch im Waschbecken und in der geöffneten Toilette stand Blut. Und alle vier Wände, sogar die Decke, waren mit Spritzmustern bedeckt. Es stank so durchdringend süßlich nach Verwesung, dass Püppi würgen musste. Das Blut war nicht getrocknet, sondern schien zu wabern, ein merkwürdiges Schwappen hielt die Lache auf dem Boden in Bewegung. Püppi starrte irritiert herum, wusste nicht, was er suchte, bis er es entdeckte: Irgendwer hatte den Wasserhahn eine Winzigkeit aufgedreht und so dafür gesorgt, dass die Wanne beständig überfloss, ganz geringfügig nur, es rann über die Fliesen, sammelte sich auf dem Boden und strömte träge in Richtung des Abflusses.

Püppi umklammerte Fiona so fest, als wollte er sie zerdrücken. Sie war schlaff wie eine Schlenkerpuppe. »Das ist Tierblut«, murmelte er, »hörst du, meine Eule? Das ist kein Menschenblut!« Seine Stimme war brüchig, und er konnte sich selbst nicht ganz sicher sein. Zwischen ihren Schluchzern weinte sie immer wieder etwas gegen seine Brust, er musste ihren Kopf vorsichtig anheben, und es dauerte eine Weile, bis er das Wort »Raupe« verstand. Dann erst sah er genauer hin und begriff. Jemand hatte nicht nur Vogelfedern im Badezimmer verteilt, die auf der Oberfläche des Blutes schaukelten, sondern er hatte auch ihre Kinderstofftiere für die Inszenierung benutzt. Die Raupe Absolem lag im Waschbecken, nur der Kopf sah noch hinaus, der Plüschkörper war durchtränkt vom Blut. Am Wannenhahn hing etwas, das Püppi zuerst für einen Badeschwamm gehalten hatte, jetzt erkannte er, dass es das rote Stoffherz war. Und halb in die Toilette gestopft sah der ehemals weiße Hase heraus, bis zu den Ohren mit Blut vollgesogen.

Püppi stammelte: »Vielleicht kann man sie waschen, die Katze hat eine Fachreinigung für ihre Kostüme, und wir haben auch jemanden, der sich mit so was richtig auskennt, einen Spezialisten«, aber Fiona schlug nach ihm, trommelte auf seine Brust, kratzte ihn und schlug wieder, und er ließ sie gewähren, wich ihr nicht aus und wartete, bis sie zusammensackte und wieder in seinen Armen schluchzte. Er hob sie hoch, legte sie sich vorsichtig über die Schulter und trug sie aus der Wohnung.

Den türkischen Nachbarn, der den Rasen seines Vorgartens mähte, sah er so scharf an, dass der es nicht wagte, einen Kommentar abzugeben.

Püppi rief die Grinsekatze an und bat sie, den Sklaven mit dem Kastenwagen zu schicken.

Schweigend stand er an der Straße mit Fiona über der Schulter, die sich nicht rührte und die Arme hängen ließ, als sei sie bewusstlos. Nach einiger Zeit raste der weiße Van um die Ecke und hielt mit quietschenden Reifen genau vor den beiden. Quälius sprang heraus und half Püppi, Fiona auf die Rückbank zu verfrachten. Püppi quetschte sich daneben und wies den Sklaven an loszufahren.

Fiona lag an ihn gelehnt da, hatte die Augen geschlossen und schien zu schlafen. Nur manchmal ging ein Zittern durch ihren Körper. Der Sklave fuhr auf die Autobahn und raste aus der Stadt hinaus.

Erst als er auf einen Rastplatz einbog, den Motor ausstellte, den Wagen verließ und sich draußen gegen das Blech lehnte, richtete sich Fiona wieder auf.

»Was passiert hier?«, fragte sie Püppi und klang gar nicht wütend oder verzweifelt, sondern erstaunt wie ein Kind.

Püppi zuckte hilflos mit den Schultern. Er drehte sich zu ihr und nahm ihr Gesicht in die Hände. »Das war ein perverses Spiel von denen«, sagte er, »du wirst massiv bedroht.« Und als sie nicht reagierte, fügte er hinzu: »Dir ist klar, dass das jemand gemacht hat, um dich zu ängstigen, und dass das nicht das Blut deiner Eltern ist? Das weißt du doch?«

Sie schwieg und wirkte schläfrig, nickte aber schließlich.

»Monika und Axel.«

»Was sagst du?«

»Meine Eltern hießen Monika und Axel. Ganz normale Namen. Sie waren ganz normale Leute. Es gab überhaupt keinen Grund, ihnen das anzutun.«

Püppi sah sie mit gerunzelter Stirn an und suchte nach einer passenden Antwort.

»Das Blut hat irgendwer weggemacht, als ich ins Heim kam. Ich weiß nicht, wie das gelaufen ist, aber der Psychologe hat mir Fotos vom Badezimmer gezeigt, und da war alles sauber.«

Püppi versuchte, den Gedanken wiederzufinden, der ihm gerade durch den Kopf geschossen war. Wie ein Fotoalbum, das man zurückblättert, wollte er die Bilder vor seinem inneren Auge abrufen. Das Badezimmer. Die Plüschfiguren. Das Blut. Auf dem Blut die Federn. Er hatte es.

»Woher wusste Lorina, dass dein Nickname Eule ist? Hast du ihr jemals vom Labyrinth erzählt? Sie hat Eule zu dir gesagt, kurz bevor wir weg sind.«

Fiona schüttelte den Kopf.

»Du bist da in etwas hineingeraten. Lass die Polizei das aufdröseln. Die Grinsekatze nutzt ihre Verbindungen. Aber zuerst musst du aus der Schusslinie.«

Sie verschränkte die Arme vor der Brust. »Die glauben, dass sie mir Angst einjagen. Ich lass mich nicht vertreiben. Die können mich mal. Ich finde, wir sollten ihnen eine Falle stellen und ihnen zeigen, wo es langgeht.«

Püppi sah sie ungläubig an und wusste nicht, ob er lachen oder sie rütteln sollte. »Bist du verrückt? Was müssen die noch machen, damit du kapierst, dass das hier ernst ist? Die wissen Sachen über dich! Die Dinge da im Bad, die Shampooflasche, das Playmobil-Boot, das sind doch Sachen aus deiner Kindheit? Wer weiß denn so was?«

Ihr Gesicht versteinerte. »Die Grinsekatze weiß das alles. Ich habe es in meiner Versicherung erzählt.«

Er schüttelte hilflos den Kopf und versuchte, ihre Hand zu nehmen, was sie erst nach einer Weile zuließ.

»Ich garantiere dir mit allem, was ich habe« – er legte die andere Hand auf sein Herz –, »dass die Grinsekatze nicht hinter dir her ist. Sie hängt mit drin, das stimmt, aber sie steht auf deiner Seite. Sie hat eine eigene Rechnung offen, und du kannst dich darauf verlassen, dass sie sich kümmert. Sie schützt dich, das hat sie immer getan.«

Der Sklave klopfte von außen gegen die Scheibe und zeigte auf seine Armbanduhr, und Püppi machte ihm ein Zeichen, dass er sie in Ruhe lassen sollte. Er legte den Arm um Fiona und zog sie zu sich. Sie wehrte sich nicht länger.

»Ich hatte nachts ein Geräusch gehört, aber ich wusste nicht, was es war. Erst habe ich versucht, wieder einzuschlafen, aber dann musste ich mal, und ich bin aufgestanden. Ich hab die Raupe mitgenommen, weil ich Angst vor der Dunkelheit im Flur hatte.«

Püppi wischte sich eine Träne von der Schläfe. Eine weitere sickerte in Fionas Haar. »Wir kriegen die Stofftiere wieder sauber, ich versprech dir das.«

»Im Badezimmer brannte Licht. Meine Eltern saßen in der Wanne. Sie haben manchmal zusammen gebadet, aber sie waren angezogen. Trotzdem wurde Wasser eingelassen. Ein Mann war bei ihnen. Er stellte es gerade ab, als ich hereinkam. Meine Mutter hatte einen ganz verzerrten Mund, und mein Vater rollte so komisch mit den Augen. Der Mann hat mich angelächelt und seinen Finger über den Mund gelegt, als wollte er Pst sagen. Also bin ich still gewesen. Dann habe ich gesehen, dass das Wasser ganz rot war und die Kleidung meiner Eltern auch. Und dass sie aus dem Hals geblutet haben. Da war ein Schnitt in ihren Kehlen wie ein großes, zweites Lachen. Ich musste daran denken, dass es die Redewendung gibt: ›Von einem Ohr zum anderen grinsen.‹ Genau so sah es aus. Der Schnitt ging von einem Ohr zum anderen. An den Fliesen über der Wanne waren überall Blutspritzer.«

Sie sah zu Püppi hoch, der die Kiefer so heftig aufeinanderpresste, dass seine Zähne knirschten, und sie wischte ihm übers Gesicht, als wäre sie es, die ihn trösten müsste.

»Meine Mutter war schon ganz blass. Mein Vater zappelte noch und wand sich. Sie hatten beide die Hände auf dem Rücken, und ich glaube heute, dass sie auch an den Füßen gefesselt waren, denn sie schlugen nicht mit den Beinen, das rote Wasser bewegte sich nur ganz leicht. Ich wusste, dass sie sterben würden, und ich wusste auch, dass der Mann das gemacht hatte. Und als sie zusammensackten, meine Mutter zuerst und dann mein Vater, und er ohne zu blinzeln an die Decke starrte, dachte ich, dass der Mann jetzt auch mich in diese Wanne setzen würde. Zwischen die beiden vielleicht. Da hab ich in die Hose gemacht.«

Sie rückte von Püppi weg und sah ihm ganz ruhig ins Gesicht.

»Ich hatte solche Angst, sie war viel größer als ich, viel größer als das Badezimmer, viel größer als unser ganzes Haus. Aber dann ging der Mann einfach an mir vorbei, er strich mir übers Haar, und er ging weg. Und die Angst war auch weg. Und sie ist bis heute nicht wiedergekommen. Ich habe auf den Fliesen gesessen, bis die Polizei kam.«

Püppi räusperte sich mehrfach, bis er die Frage stellen konnte: »Wie passt Lorina dazu?«

»Sie kannten sich flüchtig. Sie war nicht oft zu Besuch oder so, aber sie sagte Monika und Axel. Die meisten Erwachsenen siezten sie.«

»Hat sie sich direkt nach dem Mord um dich gekümmert?«

»Sie kam zu mir ins Heim. Lorina war die Einzige, die ich kannte. Sie hat mich besucht, aber sie hat mich nicht geholt. Ich hab gedacht, sie kann nicht anders. Die Wahrheit ist, sie hat mich abgeschoben.«

Püppi küsste sie auf beide Wangen, kurze, hingehauchte Kinderküsse. »Ich will dich nicht abschieben, wenn ich sage, dass du untertauchen sollst«, flüsterte er, den Mund an ihrer Schläfe. »Ich will, dass du in Sicherheit bist. Ich weiß, dass du gut allein klarkommst und dass du eine fiese, kleine Kratzbürste bist, die jeden erst mal anspringt, der sie dumm anmacht, aber das hier ist ein anderes Kaliber.« Er hob ihr Kinn an. Sie schloss die Augen. »Ich könnte es nicht ertragen, wenn dir etwas passiert.«

Sein Atem strich warm über ihre Haut, und er roch nach Pfefferminz und leicht nach Tabak. Seine Lippen berührten ihre nur ganz sachte. Fiona entspannte ihren zusammengepressten Mund und schmiegte sich an ihn. Er wickelte sich eine ihrer Haarsträhnen um den Finger.

»Du weißt, dass ich dich liebe, oder? Das hab ich schon, als ich dich in der Nacht gefunden habe. Ich kenne sonst niemanden wie dich. Eine Eule in der Nacht, ein Vögelchen bei Tag und, wenn es brenzlig wird, eine Kampfhenne, alles zusammen.« Er lächelte, und obwohl sie es nicht wollte, ließ sie sich davon anstecken.

»Ich liebe dich«, wiederholte er, »also tu mir den Gefallen und bring dich jetzt in Sicherheit. Mach es für mich.« Endlich küsste er sie, und sie erwiderte seine Berührungen und vergaß für einen Moment, wo sie war und was sie erlebt hatte. Sie lösten sich erst voneinander, als Quälius drängender gegen die Scheibe klopfte. Püppi winkte ihn herein.

Fiona legte ihren Kopf an seine Schultern und murmelte: »Nur für dich. Ich tue alles für dich.« Und sie drückte seine Hand so heftig, als würde sie über einer Klippe hängen und sich an ihm festhalten.

TISIPHONE 14

»Du hast aber schon einen Hang zu Geflügel, oder?« Die Grinsekatze lächelte und drückte Fiona zur Begrüßung kurz an sich. Hinter ihnen lief kichernd eine Gruppe Politessen vorbei, die nackte Männer an Handschellen mit sich zogen. Fiona sah sich in dem barocken, deckenhohen Spiegel an, der hinter der Grinsekatze stand. Sie selbst trug eine Hundemaske, schwarze Unterwäsche aus Kunstleder, schwarze Flügel und ihre kniehohen Schnürstiefel. Ihr weißblondes Haar hatte sie unter einer dunklen Perücke versteckt.

»Ich hab mir halt irgendwas gegriffen, große Auswahl gab's im Exil ja nicht. Das hab ich alles aus einem Minikaufhaus und einem Spielzeugladen. Ich könnte ein Flughund sein.«

Gemma fuhr mit der Fingerspitze über den Träger des Leder-BHs.

»Eher eine Erinnye. Tisiphone vielleicht, die Rachegöttin, die den Mord rächt.«

»Sie sind eine schlaue Bibliothekarin.«

Fiona zog der Grinsekatze die futuristische Brille von der Nase und sah hindurch: Fensterglas. Diese Brille über den schräg gezeichneten Augenbrauen und eine strenge schwarze Pagenkopffrisur, die spitze Vulkanier-Ohren freigab, veränderten Gemma so sehr, dass Fiona sie kaum wiedererkannt hätte. Die restliche Kleidung der Grinsekatze war für eine

Labyrinth-Party ungewöhnlich hochgeschlossen. Sie trug eine Art Uniform, ein silbriges Kleid mit Stehkragen. Erst wenn man näher an sie herantrat, bemerkte man, dass ihr Kleid komplett aus Latex war. Und als Gemma sich umdrehte und einen Vorhang für Fiona beiseitehielt, sah sie, dass der Rockteil ein rückwärtiges Dekolleté hatte, direkt über dem nackten Po, man hatte freien Blick auf die Grübchen in der Hüfte, die Gabelung der Backen und die Ritze.

»Keine Ahnung, wie mein Sklave dieses Gummizeug den ganzen Tag aushält. Ich fühl mich darin wie Gargut im Bratschlauch.«

Fiona wollte etwas sagen, sprang dann aber nur an Gemma vorbei, als zwei Paare in schwarzen *Matrix*-Kostümen an ihnen vorbeitanzten.

Das Labyrinth war brechend voll.

Die Grinsekatze hatte für diese Nacht einen Seitentrakt des stillgelegten Flughafens Tempelhof ausstaffiert und die Räume, in denen früher Koffer verladen oder Passagiere empfangen worden waren, mit dunklen Filzstoffen und Stellwänden in einen Irrgarten der Lüste verwandelt. »Komm als jemand, der du noch nie sein durftest, und lerne Seiten an dir kennen, die bisher verborgen waren«, hatte in der Einladungsmail gestanden.

Die Security am Eingang kontrollierte, ob auch wirklich alle Gäste kostümiert waren. Püppi selbst saß in einem kleinen Raum an der Schleuse und verfolgte über Monitore alles, was im Labyrinth vorging. Er war nicht davon begeistert gewesen, dass Fiona aus der kleinen Pension bei Magdeburg nach Berlin zurückgekehrt war, aber die Grinsekatze hatte ihn überzeugt, dass sie hier im Labyrinth alles am besten unter Kontrolle haben würden.

Die größeren Räume und ehemaligen Gänge hatte das Team zu Tanzflächen und Sexlandschaften umfunktioniert, und die meisten der kleineren Kammern waren Darkrooms. Nachtsichtkameras zeigten Püppi, was dort passierte. Gemma hielt eine Hand an ihr Ohr, und erst jetzt bemerkte Fiona, dass sie ein Headset trug, kaum sichtbar, nur einen Stecker im Ohr und ein strohhalmdünnes Mikro, das wie bei Musicaldarstellern auf der Wange festgeklebt war. »Alles gut, Püppi«, sagte sie leise, »ich hör dich, und bisher sind wir niemandem aufgefallen.« Der Vorhang schloss sich hinter ihr und Fiona. Sie standen im Stockdunkeln. Gemma schaltete eine Taschenlampe an und leuchtete die Ecken aus: Sie waren allein. Von draußen drang Gejohle und Gesang zu ihnen.

»Wieso sollte ich herkommen?«, fragte Fiona flüsternd. »Erst muss ich untertauchen, ich sitze tagelang in einem öden Gasthauszimmer am Arsch der Welt, und dann ruft mich Püppi an, dass ich hier kostümiert aufkreuzen soll.«

Die Grinsekatze langte sich unter den Rock, zog ein kleines Tablet aus einer Innentasche hervor und schaltete es ein. »Weil das zurzeit wahrscheinlich der sicherste Ort der Stadt ist. Im Auge des Sturms vermutet uns niemand. Wo versteckt man am besten ein Buch? In einer Bibliothek.«

»Deshalb Ihr belesener Aufzug.«

»Sieh dir das an! Dann weißt du, mit wem wir es zu tun haben.«

Sie hielt Fiona das Display hin. Es waren abfotografierte Zeitungsberichte, Fotos von Verbrechen und Aktennotizen.

»Hier«, Gemma wischte die Seiten weiter und sah dabei immer wieder zum Vorhang, ob womöglich jemand hereinkam.

»1983: Frauenleiche im Motzener See, erdrosselt. Gleiches Jahr: zwei Kinder, Zwillinge, ein Junge, ein Mädchen, vergewaltigt und erschlagen. 1985: junger Mann, lebendig vergraben im Spandauer Forst. 1986: Studentin erdrosselt und der Körper zerschnitten in ihrer Wohnung in Kreuzberg. 1988: Stricher vergewaltigt und auf die Gleise in Hohenschönhausen gelegt. 1989: ein kleiner Junge entführt und mit Säure gefoltert, der wurde auf einem Schrottplatz gefunden, als er schon verwest war. 1990: zwei Krankenschwestern verstümmelt und erhängt. 1991: alte Frau zu Tode gehetzt und überfahren. 1992: ein junger Soldat, vergewaltigt und mit einer Plastiktüte erstickt ...«

Fiona schob die Hand mit dem Tablet angeekelt weg. »Warum zeigen Sie mir das?«

»Das sind alles ungeklärte Fälle. Vergewaltigung, Folter, Mord, verteilt auf die ganze Stadt. Und das sind nur die Akten, die meine Informanten auf die Schnelle gefunden haben. Und dieses hier betrifft dich.«

Sie wischte einige Seiten vor, und Fiona erkannte sofort die Schlagzeile des Zeitungsberichtes: »Doppelmord in Steglitz«.

»Die Schweinepresse hat ihn den Bademeister genannt«, flüsterte Fiona, »weil er meine Eltern in der Wanne ausbluten ließ.«

»Deine Eltern gehören auch dazu.« Gemma legte Fiona den Arm um die Schulter und zog sie an sich, aber Fiona schob sie weg und stand steif neben ihr.

»Was hat das mit mir zu tun? Es gibt also eine Menge ungeklärter Verbrechen in Berlin, zum Beispiel das an meinen Eltern. Sicher, es sind viele Irre unterwegs, es ist eine große Stadt, aber sehen Sie nie den *Tatort* im Fernsehen? Die Opfer und die Tötungsarten sind alle komplett verschieden. Das ist nie und nimmer derselbe Täter.«

Gemma schwieg und stand eine Weile ganz in Gedanken versunken, fast als würde sie träumen. Dann straffte sie sich. »Es ist nicht derselbe Täter, aber dieselbe Gruppe. Sie machen es gemeinsam, und weil es verschiedene Täter sind und verschiedene Arten Opfer, ist es niemandem aufgefallen. Es ist eine Art Snuff-Zirkel. Sie schieben sich die Opfer zu und decken sich dann gegenseitig.«

Fiona starrte sie verständnislos an. Die Grinsekatze öffnete hektisch einen Reißverschluss an ihrem Stehkragen und fächelte sich Luft zu. Sie atmete flach, und ihre Stimme zitterte leicht. »Diese Leute kommunizieren über mein Netzwerk. Ich habe keine Ahnung, wie sie das früher angestellt haben, als es mich noch nicht gab. Vielleicht haben sie eBay benutzt oder vor den Zeiten des Internets hohle Bäume auf Friedhöfen, was weiß ich. Aber jetzt verabreden sie sich auf meiner Seite. Sobald ich die Namen hatte, hab ich die Threads durchsucht und bin auf merkwürdige Gespräche gestoßen.« Sie hielt die Taschenlampe über Fiona und sich, ihre Gesichter sahen weiß aus wie die von Gespenstern. »Sie versteigern ihre Opfer.«

Noch bevor Fiona sich aus ihrer Schockstarre erholt hatte, wurde der Vorhang beiseitegerissen, und zwei Frauen stürmten herein. Gemma schaltete sofort die Taschenlampe aus, und Fiona konnte hören, wie sie unter ihrem Rock herumnestelte und das Tablet versteckte. Hände streckten sich aus, die Frauen kicherten, als sie Gemma und Fiona ertasteten.

»Hallo, ihr Hübschen«, säuselte die eine Frau mit leicht schleppender Aussprache, »Lust auf ein bisschen Spaß?«

Fiona spürte, wie sie von hinten umfasst wurde und sich ein Mund an ihrem Hals festsaugte. Eine Hand drückte ihre Brust, die andere schob sich über ihren Bauch zwischen ihre Beine. Sie wollte sich gerade befreien, weil sie sicher war, dass die Grinsekatze die Kabine mit ihr wechseln würde, da fühlte sie den Latexstoff von Gemmas Uniform an ihrer Brust und ihren schlanken Körper, der sich an sie presste und ihr ins Ohr hauchte: »Püppi sagt gerade, es sind welche von denen vorne an der Security eingetroffen, und sie stehen auf der Gästeliste. Er lässt den Einlass etwas verzögern, aber lange kann er sie nicht hinhalten. Wir sollen einfach mitmachen, alles andere wäre verdächtig. Falls sie jemanden nach uns fragen, soll sich keiner an uns erinnern.«

Also drehte Fiona sich um und ließ zu, dass die fremde Frau sie küsste. Sie ging wohl als Südsee-Einwohnerin, denn sie trug nur einen Bastrock und eine Blumenkette und sonst nichts. Sie wollte das Hula-Mädchen so schnell wie möglich loswerden, also saugte sie an ihren Brustwarzen und griff ihr ohne weitere Umwege zwischen die Beine. Die machte ein verdutztes »oh« und kicherte dann: »Du hast es ja eilig.«

»Du willst doch gefickt werden, deine kleine Pussy braucht das«, raunte Fiona ihr ins Ohr und begann, sie zu reiben. Die Frau war jetzt schon so feucht, dass Fiona direkt zwischen die Schamlippen glitt, den Kitzler fand und ihre Finger darüberrutschen ließ. Die Frau stand einfach mit gespreizten Beinen da, den Oberkörper leicht zurückgelehnt, und ließ es sich besorgen. Fiona führte ihr zwei Finger ein und begann, sie vorsichtig zu ficken, während der Daumen ihrer anderen Hand in schnellem Stakkato über den Kitzler strich. Die Frau kam bald mit einem fast erstaunt klingenden, kehligen Geräusch. Auch Gemmas Partnerin atmete heftiger, und Fiona hörte dem leise schmatzenden Geräusch von Fingern in einer nassen Möse zu, bis es von einer Art Schluchzen unterbrochen wurde.

Sie wurde am Arm weggezogen und verließ mit der Grinsekatze den Darkroom.

»Hier entlang. Püppi sagt, wir sollen irgendwo warten, bis er uns mitteilt, wo wir hinkönnen.« Sie bogen an einer Champagnerbar und einem Früchtebüfett mit Schokoladenbrunnen ab, durchquerten einen Raum mit einer Spielwiese aus aufgeblasenen Schwimmreifen, über die sie staken mussten, und fanden sich in einem schummerigen Gang wieder, wo sie sich zu zweit in einen riesigen Ohrensessel quetschten. Die Grinsekatze legte sich Fionas Beine über ihre und hielt sie umfasst, sodass sie aussahen wie zwei eng umschlungene Labyrinthbesucherinnen.

»Wieso glauben Sie, dass die auf Ihrer Website aktiv sind?«, flüsterte Fiona in ihr Ohr und schloss die Augen, während Gemma ihr den BH-Träger von der Schulter streifte und sie streichelte.

»Ich hatte schon seit Langem ein merkwürdiges Gefühl, dass sich da irgendwas abspielt. Durch den Twin und sein Blasrohr und den Mord am Prediger kam ich auf Lorina, und dann war es, als ob man einen gehäkelten Topflappen aufdribbelt, jeder von denen führte zum anderen. Ich hab meine Leute darauf angesetzt, und sie haben mir zusammengetragen, was sie finden konnten. Es wird immer mehr. Ich bin untergetaucht, weil ich erst sicher sein musste, dass ich alle erfasst habe, sonst bin ich die Nächste, die an irgendeinem Baum im Grunewald hängt, und ich habe keine Lust, gehäutet, mit Säure verätzt oder ausgeweidet zu werden. Und, Eule: Die tun so was.«

»Und die Polizei kriegt wieder mal nichts mit.«

»Manche Fälle stammen aus der ehemaligen DDR, da ist die Aktenlage schwierig. Aber die Hauptsache ist wohl, dass die nie einen Zusammenhang gesehen haben. Du hast ja selbst gesagt: nicht derselbe Täter. Kein Muster. Die sind gut.«

Fiona schmiegte ihren Kopf an Gemmas Wange und küsste sie, als zwei Männer in Tarzankostümen vorbeikamen und »Hallo, ihr Janes!« riefen. Sie setzten sich auf die Sessellehnen und fingen an, Fionas und Gemmas Brüste zu betasten, doch Gemma zirpte in einem hohen, fast singenden Ton: »Jungs, wir besorgen es uns selbst. Meine Süße hier hat schon einen Vibrator im Popo stecken, und in meiner Muschi rappelt es auch, wir haben keinen Platz mehr für euch.« Die beiden Frauen küssten sich weltvergessen, und die Herren des Dschungels gaben auf und verschwanden hinter einem Vorhang.

Fiona löste sich und rückte ein Stückchen ab, aber ihr Mund war so nah an Gemmas Ohr, dass sie flüstern konnte. »Wie machen sie es?«

»Sie reden in einem privaten Unterforum. Scheinbar über irgendwelches Sexzeug. Einer sagt: ›Hey, wer von euch treibt es bei der nächsten Party mit mehr als drei Schwänzen?‹ Und dann überbieten sie sich. Ich nehme an, die Währung wird vorher festgelegt.«

»Sind meine Eltern versteigert worden?«

Gemma zuckte mit den Schultern.

»Und Evi?«

Die Grinsekatze schüttelte den Kopf. »Evi und der Prediger fallen raus. Das ist eine andere Sache. Die hat mehr mit mir zu tun als mit dem Snuff-Zirkel. Ich …« Sie unterbrach sich und sah konzentriert vor sich ins Leere, presste einen Zeigefinger aufs Ohr.

»Alles klar«, sagte sie und stand so heftig auf, dass Fiona ihr fast vom Schoß fiel. Die Grinsekatze half ihr hoch, winkte ihr und eilte durch den Gang. Fiona spurtete hinterher. Im Vorbeigehen nahm Gemma zwei kleine Champagnerflaschen von einem Tablett und gab eine an die Eule weiter.

»Hier, sieht nach Spaß aus, wir müssen weg, und zwar ohne dass es jemandem auffällt. Püppi hat gerade zwei aus dem Zirkel eingecheckt. Offenbar hatte Quälius sie für die Party akkreditiert.«

Fiona starrte sie entsetzt an. »Was? Du hast gesagt, hier ist es sicher!«

»Dieser Sklave ist so blöd, wie er quietscht. Ich hab ihn die Orga allein machen lassen, weil ich mit der Recherche beschäftigt war. Kurz vorher hab ich ihm extra noch ein Update geschickt, aber das hat er wohl nicht gesehen, shit! Die letzten Tage waren einfach zu hektisch. Ach, ich bin selbst schuld, ich hätte die Listen höchstpersönlich kontrollieren müssen. Los!« Sie schubste Fiona. »Beeil dich! Sie kommen in unsere Richtung. Blondie und der Gote sind gleich hier.«

Fiona blieb wie angewurzelt mitten im Gang stehen, auch als weiter hinten schon eine Polonaise aus lauter Nackten mit Tiger- und Löwenköpfen in tapsenden Schrittchen um die Ecke bog, laut singend und weit vorgebückt, den Finger jeweils im Po des Vorgängers.

Fiona starrte sie an. »Der Gote? Mit dem hab ich öfters gefickt, der war nett!«

Gemma sah sie fast böse an. »Schnallst du es nicht? Nur weil dir jemand Pillen gibt und deine Muschi sachkundig verarztet, ist er noch kein netter Mensch.« Sie gab ihr einen

Stoß gegen die Brust, sodass Fiona taumelte und sich wieder bewegte. Gemma hakte sie unter und drängte sie in eine Art Hüpfschritt, sodass sie im Rhythmus der lauter werdenden Musik den Gang entlangtanzten.

»Du stehst auf deren Liste«, rief die Grinsekatze ihr ins Ohr. »Du bist das aktuelle Opfer. In ihrem Unterforum geht es eine ganze Weile um Chicken-Döner, Hühnerfarmen, Ente süßsauer und so weiter. Sie überbieten sich mit Geflügelwitzen. Das musst du sein. Und wenn ich das richtig sehe, ist die Versteigerung schon abgeschlossen. Das viele Blut in deinem Badezimmer war keine Warnung, das war ein sadistischer Scherz. Vielleicht war das sogar als der Spielplatz gedacht, wäre möglich, so ticken die.«

Das Adrenalin schoss wie Strom durch Fionas Körper. Sie riss sich von Gemma los und starrte sie an. Es raste in ihr. Gemma schubste sie in ein Separee, eine ehemalige Putzkammer, und glücklicherweise war sie leer.

»Gib mir ein bisschen Licht«, flüsterte sie in ihr Headset, und Püppi drehte von fern das rote Licht gerade so weit auf, dass die beiden Frauen etwas erkennen konnten. Fiona rannte von einer Ecke zur nächsten, als wollte sie die Wände hochgehen. Sie warf sich gegen den Beton und trat mit ihren Stiefeln immer wieder zu.

Irgendwann sank sie auf dem Boden zusammen und starrte mit Tränen in den Augen zu Gemma hoch.

»Die haben mich versteigert?«, flüsterte sie und konnte die Wut in ihrer Stimme kaum beherrschen. Sie hätte am liebsten geschrien. »Erst meine Eltern und jetzt ich – halten die uns für Schlachtvieh? Wie kommen die auf uns? Und wieso hängen Sie da mit drin? Was haben die denn mit Ihnen zu tun?«

Die Grinsekatze fasste sie unsanft am Ellenbogen und schubste sie durch einen Vorhang am Ende des Raums, es wurde schlagartig wieder dunkel. Sie presste sich an Fiona und hielt ihr den Mund zu. Zwei Labyrinthgänger betraten den Raum. Feuerzeuge schnappten. Ein süßlicher Geruch breitete sich aus.

»Kiff mir nicht alles weg«, hörten sie eine Frauenstimme sagen. Und dann: »Also, wo steckt die kleine Schlampe?« Gemma tippte Fiona mit dem Zeigefingernagel auf den Wangenknochen unter dem Auge, wo der Gote die wie gehackt wirkende Narbe hatte, und Fiona verstand sofort: Der Gote und Blondie waren, nur durch einen Vorhang getrennt, wenige Meter von ihr entfernt.

Gemma hielt Fiona eng umfasst und tappte auf Zehenspitzen und in Zeitlupe Schritt um Schritt rückwärts. Fiona wusste, dass Gemma über ihr Headset Anweisungen von Püppi bekam, dass er sie herauslotsen würde und dass er genau sehen konnte, wo sie hintraten und wo der stockfinstere Gang hinführte. Sie schloss die Augen und ließ sich leiten, und obwohl es in ihr tobte und sie am liebsten gleich auf Blondie und den Goten losgegangen wäre, versuchte sie, sich lautlos zu bewegen.

»Du kriegst deine Blutsuppe mit Einlage schon«, hörte sie den Goten gerade noch sagen. »Freu dich, Blondie-Schatz, das wird wie damals auf dem Schlachthof, als du mit Knochen und Gedärm gespielt hast.« Er lachte und hustete dabei. »Leider war das, bevor die Tierchen gekeult wurden.« Blondie lachte auch. »Warm dampfend und zuckend ist es einfach am lustigsten.«

In dem Moment stolperte die Grinsekatze durch einen weiteren Vorhang, und sie waren in einem der großen öffentlichen Räume und hörten die beiden vom Zirkel nicht mehr.

Fionas Atem ging so schnell, als wäre sie gerannt. Sie taumelte ein paar Schritte und musste sich erst einmal orientieren. Sie merkte kaum, wie Gemma ihren Arm nahm und sie eng an der Wand entlangführte.

»Denk dran«, raunte sie ihr ins Ohr, »nicht auffallen. Um keinen Preis. Wir wissen nicht genau, wer noch alles dazugehört.«

Der Raum war das Herzstück des Labyrinths, und Fiona brauchte eine Weile, bis sie wusste, was sie sah. Auf den ersten Blick schien es eine Art Mulde aus weichem Plastik oder Silikon zu sein, das kniehoch mit einem glibberigen Gel gefüllt war. Darin suhlten sich nackte Körper, glitschig und glänzend, und massierten, fickten oder fisteten sich. Fiona bückte sich und tippte mit dem Zeigefinger in die gallertartige Masse. Schnuppernd hielt sie es an die Nase: Gleitgel. Tonnen von Gleitgel, aufgewärmt von den Männern und Frauen, die sich darin herumwälzten. Erst auf den zweiten Blick erkannte Fiona die technischen Finessen. Sie wusste von Püppi, dass die Grinsekatze früher einmal Sex-Maschinen speziell nach Kundenwünschen gebaut hatte, aber sie hatte nie eine derartige Maschine gesehen und hatte sie sich auch nicht vorstellen können. Sie konzentrierte sich darauf, an den stöhnenden und sich lustvoll aufbäumenden Körpern vorbeizuschauen, und erkannte Dildos in verschiedenen Größen, die aus der Silikonmasse hinauswuchsen. Nein, nicht nur hinauswuchsen, sondern hinausstießen, denn die Dildos bewegten sich. Wie bei einem Springbrunnen hoben und senkten sich die Gummischwänze, stießen einige Male schnell und hektisch zu und senkten sich dann wieder langsam.

Gemma bemerkte ihren Blick. »Der Boden ist aus Kautschuk und dabei uneben, als wäre es eine Dünenlandschaft. Unter dem Kautschuk sind diese Stoßvorrichtungen installiert. Guck mal das Pärchen, das da drüben eng umschlungen einander gegenübersitzt: Die Stelle kenne ich genau, weil wir heute früh da noch einen Kurzschluss hatten, bevor das Gleitgel ausgegossen wurde. Die hocken beide auf so einer Fickvorrichtung und lassen sich stoßen.«

Fiona nickte. »Was ist mit diesen großen Gummisäcken, die von der Decke hängen? Von vorn sehen sie ein bisschen wie nackte Mösen aus.«

»Es sind Schaukeln. Du kannst in die Kokons reinklettern, drinnen sind Schlaufen und Fußhalterungen, so ähnlich wie bei dem Spinnennetz, in dem du ja auch schon gehangen hast. Das kam gut an bei unseren Kunden, also haben wir das wieder aufgegriffen. Man steigt durch diese vertikale Falte rein und schlägt sie wieder zusammen, sodass fast der ganze Körper verborgen ist. Und dann presst man seine Möse oder seinen Schwanz an die Öffnung und ist total anonym, dann ist man nur noch Fotze oder Schwanz, und wer vorbeikommt und gern möchte, darf sich bedienen, wie er will.«

»Sieht man von drinnen, was draußen passiert?«

»Wenn du willst. Es sind kleine Schlitze im Silikon, durch die du wie durch ein Visier sehen kannst.«

»In einem großen schwedischen Möbelhaus gab es mal solche Sitzkörbe, die von der Decke hingen und in denen man schaukeln konnte.«

Gemma lächelte. »Daher haben wir die Idee. Ein Gang durch ein schwedisches Möbelhaus kann erotisch inspirierend sein. Was meinst du, wie wir auf die Sache mit dem Bällepool vor ein paar Monaten gekommen sind?«

Sie liefen am Rand entlang und hielten sich an der Einfassung fest, um nicht das Gleichgewicht zu verlieren und in die Gleitgel-Mulden zu fallen.

Drei große blonde Männer mit Muskeln wie Footballspieler rangelten direkt neben ihnen, und einer griff, als er ausrutschte, nach Fiona, die kurz aufschrie und taumelte. Gemma konnte sie zwar noch halten, aber der Mann riss an Fionas Perücke und zog sie ihr vom Kopf. Ihr Haar war so leuchtend hell, dass der Mann kurz stockte, dann warf er die Perücke weg und machte sich wieder über seine beiden Partner her.

Gemma sah einen Moment ganz ratlos und hektisch aus. »Blondie und der Gote sind außenrum gegangen und kommen jeden Moment um die Ecke, du musst dich verstecken!«

Sie zeigte auf einen der großen, weichen Schaukelsäcke, der an einer massiven Kette von der Decke hing. »Los, steig rein, da sehen sie dich nicht«, raunte sie Fiona zu und schubste sie direkt ins Gleitgel. Fiona watete durch den Glibber, zog sich mühsam in den Sack, der stark schwankte. Schließlich saß sie auf der wackligen Schaukel und faltete die Laschen der Öffnung vor sich übereinander, sodass nur noch ihr Unterleib zu sehen war, die Füße lose baumelnd, die Beine weit gespreizt in Schlaufen, Oberkörper und Kopf waren völlig von dem dehnbaren Gummimaterial verborgen.

Gemma schlüpfte zurück hinter den Vorhang, durch den sie eben in den großen Raum gekommen waren, und ließ den Schaukelsack mit Fiona darin nicht aus den Augen. Fast verpasste sie Blondie und den Goten, denn sie gingen inmitten einer Gruppe Nackter, die nur mit Masken bekleidet waren. Blondie wollte schnell an der Spielwiese vorbei, doch etwas hatte die Aufmerksamkeit des Goten gefesselt, und er kam näher. Direkt auf Fiona zu. Gemma hoffte, dass Fiona sich ganz still verhielt und auch – in diesem Moment stockte ihr der Atem –, dass dem Goten Fionas Schnürstiefel nicht auffielen, die sie ständig trug.

Aber den Goten interessierte etwas anderes. Er besah sich grinsend die drei blonden Hünen am Rand, die inzwischen einen Kreis gebildet hatten. Der in der Mitte ließ sich wichsen und die Brustwarzen saugen, die mit kleinen Ringen durchstochen waren, während sein Partner von dem dritten in langsamen Stößen gefickt wurde. Ab und zu zog der dritte seinen Schwanz, auf dem ein rotes Kondom glänzte, aus dessen Hintern, schöpfte etwas Gleitgel neben sich auf, schmierte es dem anderen in die Ritze und führte seinen Schwanz wieder ein. Er beugte sich dabei so weit vor, dass er fast auf seinem Partner lag, denn der mittlere, der sich wichsen ließ, hatte sich schräg vorgebeugt und sein Gesicht zwischen den Arschbacken des dritten vergraben. Der Gote stellte sich so, dass er alles ganz genau sehen konnte, und rief zu Blondie: »Rimming, yeah!« Die drei Footballspieler hatten die Augen geschlossen und stöhnten laut, ein Brunftballett. Bedächtig begann der Gote, seinen Schwanz zu reiben und ließ seine Augen nicht von den Jungen. Da bewegte sich Fionas Schaukel, sie zappelte ein bisschen mit den Füßen, um das Gleichgewicht zu halten, und weckte so seine Aufmerksamkeit. Er trat zu ihr und strich mit der einen Hand an den Innenseiten ihrer Oberschenkel entlang, während er mit der anderen weiter onanierte und die Männer anstarrte.

Einmal bückte er sich, tauchte seine Hand ins Gleitgel und rieb seinen Schwanz wieder. Blondie trat hinter ihn. Gemma konnte nicht hören, was sie sagte, aber in ihrem Gesicht wechselten sich Ungeduld und Gier ab. Der Gote versuchte, die Männer weiter zu beobachten und gleichzeitig Fionas Möse zu befingern, aber er hatte offenbar Schwierigkeiten, sich so weit umzudrehen. Schließlich stellte sich Blondie direkt vor ihn, ergriff seinen Schwanz und schob sich seine Hand zwischen ihre Beine. Jetzt konnte er direkt den Dreier ansehen und sich wichsen lassen. Sie ging leicht in die Knie, und er rieb ihre Möse, während sie ihm einen runterholte.

Gemma atmete lange und gepresst aus, als der Gote fertig wurde und sich umdrehte, um zu gehen. Blieb nur noch Blondie. Sie stand einen Moment ganz allein gelassen da, dann fügte sie sich und hockte sich ins Gleitgel, und Gemma erkannte an ihrem entrückten Gesichtsausdruck, dass sie sich von einer der Dildomaschinen fertig ficken ließ. Endlich verließ auch sie die Spielwiese, und Gemma trat hinter dem Vorhang hervor.

Fiona hatte offenbar alles sehen können, denn auch sie rutschte aus dem Schaukelsack, stapfte bis zum Rand und ließ sich von Gemma in einen dunkleren Gang ziehen. »Das war knapp«, keuchte sie, »ich weiß nicht, was ich gemacht hätte, wenn er meine Möse angefasst hätte, dieses Schwein.«

Sie gelangten wieder in die Haupthalle, aber Gemma mied den Hauptausgang und lotste Fiona stattdessen zu einer unscheinbaren Wartungstür an der Längsseite. »Wir müssen übers Rollfeld. Püppi erwartet uns am Columbiadamm mit dem Auto. Vorn steht ein Lieferwagen, den er nicht kennt. Hintenrum gehen wir kein Risiko ein.«

Sie rannten, ließen den Hangar hinter sich und tauchten ein in die Nacht. Fiona passte ihre Schritte denen Gemmas an, die mit ihrem engen Rock nicht so schnell vorwärtskam.

Obwohl es eine klare Sommernacht war, fror Fiona, und mit jedem Schritt über den Flughafenasphalt und dann durch die Wiesen wurde ihr kälter.

Als schon der Sicherheitszaun vor ihr aufragte, hielt Fiona plötzlich an, Gemma rannte in sie hinein und starrte sie verständnislos an.

»Ich kann das nicht«, sagte Fiona, und ihre Stimme war dabei ruhig, als sähe sie mit einem Mal die Dinge ganz klar. »Ich kann nicht immer weglaufen. Ich muss wissen, was da passiert. Ich muss das jetzt klären, sonst komme ich nie zur Ruhe.«

Einen Augenblick standen sich die beiden Frauen wie in einem angehaltenen Film gegenüber. Schließlich nickte Gemma. »Gut, dann fahren wir dorthin, wo alles zusammenläuft.«

Fiona fühlte wieder die Kälte in ihren Beinen aufsteigen, und die Nacht bekam an den Rändern den Ton blauer Badezimmerfliesen. Sie hielt Gemma die Hand hin, als würden sie einen Pakt schließen.

Die schlug ein. »Wir bringen es zu Ende. Wir fahren zu Lorina.«

GEMMA

15

Der Kuchenduft war aus Lorinas Wohnung vollständig verschwunden. Stattdessen roch es bereits im Hausflur nach Desinfektionsmittel.

Fiona hatte sich gewundert, dass Lorina sie nach ihrem letzten Besuch überhaupt hereingelassen hatte, aber der Türsummer war sofort angesprungen, als Fiona mit ihrem üblichen lang-lang-kurz-kurz geklingelt hatte. Jetzt standen sie und Püppi und Gemma in der Wohnung, und alles, was von Lorina zu sehen war, war ein weißer Kissenberg auf einem Klinikbett, das man ins Wohnzimmer gestellt hatte.

Ein Schlauch verband den Kissenberg mit einem aufgehangenen Infusionsbeutel, aus dem eine klare Flüssigkeit sickerte, und ein weiterer Schlauch führte zu einer Sauerstoffflasche neben dem Bett. Fiona hielt sich am Türrahmen fest.

»Ich kann da nicht rein. Ich kann sie nicht ansehen, nicht nach dem, was sie Evi angetan hat. Ich rufe die Polizei.«

Gemma löste ihre verkrampften Finger sanft von dem Holz.

»Dann wird sie dir nichts sagen, niemals. Du würdest es bereuen, wenn du jetzt einen Rückzieher machst.«

Püppi hielt sich eng hinter ihnen und sah noch einmal in den Flur, bevor er die Wohnungstür ins Schloss zog. Alles schlief, niemand hatte sie auf dem Weg hierher beobachtet.

Eine runzlige, von blauen Adern durchzogene Hand fiel aus den Kissen, tastete sich vor, fand eine Fernbedienung, und das Kopfende des Bettes hob sich surrend. Ihr Körper in den Kissen sah aus wie der einer liegen gelassenen Marionette, und ihr Gesicht hatte die eingefallenen Züge einer Totenmaske. Lorina winkte die drei zu sich heran.

In der Küche klirrte Geschirr..

»Ich habe Tee gekocht, schönen Tee«, sagte eine Stimme. Eine Krankenschwester trug hinkend ein Tablett herein. Immer wenn sie einen Schritt vortrat und dann ihr steifes Bein nachzog, klirrte das Geschirr leise, und der Tee in der Glaskanne schwappte. Sie hatte kurze, tomatenrot gefärbte Haare, die von einer Glitzerspange aus dem Gesicht gehalten wurden. Püppi sah ihren weißen Kittel und die Gesundheitsschuhe mit den dicken Gummisohlen und entspannte sich. Sie stellte das Tablett auf dem Couchtisch ab und goss drei Tassen ein. Der Tee dampfte und roch nach Wald. Dann legte sie Lorina eine Blutdruckmanschette um, und während die sich aufpumpte, wehrte Lorina sie mit einer schwachen Handbewegung ab.

»Jetzt nicht, ich habe Besuch.«

Die Pflegerin trat zurück, verließ aber nicht den Raum, sondern blieb am Fenster stehen und kaute auf ihrer Unterlippe wie ein kleines Mädchen.

Gemma sah sie irritiert an, dann Püppi, der sofort verstand und die Schwester in die Küche lotste: »Lassen wir die drei doch einen Moment allein.«

Er schloss die Tür bis auf einen Spalt, aber Fiona wusste, dass er dort stehen bleiben und sie im Auge behalten würde.

»Ich hätte fast nicht mehr gedacht, dass du wiederkommst«, sagte Lorina, und Fiona atmete tief ein und aus, ihr Hals war ganz zugeschnürt, als sie begriff, dass Lorina nicht mit ihr sprach.

»Nun ja«, sagte die Grinsekatze und setzte sich auf Lorinas Bett. »Deine Einäscherung wäre ein wesentlich schönerer Anlass gewesen. Dich im Höllenfeuer brennen zu sehen, würde mir gefallen.«

Lorina lachte, zog sich die Sauerstoffmaske über, hustete aber so, dass sie nur noch ein keuchendes Bellen zustande brachte.

»Hast mir ja mein Vögelein auch heimgeführet«, rezitierte sie und nahm Fionas Hand, die wie erstarrt war und nicht wusste, was gerade geschah. »Sieh an, was die Katze gebracht hat. Ist es ein Geschenk? Wie eine tote Maus auf der Terrasse?«

Gemma ergriff mit einer Heftigkeit, die Fiona zusammenzucken ließ, ihre Hand und riss sie aus Lorinas. Mit schmalen Augen sah sie die alte Frau an.

»Möglicherweise rufen wir gleich die Polizei«, sagte sie, »aber erst wirst du Fiona erzählen, wer du bist – oder besser, was du bist. Ich wüsste es selbst übrigens auch gern. Mir ist nie wieder jemand so Ekelhaftes und Widerwärtiges begegnet wie du. In meinem ganzen Leben nicht.«

»Ach Kätzchen«, Lorina winkte ab, fast als würde sie sich langweilen, und versuchte, sich auf den Kissen etwas höher zu setzen. »Du musstest immer schon alles dramatisieren. Kein Wunder, dass aus dir eine Hure geworden ist. Das liegt dir im Blut. Sieh dich doch mal an, dein Kostüm, du mit deinem Popo-Fenster, ein unwürdiges Schauspiel, alles für 'n Arsch, alles Theater. Und aus der Kleinen hast du einen schwarzen Unglücksraben gemacht.«

Gemma nahm ihr die Sauerstoffmaske ab und ließ sie neben dem Bett zu Boden fallen. Lorinas Atem ging rasselnd und stöhnend.

»An Fionas Unglück bist ganz allein du schuld und nicht das, was sie trägt.«

Die Krankenschwester kam aus der Küche, drängelte sich an Püppi vorbei und brachte Lorina das Telefon in einer stählernen Spuckschale. Durch Fionas Kopf schoss kurz der Gedanke, wieso sie es nicht einfach in der Hand hielt, aber dann war er schon wieder weg.

»Falls Sie jemanden anrufen möchten«, sagte sie und streckte Lorina die Schale hin. Gemma griff danach und zeigte auf die Küche. Achselzuckend ließ die Schwester sie wieder allein. Diesmal stellte sich Püppi mit verschränkten Armen vor die geschlossene Tür.

»Dann fang ich mal an«, sagte Gemma. »Du hast Evi ermordet, ja ja, ich weiß« – sie bedeutete Lorina zu schweigen, als die sie unterbrechen wollte –, »es war ein Unfall, eine versehentliche Überdosis Belladonna. Das hat Fiona mir erzählt, und das mag glauben, wer will. Aber als sie tot war, hast du ihr Gesicht verunstaltet. Sie war fast eine Tochter für dich, du hast dich um sie gekümmert. Wie kann man jemandem so etwas antun? Kreuze auf Augen und Mund? Wie abartig bist du eigentlich?«

Lorina schloss die Augen, und die faltige Grimasse, die einmal ihr Gesicht gewesen war, verzog sich zu einem breiten Lächeln. »Ich wusste, dass du die Botschaft verstehen würdest.«

Fiona konnte sich nicht beherrschen, aus ihrem Mund kam ein Geräusch, das halb ein Schrei und halb ein Gurgeln war.

»Kotz ruhig«, sagte Gemma trocken, »jeder würde das verstehen.« Püppi trat hinter sie und legte ihr die Hände auf die Schultern. Fiona lehnte sich leichenblass an ihn, und die Tränen rannen ihr übers Gesicht.

»Ich habe Beweise für das, was du getan hast«, sagte Gemma und zeigte auf das Cupcake-Täschchen, das Lorina auch im Bett bei sich hatte. Bevor die alte Frau sich bewegen konnte, nahm Gemma es an sich. Sie nestelte eine Kette hervor, an der ein kleiner Schlüssel hing, und schloss die Tasche auf. »Ich habe die DNA vergleichen lassen. Die Nadel, Evis Haar und einen Lippenstiftkuss von deinem letzten Brief an mich. Das ist lückenlos.«

Lorina lächelte wieder, Fiona musste daran denken, dass ihre Lippen kaum noch vorhanden waren und wie sie früher ihre Hände geküsst hatte, wenn sie »Heile, heile Gänschen« mit ihr gespielt hatte, schmatzige, feuchte Tantenküsse, die einzigen, die es im Heim gab.

Die alte Frau krächzte: »Du hebst meine Briefe auf?«

Gemma wandte sich jetzt direkt an Fiona. »Lorina hat nicht nur Evi auf dem Gewissen, sondern auch deine Eltern. Ich habe dir erzählt, dass es diesen Zirkel gibt, der foltert und tötet und seine Opfer versteigert. Die Mitglieder haben alle Nicknames, aber die Fäden zieht die Herzdame.« Sie nickte in Lorinas Richtung. »Sie sucht die Opfer aus, und sie betäubt sie. Sie hatte deine Eltern zur Auktion ausgeschrieben, Eule. Als Püppi mir erzählte, dass Lorina dich bei eurem letzten Besuch Eule genannt hat, wusste ich, dass sie das Labyrinth kennt und selbst einen Nickname haben muss.«

Fiona krümmte sich auf ihrem Sessel zusammen und verkroch sich, soweit es ging, als Lorina die Hand nach ihr ausstreckte.

»Das darfst du nicht persönlich nehmen, Engelchen«, sagte Lorina, »im Tierreich ist das nicht anders. Glaubst du, wenn ein Bär einen Fuchs frisst, meint er das persönlich? Der macht nur, was die Natur ihm sagt. Außerdem kannte ich dich kaum und auch deine Eltern nicht, ihr wart praktisch Fremde für mich, und mit fremden Leuten hat man nun mal kein Mitleid, das ist ganz natürlich.«

Während sie zu Fiona sprach, hatte Lorina sich mühsam aufgerichtet und nach vorn gebeugt und kramte nun in der Cupcake-Tasche herum, die Gemma offen auf die Bettdecke gestellt hatte. »Du brauchst dein Medikament gar nicht zu suchen, ich hab es ausgetauscht, du wirst dich nicht mit Morphium abschießen.« Gemmas Gesicht war ganz regungslos. »Da ist jetzt nur Bullrich-Salz drin.«

Immer noch stumm schluchzend griff Fiona nach der Teetasse, die vor ihr stand, aber in letzter Sekunde nahm Püppi sie ihr weg und roch misstrauisch daran.

»Gehört die Schwester dazu?«, fragte er Gemma.

Die zuckte mit den Schultern. »Ich kenne sie nicht ...«

Der Satz blieb zwischen ihnen schweben, und alle drei sahen sich entsetzt an. Sie wussten sofort, was das bedeuten würde.

Püppi rannte zur Küchentür, man hörte Geschirr auf dem Boden zerschellen und einen Stuhl umfallen. Eine Frauenstimme fluchte mit einem hohen Keifen in einer Sprache, die die anderen nicht verstanden, trotzdem war es unmissverständlich. Dann kam er mit der Schwester im Polizeigriff wieder heraus.

»Sie saß am Laptop«, sagte er, »die Labyrinth-Website war offen, und sie bediente gerade Lorinas Account, aber bisher hat sie nicht mehr geschrieben, als zu fragen, wer zur Zeit online ist.«

Gemma sprang auf und kramte im unteren Fach eines Wohnzimmerschranks herum, bis sie eine Rolle Packband gefunden hatte. Fiona holte einen Küchenstuhl, sie zwangen die Schwester, sich zu setzen, und obwohl sie mit den Beinen strampelte, sich wand und drehte, gelang es Püppi, sie festzuhalten, während Gemma mit dem Klebeband um sie herumlief und sie damit umwickelte, bis sie sich nicht mehr rühren konnte. Den Mund verklebten sie ihr auch, und einer Eingebung folgend steckte Püppi ihr noch die Kopfhörer seines iPods in die Ohren und drehte die Lautstärke hoch. »Sie muss das nicht mitkriegen«, sagte Püppi und setzte sich auf Fionas Sessellehne.

Eine Weile sprach niemand ein Wort. Fiona war so erschöpft, dass ihre Augenlider sich wie Blei anfühlten. Sie fuhr zusammen, als Gemma sich zu ihr beugte und ihr übers Haar streichelte.

»Eule? Weißt du wirklich nicht, wer ich bin? Erkennst du mich kein bisschen? Nicht mal, wenn du dich an ganz früher erinnerst?«

Fiona starrte sie an, sie suchte in ihren Erinnerungen, übertrat die Schwelle, die sie immer vermieden hatte, ging gedanklich zurück in das blaue Badezimmer, und weiter zurück, erst bis zum Frühstück des Tages, an dem ihre Eltern ermordet worden waren und an dem noch alles seine Ordnung gehabt hatte, dann weiter zurück. Gemma summte, und dieses Summen war es, das Ordnung in Fionas Gedanken brachte. Diesem Summen konnte sie folgen wie einer Schnur, Kieseln auf dem Boden oder dem Schein einer Taschenlampe. Ganz leise und fast ohne die Lippen zu bewegen, begann Gemma mit ihrer heiseren, rauchigen Stimme zu singen: »Hinter den Spiegeln, hinter den Spiegeln, da ist ein fremdes Land. Hinter den Spiegeln, hinter den Spiegeln, Wunderland genannt.«

Und plötzlich hatte Fiona ein flaues Gefühl im Magen, wie wenn man auf einer Schaukel sitzt und selbst nicht weiß, ob man Angst hat, herunterzufallen, oder ob man noch höher fliegen will. Und sie spürte Hände in ihrem Rücken, die sie anstießen. Und sie hörte ein Mädchen lachen, nein, zwei. Sie selbst saß auf der Schaukel und klammerte sich mit beiden Händen an den Seilen fest. Sie war in einem Garten, und die Schaukel quietschte und ächzte bei jedem Schwung. Sie drehte sich um und sah in die Gesichter zweier Mädchen, beide älter als sie, eine mit wachen dunklen Augen und glattem braunem Haar und eines mit einfältigem Blick und offen stehendem Mund, dem die roten, dichten Locken bis zur Taille fielen.

Fiona fühlte sich, als würde sie aus einem tiefen Schlaf erwachen, sie sah auf und schaute Gemma mit großen Augen an. »Alicia und Sie! Die unzertrennlichen Schwestern. Alicia hatte dieses unglaubliche Haar, wie eine Prinzessin. Wir haben gespielt, als ich ganz klein war. Ich muss drei oder vier gewesen sein, und Sie waren viel älter. Alicia war irgendwie behindert oder zurückgeblieben, und Sie haben sie keine Sekunde aus den Augen gelassen. Lorina ist Ihre Mutter!«

Gemma umarmte sie, als wäre sie von einer langen Reise zurückgekommen, und hielt sie ganz fest. »Du hast keine Ahnung, was sie uns angetan hat. Ich war schon ausgezogen, als ich gehört habe, dass sie dich aus dem Heim holen und bei sich aufnehmen will. Das musste ich verhindern. Ich habe sie damals erpresst, damit sie dich im Heim lässt. Aber jetzt, wo sie sowieso bald stirbt, ist das wohl egal, denn sie hat dich deiner Bestimmung zugeführt. Du bist für sie reines Opfervieh. Sie hat dich versteigert. Nicht wahr, Mutter?«

Sie sah die alte Frau höhnisch an und nahm ihr die Fernbedienung weg, als die einen Hustenanfall bekam und das Bett verstellen wollte.

»Menschen versteigern, das ist das, was du am besten kannst.« Sie wandte sich wieder Fiona zu. »Alicia lebt seit einem Vierteljahrhundert in einem Heim im Harz. Als ich neulich abgetaucht war, habe ich sie besucht. Sie baut sehr ab, ich musste herausfinden, wie viel sie noch mitkriegt, und ihr begreiflich machen, was jetzt passieren wird.«

Die Krankenschwester versuchte, irgendetwas durch das Klebeband über ihrem Mund zu rufen, was zusammen mit dem Scheppern aus dem iPod nach einem schlecht eingestellten Radiosender klang.

Fiona sah sie streng an und wartete, bis sie sich beruhigt hatte. Lorina röchelte in ihren Kissen, aber niemand beachtete sie.

»Alicia wird noch weniger Besuch bekommen als ohnehin schon, nicht mehr von ihr«, sagte Gemma und zeigte abfällig auf Lorina, »und von mir wohl auch erst mal nicht.«

Sie machte eine kleine Pause, die sich anfühlte wie ein Eisblock, durch den ein Sprung geht. Dann sagte sie: »Ich werde unsere Mutter töten.«

FIONA 16

Alicia hatte rotes Haar wie eine Prinzessin aus einem Bilderbuch, und egal, was ihre Mutter behauptete, Gemma war kein bisschen neidisch darauf. Sie wusste, dass Alicia es schwer hatte, dass die anderen Kinder sie hänselten und nicht mitspielen ließen, dass sie nicht in den Kindergarten gehen durfte und später auch nicht in die richtige Schule. Die meiste Zeit saß Alicia bei ihrer Mutter in der Küche und malte mit groben Strichen Bilder aus. Bevor Gemma lesen lernte, erzählte sie Alicia Geschichten, und als sie es konnte, las sie Alicia aus ihren Schulbüchern vor. Ihre Mutter hielt davon wenig. »Die versteht kein Wort«, sagte sie zu Gemma, »die weiß nicht mal, ob du da bist.« Gemma fand das unmöglich, sie war sich sicher, dass Alicia ganz genau wusste, dass sie Schwestern waren und dass sie sich auf die Märchenstunden freute, obwohl sie oft an den falschen Stellen lachte oder mittendrin aufstand, weil sie am Fenster einen Vogel gesehen hatte. Ihre Mutter spielte nie mit Alicia. Und wenn andere Kinder sie mit Dreck bewarfen, schimpfte sie nicht mit ihnen, sondern zerrte Alicia in die Wohnung und setzte sie mit einem Malbuch an den Küchentisch. Gemma fand das gemein.

Deshalb wunderte sie sich auch so, als Lorina plötzlich anfing, sich um Alicia zu kümmern. Und es war kein Neid, eher Misstrauen, aber vielleicht auch die Hoffnung, dass nun alles besser werden würde für Alicia. Ihre Mutter war mit ihr beim Arzt gewesen, da war Alicia vielleicht elf oder zwölf, und Gemma konnte sich genau daran erinnern, dass es damit angefangen hatte, weil das so ein seltener Ausflug gewesen war. Normalerweise zeigte sich ihre Mutter möglichst nie mit ihrer Schwester und sperrte sie lieber mit ein paar Stofftieren im Badezimmer ein, wenn Gemma in der Schule war und nicht aufpassen konnte. Manchmal musste sie Alicia mitnehmen zum Einkaufen oder zu einer Besorgung, dann zerrte sie das langsame Mädchen mit den staunenden Augen und dem leicht offen stehenden Mund hinter sich her und gab ihr einen Klaps auf den Hinterkopf, wenn sie plötzlich loslachte. Gemma hatte es nie verstanden, aber Alicia lachte oft, sie hatte meistens gute Laune und schmiegte sich sogar noch an ihre Mutter, wenn die sie nicht beachtete oder immer wieder wegstieß.

Diesmal war es anders.

Alicia hatte sogar ein Eis bekommen, das ihr in klebrigen Rinnsalen über die Waffel tropfte. Gemma wunderte sich, dass Alicia das Eis kaum interessierte, obwohl sie Süßigkeiten liebte. Diesmal lief sie ihr auch nicht entgegen und umarmte Gemma so fest, dass ihr die Luft wegblieb. Auch ihr staunendes Gesicht war ungewöhnlich stumpf und müde. Dafür hatte Lorina auffallend gute Laune. Sie schimpfte gar nicht, als Alicia das Eis auf den Teppich fallen ließ und x-beinig im Flur stand, weil sie sich in die Hose gemacht hatte. Summend zog sie ihr frische Kleidung an, setzte sie vor den Schlafzimmerspiegel, wo Lorina die Parfumflaschen aufbewahrte, die die Schwestern niemals anfassen durften, öffnete Alicias geflochtenen Zopf und kämmte ihr fast hüftlanges

Haar mit der silbernen Bürste, die sie in einer abgeschlossenen Schatulle im Schrank aufbewahrte.

Alicia saß still da und sah in den Spiegel, als wäre dahinter ein ganzes Wunderland, durch das sie lief. Sie war ganz in sich versunken und reagierte auch nicht, als Gemma neben sie trat und ihr über die Locken strich. »Du hast viel schönere Haare«, sagte Gemma und drehte sich eine Strähne über den Finger, aber Lorina schickte sie barsch aus dem Schlafzimmer. »Neid ist ein ganz hässlicher Zug«, schimpfte sie, »der macht kleine Mädchen hässlich, schäm dich. Du kannst alles, was deine arme Schwester nie können wird, also gönn ihr wenigstens, dass sie von hinten wunderschön ist.«

Gemma schlich beschämt aus dem Zimmer, obwohl sie es gar nicht böse gemeint hatte, blieb an der Tür stehen und beobachtete, wie Lorina die langen roten Strähnen bürstete und dabei summte. Alicia nahm alles teilnahmslos hin, und ihr Blick war noch leerer als sonst.

Und dann kam bald darauf die Nacht, in der Gemma Alicia weinen hörte, was ungewöhnlich war, weil Alicia meistens lachte und selbst Kränkungen von den anderen Kindern schnell wieder vergaß und sich immer wieder schubsen, bespucken oder mit Stöcken drangsalieren ließ, so lange, bis Gemma einschritt und verprügelte, wen sie erwischte. Aber in dieser Nacht hörte sie Alicia im Flur weinen. Sie ging zur Tür und sah, dass ihre Schwester völlig nackt in eine Ecke gekauert dasaß. Bevor sie zu ihr laufen konnte, öffnete sich die Schlafzimmertür ihrer Mutter, sie zerrte Alicia hoch und schob sie in Richtung des Kinderzimmers. Gemma sprang ins Bett und zog sich die Decke über den Kopf. Alicia weinte weiter, auch als Gemma schließlich zu ihrem Bett schlich und sich neben sie setzte und ihr über den Kopf streichelte.

Im Flur hörte sie ihre Mutter mit einem Mann sprechen, sie sah noch einmal durch den Türspalt und erkannte den Kinderarzt, der offenbar verärgert die Wohnung verließ.

Zwei Wochen lang passierte nichts, und wenn Alicia nicht so auffallend still über ihren Malbüchern gesessen hätte, ohne zu glucksen oder auf vorbeifliegende Vögel zu zeigen, hätte man denken können, es sei alles wie immer.

Aber das war es nicht.

Die beiden Schwestern lagen schon im Bett, als Lorina hineinkam und Alicia weckte. Sie setzte sie schlaftrunken auf den Bettrand, bürstete ihre langen Haare und legte sie ihr in weichen Wellen über die Schultern. Gemma sah, dass Alicia fror, denn sie rieb immer wieder die nackten Füße aneinander, und Gemma wollte aufstehen, um ihr die Pantoffeln anzuziehen, aber Lorina schickte sie ins Bett zurück und sagte ihr, sie solle beten und Gott um Verzeihung bitten, weil sie so ein eifersüchtiges, böses Mädchen sei, dass sie ihrer dummen Schwester nicht mal ein Eis gönne. Gemma fing an zu weinen und verkroch sich unter der Decke. Ihre Mutter nahm Alicia mit. Gemma hörte, wie sie Alicia in ihr Schlafzimmer brachte und die Tür hinter sich schloss.

Es klingelte, und Gemma fand das merkwürdig, weil es schon spät war und alle Leute schlafen sollten, auch die Erwachsenen. Lorina sprach mit einem Mann, den Gemma nicht kannte.

Sie schlich zur Tür und sah, dass die Mutter in die Küche ging und die Tür hinter sich schloss. Der Mann kam aber nicht mit ihr, wie Besuch das eigentlich macht, sondern betrat allein das Schlafzimmer. Gemma wartete, ihr Herz schlug ihr bis zum Hals, dann schlich sie hinterher und sah durch das Schüsselloch. Alicia lag bäuchlings und nackt auf dem Bett und weinte. Und auch der fremde Mann war nackt. Er hatte ihr die Hände über dem Kopf zusammengebunden und lag auf ihr. Gemma begriff nicht genau, was sie da gesehen hatte, aber sie wusste sofort, dass es falsch war, ganz falsch, und sie rannte zurück in ihr Kinderzimmer und überlegte, ob sie Lorina holen sollte. Sie musste Alicia doch beschützen, wenn ihr jemand wehtat, aber Gemma war im selben Moment klar, dass Lorina Alicia nicht helfen würde.

Sie konnte ihrer Schwester am nächsten Tag kaum in die Augen schauen. Schließlich nahm sie allen Mut zusammen und stellte sich vor ihre Mutter, die mit der Zeitung beschäftigt war. »Der Mann hat Alicia wehgetan«, sagte sie, »der darf das nicht.«

Lorina sah sie verdutzt an, dann holte sie ohne ein Wort aus und schlug Gemma so fest ins Gesicht, dass sich alle fünf Finger rot abdrückten. Gemma war im ersten Moment zu überrascht, starrte ihre Mutter nur an. Als sie zu weinen begann, zog Lorina sie zu sich auf den Schoß.

»Siehst du«, sagte sie mit säuselnder Stimme zu Gemma, »das habe ich getan, um es dir zu erklären, denn du bist ein kluges Mädchen. Wenn man dir wehtut, dann verstehst du das, und du erinnerst dich daran. Bei Alicia ist das etwas anderes.« Sie schob ihrer älteren Tochter das Nutella-Glas hin, das sie immer unter Verschluss hielt, weil Alicia nur einen Löffel davon haben durfte. Alicia strahlte und bohrte ihr Buttermesser tief in die braune, klebrige Masse und leckte genüsslich brummelnd das Messer ab. »Alicia kriegt nichts mit, mein Schatz. Sie versteht es nicht, und sie erinnert sich nicht. Sie ist nicht wie wir. Kein normaler Mensch. Sie ist eigentlich bloß eine Hülle, in ihr ist gar nichts. Dafür ist ihr Haar« – sie strich Alicia über den Kopf – »wirklich wunderschön.«

Gemma rutschte von Lorinas Schoß und ging schweigend aus der Wohnung. Auch als sie nach der Schule wiederkam, sagte sie kein Wort. Und abends schickte Lorina sie ins Bett und sagte zu Alicia, sie dürfe länger aufbleiben und noch ein Eis essen. Es klingelte. Ein anderer Mann kam. Alicia weinte sich später in den Schlaf.

Lorina warf Gemma nach ein paar Tagen des Schweigens vor, sie sei bockig, neide ihrer Schwester die Süßigkeiten, die die netten Onkel für Alicia mitbrachten, aber Gemma war nicht bockig, sie überlegte.

Von den Erwachsenen war keine Hilfe zu erwarten, das hatte sie verstanden, denn als sie ihrer Lehrerin in der Schule etwas erzählen wollte und damit angefangen hatte, dass sie ihre Schwester nackt im Flur gesehen hatte, war die böse geworden. »So was sagt man nicht«, hatte die Lehrerin geschimpft, »darüber spricht man nicht. Und man schaut auch niemanden an, der nackt ist.« Sie hatte Gemma wie ein ekliges Insekt behandelt und weggeschickt. Andere Erwachsene kannte Gemma nicht. Also kam sie zu dem Schluss, dass sie es selbst in die Hand nehmen musste, wenn sie Alicia beschützen wollte.

Sie wartete, bis ihre Mutter einkaufen ging. Etwa eine Stunde würde sie Zeit haben, das musste reichen. Sie plauderte auf Alicia ein und nahm sie mit ins Badezimmer, setzte sie auf die Toilette und streichelte ihr Haar. Und ohne dass Alicia es merkte, zog sie die Küchenschere aus ihrer Hosentasche und begann, Strähne um Strähne abzuschneiden. Als ihr nichts mehr zu erzählen einfiel, sang sie, erst Kinderlieder, dann alles, was sie sonst noch kannte, am Schluss waren es Weihnachtslieder, aber das störte ihre Schwester nicht. Bald saß Alicia mit einem zotteligen Kurzhaarschnitt vor ihr, und die schönen roten Locken lagen um das Waschbecken und in der Wanne. Alicia verzog das Gesicht, als sie das sah, und Gemma befürchtete, sie würde anfangen zu weinen, und das hätte sie nicht ausgehalten. Außerdem würde Lorina bestimmt wieder sagen, sie hätte es aus Neid getan. Also hockte sie sich vor Alicia hin, sang weiter und begann, sich die eigenen, nicht ganz so schönen braunen Haare abzuschneiden.

Sie war fast fertig mit ihrem Igelschnitt, da stand Lorina plötzlich in der Tür und stürzte sich auf Gemma, als wäre dadurch noch irgendetwas zu retten.

Gemma schubste Alicia aus dem Bad und ließ sich von ihrer Mutter windelweich prügeln. Danach nahm Lorina einen Rasierapparat und schor Gemma die restlichen Haare auch noch ab. Und obwohl sie dabei besonders grob war, tat das merkwürdigerweise gar nicht so weh, und Gemma wusste, dass es irgendwann vorbeigehen würde. Auch Alicia, die neugierig in der Tür stand, zerrte Lorina zurück auf den Wannenrand und bearbeitete sie mit dem Rasierer.

Es kamen keine Männer mehr, und Alicia lachte wieder öfter. Lorina verpasste den Schwestern absoluten Hausarrest und behauptete in der Schule, Gemma habe Pfeiffer'sches Drüsenfieber. »Selbst schuld«, sagte sie zu ihr, »für so hässliche Mädchen muss man sich schämen. Aber das hast du ja gewollt. Dass die Leute mit dem Finger auf mich zeigen, weil ich die hässlichsten Töchter der ganzen Stadt habe.«

Gemma dachte, damit sei die Sache ausgestanden, aber dann zog Lorina den beiden eines Tages dicke, kratzige Wollmützen über. Sie drückte Alicia eine selbst genähte Stoffpuppe in die Hand, die ein besticktes Gesicht hatte, dicke schwarze Kreuze als Augen und dicke rote Kreuze als Mund und auf dem Kopf langes Haar bis zu den Füßen, rote Locken und braune Strähnen, und setzte die beiden ins Auto. Keines der Mädchen wollte die Puppe mit ihrem eigenen Haar haben, aber sie wagten nicht, sie abzulehnen. Lorina lud einen großen Koffer ein und fuhr mit ihnen aus der Stadt.

»Daran bist du schuld«, sagte sie zu Gemma, »deine dumme Schwester ist nur noch eine Belastung. Weißt du, was sie kostet? Sie hätte ein bisschen mitverdienen können, aber du musstest sie ja unbedingt kahl scheren und das Einzige kaputt machen, das zu gebrauchen war. Du kleine Giftkröte hast es einfach nicht ertragen, dass meine Freunde sie schön fanden und ihr Süßigkeiten schenkten. Schluss, aus, vorbei. Ich kann nicht mein Leben damit vergeuden, mich um sie zu kümmern, sie merkt das ja doch nicht. Ihr ist es egal, wo sie ist.«

Das Heim, in das sie Alicia brachte, lag auf einer Anhöhe und sah aus wie ein riesiger, dunkler Kaninchenbau. Dafür, dass Gemma dort Püppi kennengelernt hatte, würde sie zwar ewig dankbar sein, aber sie wünschte, es wäre unter weniger traurigen Umständen geschehen.

Über zwanzig Jahre später sah Gemma das bestickte Puppengesicht wieder. Es war noch weißer und viel größer. Die Kreuze auf Augen und Mund waren nicht so sorgfältig gestickt, und das zweifarbige Haar fehlte. Und Gemma wusste, sobald sie das Foto der toten Evi gesehen hatte, dass es eine Botschaft ihrer Mutter war. Eine Botschaft nur für ihre jüngste Tochter, der sie in den letzten Jahrzehnten ab und zu Briefe geschrieben, sie aber nie wieder getroffen hatte, nachdem Gemma verhindern konnte, dass sie die Pflegschaft für Fiona übernahm.

Die genähte Botschaft lautete: Du kommst besser zu mir, sonst werden noch weit schlimmere Dinge geschehen. Und Gemma hatte erstens dafür gesorgt, dass Alicia in dem Heim nichts passieren konnte und Püppis Vater auf sie aufpassen würde, und zweitens war sie der Aufforderung gefolgt und mit Fiona und Püppi zu ihrer Mutter gefahren.

Die lag so grau und runzlig, dass man sie kaum erkannte, in den Kissen und röchelte, als wäre jeder Atemzug ihr letzter. Gemma würde nun tun, was getan werden musste, um es ein für alle Mal zu beenden.

* * *

»Es hat ja funktioniert«, keuchte Lorina und hustete so stark, dass ihr ein rötlicher Speichelfaden vom Kinn tropfte. »Du bist hier.« Triumphierend sah sie Gemma an.

Fiona saß in einer Ecke des Sessels gekauert, hielt Gemmas Hand, bis die Knöchel weiß hervortraten, und schluchzte ab und zu leise. Ohne die Hand loszulassen, stand Fiona steif und umständlich auf. Ihr Gesicht war leichenblass, und das Sprechen fiel ihr schwer, sie musste jede Silbe einzeln hervorwürgen. »Du hast dafür gesorgt, dass meine Eltern vor meinen Augen abgeschlachtet wurden«, zischte sie, aber Lorina hielt ihr mit einer erstaunlich kraftvollen Bewegung die Handinnenfläche entgegen.

»Das war so nicht geplant«, sagte sie, »deine Eltern, ach Gott, das war eine Sache von Angebot und Nachfrage, sie hatten kaum Freunde und Kontakte, sie boten sich quasi als Opfer an. Aber mitgekriegt hast du es nur rein zufällig. Mein

Freund Jabberwocky war sogar geschockt davon, es war ja sein allererster Gewinn, seine Premierenshow, stell dir das vor, er hatte richtig Lampenfieber. Er hat mir nachher erzählt, er sei mindestens so erschrocken gewesen wie du, als du da plötzlich mit deiner Plüschraupe in der Tür standst.«

Gemma zog Fiona eng an sich und hielt sie an der Hüfte fest. Sie konnte fühlen, wie sie von einem Fuß auf den anderen schwankte. »Was sollte denn mit dem Kind geschehen, wenn die Eltern weg sind? Was hast du dir gedacht?«

»Sie war ein süßes Mädchen«, Lorina lächelte, und für einen Moment erkannte Fiona die gütige alte Dame wieder, die sie im Heim besucht und bei sich zu Hause mit Kuchen gefüttert hatte. »Sie war so hübsch. Eine kleine Elfe. Ich hab sie gesehen und gewusst, dass Gott sie für mich vorgesehen hat. Zwei Töchter hab ich bekommen, aber nur eine war ein richtiger Mensch, wenn auch treulos und später eine Hure, die andere war bloß eine schwachsinnige, lachende Hülle. Dieses Mädchen hier« – sie streichelte Fiona mit ihrer eiskalten Hand über den Unterarm –, »dieses Mädchen war meine Belohnung dafür, dass ich Alicia all die Jahre versorgt und behütet habe.«

Fiona stand wie erstarrt da, aber sie fühlte Gemmas Bewegung kommen, sie spürte, wie Gemma ihre Hüfte losließ, ausholte und Lorina so hart ins Gesicht schlug, dass sie glaubte, die Kieferknochen knirschen zu hören.

»Alicia ist ein richtiger Mensch!«, rief sie, und ihre Stimme überschlug sich dabei. »Du hast sie nie umsorgt. Du bist es gar nicht wert, so eine Tochter zu haben.«

Lorina lächelte wie jemand, der noch ein Geheimnis auf Lager hat. »Die eine Tochter ist eine leere Hülle«, sagte sie sanft, »aber die andere ist mir dafür umso ähnlicher.«

Gemma zuckte zurück, als wäre sie jetzt geschlagen worden.

Lorina betrachtete sie, offensichtlich amüsiert. »Du verurteilst mich? Ausgerechnet du? Eine Hure? Du glaubst, du bist ein guter Mensch? Wieso bist du denn jetzt hier? Die eigene Mutter umbringen, machen gute Menschen so was?«

Sie bettete ihren Kopf bequemer und zeigte mit ihrer runzligen Fingerspitze auf Gemma: »Du bist genau wie ich. Das liegt uns in den Genen. Wir sind Wölfe, mein Liebes, keine Schafe.«

Püppi trat zwischen die Frauen und verfolgte jede von Gemmas Bewegungen. Aber die schlug nicht noch einmal zu. Sie erhob sich und schritt zum Fenster und zurück zum Bett. Wieder zum Fenster. Wieder zum Bett. Immer, wenn sie an der gefesselten Krankenschwester vorbeikam, die erstickte Laute von sich gab, mit den Augen rollte und auf dem Stuhl herumruckelte, stieg sie über deren steifes Bein und beachtete sie sonst nicht weiter. Ihr Gesicht war konzentriert.

Fiona hörte sich erleichtert seufzen. Gemma sah endlich wieder aus wie die Grinsekatze, die sie kannte. Die Frau, die alle Fäden in der Hand hielt, die immer einen Weg fand, deren Job es war, Türen, Wege und Räume zu erschaffen, wo es vorher keine gegeben hatte. Ihr würde etwas einfallen. Auch Püppi wartete einfach ab und beobachtete abwechselnd Lorina, Fiona und Gemma. Schließlich blieb die Grinsekatze in der Mitte des Raumes stehen und wandte sich an Püppi.

»Hast du eben gesagt, dass sie« – sie zeigte auf die Pflegerin – »Lorinas offenen Account benutzen wollte? Wir kommen also ohne ein weiteres Passwort in die Untergruppe im Labyrinth-Chat?«

Püppi nickte.

»Verbinde ihr die Augen und bring uns dann den Laptop.«

Püppi fand neben dem Krankenbett einige Verbandspäckchen, fischte eine dicke Rolle Mull heraus und ging zur Novizin, die offenbar begriff, dass sie nun nicht nur taub, sondern auch blind sein sollte. Sie rollte wild mit den Augen und schüttelte den Kopf, aber Püppi wickelte ungerührt einige Meter Gaze um ihre Schläfen, die dröhnenden Ohrhörer und die Glitzerspange herum, bis sie aussah wie eine Hirnverletzte. Dann holte er den Laptop.

Er klickte sich durch die virtuellen Gänge des Online-Labyrinths und pfiff leise.

»Hier steht's: ›Herzdame hat den Chat betreten.‹ Und Lorina benutzt für den Internetzugang einen Surfstick, also können wir den Laptop überallhin mitnehmen.«

Gemma trat neben das Bett und verkündete ihr Urteil: »Ich bin ganz sicher nicht wie du. Ich werde dich nicht töten. Das wäre viel zu einfach. Außerdem ist mir klar geworden, was in Wirklichkeit deine Botschaft war, für die du Evis Gesicht missbraucht hast. Du wolltest mich nicht wiedersehen, um dich zu verabschieden, nein, du wolltest, dass ich dich umbringe, weil du selbst es nicht kannst. Du bist zu feige. Das warst du immer. Also hast du dir gedacht, soll ich doch diesen dreckigen Job erledigen und den Rest meines Lebens darüber nachdenken. Auch eine Art von Unsterblichkeit. Aber, Mutter« – sie senkte ihre Stimme und flüsterte Lorina direkt ins Ohr –, »du wirst genauso jämmerlich verrecken, wie du es verdient hast. Ich mache es dir keine Sekunde kürzer. Deine letzte Nacht ist noch lang.«

Dann drehte sie sich zu Fiona und Püppi um. »Wir haben viel vor. Wir räuchern den ganzen verdammten Zirkel aus.

Wir lassen sie das tun, was sie am liebsten tun, nur werden sie sich diesmal gegenseitig killen. Wir nehmen dein Haus, Eule, ist das okay?«

Fiona nickte.

Seitdem sie das blutüberströmte Badezimmer gesehen hatte, war es noch weniger ihr Zuhause gewesen als vorher. Püppi reichte der Grinsekatze den Laptop und rief auf ihren Befehl hin Quälius an. Gemma setzte sich mit dem Rechner an den Couchtisch.

Das Zappeln und die erstickten Schreie der gefesselten Krankenschwester ignorierten alle, als wäre sie nur ein unruhiges Tier in seinem Käfig, bis sich die Novizin mit einem Ruck auf die Seite warf, sodass der ganze Stuhl mit ihr zusammen umfiel.

Püppi richtete sie wieder auf. »Ich glaube, sie will etwas sagen.«

Mit rollenden Augen nickte Gemma, und Püppi zog ihr den Klebestreifen vom Mund.

»Ich ... ich ... ich kann euch nützlich sein«, japste die Krankenschwester, »ich kenne die alle. Ich erledige das für euch. Bitte.«

Gemma und Püppi sahen sich irritiert an.

Gemma räusperte sich. »Das sind Ihre Freunde, oder nicht?«

Der Mund der Novizin war verkniffen. »Freunde? Für die bin ich bloß die Neue, die Anfängerin, die Sackkraulerin. Tausende hab ich bezahlt, fast meine gesamte Erbschaft, aber dann hat die Auktion doch wieder eine andere gewonnen. Nie lassen die mich was machen. Ich kenne die, ich kann sie der Reihe nach abmurksen, ehrlich, das wäre mir eine Freude. Die müssen sowieso sterben, das habt ihr doch vor, stimmt's? Wieso darf ich das nicht machen und ein bisschen Spaß dabei haben? Das wäre eine Win-win-Situation, gut für uns alle!«

»Ich glaube nicht«, sagte die Grinsekatze, »dass wir auf dieses freundliche Angebot zurückkommen möchten.« Sie gab Püppi ein Zeichen, ihr wieder den Mund zu verkleben.

Gemma wandte sich an ihre Mutter. »Du höchstpersönlich, Herzdame, wirst deine Leute dort hinbestellen. Jeden Einzelnen. Ich habe sie alle, Mutter. Als du den Twin nicht verraten hast, war mir klar, dass ihr zusammenhängt. Und am Twin hing der Gote. Und am Goten Blondie. Und an ihr Jabberwocky. Den kenne ich übrigens noch von früher. Er hat Alicia Süßigkeiten mitgebracht. Für ihn denke ich mir etwas ganz Besonderes aus. Die anderen werden in Fionas Haus ihr Ende finden. Ihr seid wie Schmeißfliegen. Kommt eine, kommen sie alle. Und jeder von ihnen wird sein Lieblingswerkzeug dabeihaben.«

ABSOLEM 17

Das Küchenfenster stand offen wie immer. Zusätzlich hatte Quälius die Gardinen zurückgezogen, sodass Fiona, Gemma und Püppi vom Baumhaus aus direkt durch die Küche in den Flur sehen konnten. Die trübe Glühbirne aus dem blauen Badezimmer gab kaum Licht, aber der Sklave hatte Nachtsichtgeräte besorgt. Während sich die Frauen gebückt stehend schwarze Kleidung anzogen, lag Püppi schon auf der Lauer. Die Strickleiter hatten sie hochgezogen, niemand konnte zu ihnen hinaufkommen, und solange sie keinen Laut von sich gaben, würden Lorinas Freunde auch nicht merken, dass sie erwartet wurden.

Gemma drückte Fionas Arm, während sie sich in eine schwarze Jeans pellte.

»Tut mir leid, Eule, dass wir dein Haus dafür nehmen müssen.«

Fiona schüttelte den Kopf. »Es war lange genug ein Friedhof.« Und dann sagte sie noch: »Zum Glück scheint kein Mond.«

Quälius, der zusätzlich zu seiner schwarzen Kleidung eine Motorradmaske trug, saß in einer Ecke auf der großen Tasche, die er, seit er eingetroffen war, keinen Moment aus den Augen gelassen hatte. Gemma klopfte mit der flachen Hand dagegen.

»Pässe, Kreditkarten, Laptop, alle Unterlagen dabei? Der Kater ist bei meiner Freundin?« Der Sklave nickte nur stumm, und Gemma strich ihm über den Kopf, er presste sein Gesicht dagegen wie ein Hund und schloss wohlig die Augen.

»Sie kommt.«

Püppi rutschte ein Stück beiseite, und Gemma und Fiona legten sich so hin, dass man sie von unten nicht sehen konnte und der Eingang des Baumhauses nur eine schwarze Fläche im Geäst war. Gemma hatte den Bildschirm von Lorinas Laptop so dunkel eingestellt, wie es ging. Zusätzlich verbarg sie ihn unter einer Jacke.

Eine Frau schlich um das Haus herum und stieg durch das Küchenfenster in die Wohnung.

Blondie, du hast einen schönen Preis gewonnen, hatte Gemma noch in Lorinas Wohnung in die Maske des Labyrinth-Forums eingetippt. *Du gewinnst ein Wellnessbad. Genieß deine blaue Stunde. Zu zweit um drei. Warte im kleinen Salon. Und pst! Dies ist dein geheimes Geheimnis!*

Fiona sah auf die Uhr, es war genau drei Uhr nachts. »Die ist pünktlich«, hauchte sie.

Sie sahen, wie Blondies Schatten durch den Flur glitt. Sie zückte ein leuchtendes Smartphone und wartete offenbar auf neue Nachrichten. Schließlich versteckte sie sich im Kinderzimmer.

»Und da haben wir Kandidat Nummer zwei.« Ein weiteres Auto hielt in einiger Entfernung zum Grundstück. Die riesige Gestalt des Goten stieg aus und huschte über die Straße.

Auch er hatte eine Nachricht vom Account der Herzdame bekommen. *Blondie ist raus! Keine Fragen! Nur du und ich wissen davon. Willst du den schönen Preis übernehmen? Zu Hause ist es doch am nettesten, vor allem kurz nach drei. Viel Spaß.* Er hatte nur ein grinsendes Smiley mit Ausrufezeichen zurückgeschickt.

»Wenn wir nur sicher sein könnten, dass sich Blondie und der Gote nicht abgesprochen haben«, wisperte Gemma.

Püppi flüsterte zurück: »Die Security hat gesagt, dass die beiden sich vor dem Labyrinth voneinander verabschiedet haben, kurz nachdem ihr gegangen seid.«

Vor dem offenen Fenster zog der Gote sich eine schwarze Maske über und schwang sich in die Küche.

»Wie macht sie es?«, flüsterte Fiona.

Gemma zeigte auf den Bildschirm. »Lorina hat Akten über jeden. Blondie bevorzugt Stromschock mit Zange. Dann anstechen und ausbluten lassen. So was. Sie ist auf einem Schlachthof aufgewachsen. Achtung, jetzt geht's los.«

Gemma nahm sich wieder Lorinas Account vor und tippte eine Mitteilung an Blondie.

Vorsicht! Wachschutz! Jabberwocky hilft dir heute beim Aufräumen, er fährt schon um den Block und hat einen Mann in Schwarz gesehen: Der ist im Haus. Der muss weg. Wenn alles okay, Plan A. Sobald du deinen Spaß gehabt hast, spült JW mit dir ab.

Gespannt warteten sie.

Der Gote war in seiner Aufmachung kaum zu erkennen, wie ein Geist schlich er an den Wänden entlang. Hinter ihm öffnete sich die Tür zum Kinderzimmer, Blondie trat auf Zehenspitzen heraus. Ihre Bewegungen waren trotz ihrer Üppigkeit fast tänzerisch. Fiona wurde schlecht bei dem Gedanken, dass sie sich im Labyrinth von beiden schon hatte anfassen lassen. Der Gote stand neben der Küchentür an die Wand gepresst. Blondie stockte.

Püppi schaute auf und wies Richtung Straße. Ein Taxi hatte gehalten. Püppi formte seine Hand mit abgespreizten Fingern und hielt sie sich wie ein Jagdhorn an den Mund. Jabberwocky. Er stand neben Fionas Haus und beobachtete die Umgebung. Völlig regungslos stand er da. Fiona und Gemma wagten nicht zu atmen. Erst vor einer halben Stunde hatte sie an ihn die Mitteilung geschickt: *Beeil dich, Jäger! Abschuss statt Schlachtfest, denn Blondies gefliester Spielplatz gehört jetzt allein dir. Zweimal Wild auf drei Uhr fünf!*

Quälius kauerte in der Ecke des Baumhauses, drückte beide Daumen und hielt die Augen fest geschlossen.

Blondie ging im Flur einen Schritt vorwärts. In der Küche blinkte etwas auf: Der Gote hatte ein großes Messer gezogen und hielt es kampfbereit vor sich.

Dann ging alles ganz schnell. Der Gote sprang in den Flur, Blondie streckte ihre Hand vor, es blitzte blau durch die Dunkelheit, der Gote krümmte sich unter den fünfhunderttausend Volt des Elektroschockers und schrie auf. Sein riesiger Körper zuckte, bis er schließlich zusammenbrach.

Auf der Straße setzte sich Jabberwocky in Bewegung. Er kam aber nicht durch den Garten wie die anderen, sondern benutzte offensichtlich die Eingangstür.

»Wie ich's mir dachte, ist er eben zu alt und zu fett für akrobatische Einlagen«, murmelte Gemma. Und dann zu Quälius: »Hast du die Haustür präpariert?«

Der Sklave nickte und hielt ein kleines Fläschchen in einem Plastikbeutel hoch. »Dieses Mittel verwendet er selber gerne«, hauchte er. »Ihre Mutter hat wirklich eine akkurate Aktenführung.«

In der Küche stand Blondie über den zusammengesunkenen Körper gebeugt. Sie rüttelte an seiner Schulter.

»Nicht die Maske zurückstreifen«, murmelte Fiona flehentlich.

Als Blondie gerade danach greifen wollte, lenkte sie ein Geräusch aus dem vorderen Teil des Hauses ab. Sie straffte sich, riss das Messer an sich, das der Gote hatte fallen lassen, und rammte es in den bewusstlosen Körper. Dann huschte sie zurück ins Kinderzimmer.

»Zweiter Akt«, flüsterte die Grinsekatze und tippte auf Lorinas Account eine Nachricht an den Jabberwocky.

Code Red! B hat uns verraten! Sie ist im Haus! B hat G ausgeschaltet! Hat mir sogar Foto geschickt! Sie dreht durch! Unbedingt erlegen! Halali!

Ein Schatten glitt durch den Flur. Jabberwocky. Er betrat die Küche, fand die Leiche des Goten und zog ihm die Maske herunter. Eine Weile stand er kopfschüttelnd neben dem Körper und hielt dabei seine linke Hand abgestreckt, mit verkniffenem Gesicht: Sie blutete. Bevor er sich auf die Suche nach Blondie machte, hielt er sich die Hand vor Augen und beleuchtete sie mit seinem Smartphone. Er suchte etwas. Dann nahm er eines von Fionas Küchentüchern, das über der Spüle lag, und wickelte es sich um die verletzte Hand.

»Was macht er da?« Fiona reckte den Kopf, als könnte sie so mehr erkennen.

»Im Holzgriff deiner Eingangstür steckte eine Rasierklinge. Er hat sich beim Öffnen die Hand aufgeschnitten.«

»Wozu?«

»Das wird noch ein freundlicher Gruß werden – von Alicia und von deinen Eltern.«

Nachdem Jabberwocky seine Hand verbunden hatte, zog er eine Pistole aus der Jacketttasche und schraubte einen Schalldämpfer darauf.

»Action«, flüsterte Gemma und schrieb eine Mitteilung an Blondie. *Alles okay! Support ist da! JW hat gesimst, dass er jetzt reinkommt. Vögelchen kommt bald heim!*

Wenige Sekunden später ging die Kinderzimmertür auf, und Blondie leuchtete mit ihrer Taschenlampe in die Dunkelheit. Sie eilte auf Jabberwocky zu, aber noch bevor sie ihn begrüßen konnte, schoss der auf sie, die Kugel traf sie unterhalb des Schlüsselbeins, und sie brach zusammen. Er feuerte noch einmal. Und noch einmal. Sie rührte sich nicht mehr. Er ging zu ihr und trat sie so heftig in die Seite, dass sie auf den Rücken rollte.

Fiona atmete ganz langsam aus. »Was jetzt?«

»Jetzt die Polizei.«

Quälius reichte Püppi ein fremdes Handy: »Das Ding war nicht einfach zu beschaffen, der türkische Nachbar hat eine riesige Familie. Fast hätte ich die Oma erschreckt. Und sie mich. Die ist in ihrem Tschador fast so verschleiert wie ich.«

Püppi nahm es, wählte den Notruf und flüsterte mit türkischem Akzent in den Hörer. »Merhaba? Kommen Sie schnell! Schießen im Haus. Wohnt Mädchen ganz alleine!« Er nannte die Adresse und legte auf.

Gleichzeitig hatte Gemma dem Jabberwocky eine Nachricht geschickt: *Blondie hat Wachschutz gerufen, um dich reinzulegen, die tickt völlig aus. Versteck dich im Kinderzimmer.*

Er folgte der Anweisung der Herzdame, stieg über Blondies Leiche hinweg und verschanzte sich. Das Kinderzimmer zeigte zum türkischen Nachbarn herüber, es hatte weder ein Fenster zum Garten noch zur Straße.

Püppi warf die Strickleiter aus dem Baumhaus, und alle vier schwangen sich so schnell es ging hinaus und sprangen auf den Rasen. Sie rannten zum hinteren Teil des Gartens, wo Jabberwocky sie, selbst wenn er sich aus dem Fenster lehnen würde, nicht sehen könnte. Sie liefen auf das Grundstück des Nachbarn, der friedlich schlief und sich später wundern würde, dass er mit seinem Handy die Polizei angerufen haben sollte.

Sie sprinteten über die Straße, hetzten an den Häusern vorbei, bis sie zur nächsten Querstraße kamen. Dort sprangen sie in die geparkte Limousine des Sklaven. Er warf die Tasche zwischen Püppi und Fiona, die sich hinten auf die Rückbank fallen ließen, und setzte sich ans Steuer. Dann warteten sie, und die Minuten zogen sich endlos hin.

Schließlich aber bog ein Polizeiauto um die Ecke. Ohne Blaulicht oder Sirene blieb es vor Fionas Haus stehen. Zwei Polizisten sprangen heraus und liefen mit gezückten Waffen hinein.

Die Zeit in der Limousine schien stillzustehen. Ein weiteres Polizeiauto bog in die Straße ein und hielt vor Fionas Haus. Dann noch eines. Endlich, nach wenigen Minuten, quoll eine ganze Traube von Beamten aus der Eingangstür und zerrten Jabberwocky mit sich, der wild um sich trat. Trotz seines Gewichts trugen sie ihn mehr, als ihn mit sich zu führen, und er zappelte und schrie, sodass ringsum schon Lichter in den Wohnungen angingen.

»Ganz schön widerspenstig für sein Alter«, sagte Püppi mehr zu sich selbst.

Sie warteten noch, bis die Polizisten den zeternden und um sich tretenden Jabberwocky in eines der Autos bugsiert hatten, dann startete Quälius den Motor und ließ seine Limousine ohne Licht rückwärts vom Tatort wegrollen. An der nächsten Kreuzung erst schaltete er das Licht an, wendete, trat aufs Gas und brauste davon.

»Er hätte auch draufgehen sollen«, sagte Fiona bitter, »stattdessen kriegt er jetzt einen Verteidiger, der dem Richter etwas von schlimmer Kindheit erzählt, und am Ende bekommt er einen Buchvertrag und scheffelt Millionen mit den Memoiren des Bademeisters.«

Gemma tätschelte ihr das Knie. »Kein Buch, Schätzchen, keine Millionen. Er wird abkratzen. Es wird nur etwas weniger angenehm und schnell sein als beim Goten und Blondie. In Lorinas Akte über ihn hab ich einige Vermerke gefunden. ›Wehleidig‹ war noch das Netteste. Und übrigens kann er bei sich selbst kein Blut sehen. Es war also klar, dass er sich um seine verletzte Hand kümmern würde. Und das Geschirrtuch lag ja auch als einziges Stück Stoff sehr schön griffbereit da. Es war ein gewisses Risiko, aber glücklicherweise sind die meisten Menschen berechenbar.«

Gemma griff nach hinten und öffnete die große Tasche des Sklaven. Obenauf lag das Fläschchen sicher verwahrt in dem Plastikbeutel.

»Der Stoff war präpariert mit Tollwuterregern. Püppi hat sagenhafte Kontakte zur Veterinärszene.«

Fiona zuckte zurück, und Gemma nahm den Beutel. »Den müssen wir nachher ganz sicher entsorgen.« Mit sanftem Druck streichelte sie Fionas Hand. »Es kann vierzehn Tage dauern, bis er was merkt, maximal neunzig, aber er wird sterben, und es wird hässlich werden. Und als ausgebildeter Jäger wird er auch genau wissen, was er sich eingefangen hat.«

Erst als sie anhielten, wurde Fiona klar, wo sie waren: wieder vor Lorinas Haus. Es dämmerte schon. Gemma sprang aus dem Wagen und brachte den Laptop zurück an seinen Platz.

Der Sklave wartete mit laufendem Motor. Er fuhr direkt weiter, als Gemma zurück war, sie ballte ein Knäuel aus Klebeband und Mullbinde in ihren Händen.

»Was machen wir mit der Krankenschwester?«, fragte Püppi, aber Gemma winkte ab. »Ich hab ihr was zum Träumen gegeben, die schläft durch, da waren die Fesseln unnötig. Der Arzt kommt am Nachmittag und findet sie. Die Polizei wird ja bald wissen, welcher Laptop benutzt wurde, und wer außer ihr sollte Zugriff darauf gehabt haben?«

Fiona sah sie ernst an. »Was ist, wenn sie denen von uns erzählt?« Sie kuschelte sich an Püppi, als der den Arm um sie legte.

»Wird sie nicht. Und falls doch, merken die schnell, wie wahnsinnig sie ist. Außerdem hat uns kein Mensch gesehen. Und wir vier waren die ganze Zeit zusammen. Das kann jeder von uns bezeugen. Der Zirkel war mit dieser Methode schließlich jahrzehntelang erfolgreich.«

* * *

Die Sonne ging auf und tauchte die Autobahn in ein goldenes, unwirkliches Licht.

Sie fuhren eine Weile und hielten erst am Flughafen Schönefeld wieder an. Gemma und Quälius stiegen aus. Püppi und Fiona krabbelten vom Rücksitz. Eine Weile standen sie nur da und sagten nichts.

»Ihr könntet mit uns kommen«, sagte Gemma. »Wir haben auch noch zwei Tickets. Wir fliegen dorthin, wo es immer sonnig ist. Soll sich erst mal alles beruhigen. Und ich habe eine neue Geschäftsidee. Das Labyrinth mache ich schon zu lange. Es gäbe genug zu tun für euch.« Sie machte eine Pause. »Ich hätte euch sehr gern dabei.« Püppi trat auf sie zu und nahm sie fest in die Arme.

Eng umschlungen standen sie da, die Köpfe aneinandergelehnt.

»Wir sehen uns wieder, Kätzchen«, sagte er und küsste sie auf die Stirn. »Aber ich bleibe mit Fiona hier.« Er nahm Fionas Hand und hielt sie fest. »Sie hat nichts getan, aber es wird Befragungen geben, und sie muss ja auch das Haus abwickeln. Vielleicht rollt die Polizei sogar den Mord an ihren Eltern wieder auf. Wir fahren zu meinem Vater, er arbeitet noch in der Klinik, da haben wir auch ein Auge auf Alicia.«

Eine Träne rollte über Gemmas Gesicht, sie wischte sie mit dem Handrücken weg, schob Püppi mit beiden Händen von sich. Sie sah Fiona lange an, setzte mehrmals an, um etwas zu sagen, zuckte aber schließlich nur die Achseln und küsste sie. Dann drehte sie sich um und ging langsam in Richtung der Abfertigungshalle.

Quälius schob sich die Maske vom Gesicht, sodass Fiona erstmals sah, dass er älter als die Grinsekatze war und freundliche Züge hatte.

Sie machte große Augen und schnappte überrascht nach Luft.

»Ich kenne Sie! Aus der Massagepraxis!«, japste sie. »Ich hab Sie jeden zweiten Mittwoch auf dem Tisch.«

Er reichte ihr die Hand und strich sich mit der anderen über den Rücken. »Bandscheiben. Ich mag's einfach zu gern, wenn jemand auf meinem Rücken steht, vor allem mit nackten Füßen.« Er grinste schief.

Plötzlich, als wäre ihm etwas eingefallen, setzte er die große Tasche ab und kramte darin herum. Schließlich fand er, was er suchte. Er schob einen Stapel Kleidung auf die Seite und zog Fionas weißen Plüschhasen und die bunte Raupe hervor. Beide waren flauschig wie neu und tadellos sauber. Davon, dass der Hase bis zu den Ohren in einer Toilette voller Tierblut gesteckt hatte, war nichts mehr zu sehen. »Das Herz war leider nicht zu retten«, sagte er, »das war Achtzigerjahre-Polyester, aber die beiden Kumpel hier« – er hielt den Hasen und die Raupe hoch – »sind solider Plüsch. Den kriegt man sauber mit sechzig Grad und Natron.«

Fiona hielt die beiden Stofftiere vor sich, schmiegte sich an Püppi und stammelte nur: »Absolem, meine Raupe. Und mein Hase.«

Püppi schnaufte. Seine Stimme klang belegt, und er räusperte sich mehrfach, als er sagte: »Unser Sklave kannte dich auch schon eine ganze Weile, bevor er's mit dem Rücken hatte.«

Fiona sah ratlos von einem zum anderen.

»Als deine Eltern ermordet wurden, hat Lorina eine Reinigungsfirma beauftragt, um das Badezimmer sauber zu machen. Und unser heutiger Sklave war der damalige Angestellte.«

Der nickte. »Tatortreinigung, Augen auf bei der Berufswahl, Mann, was hab ich gereihert, schlimme Sache.« Er zündete sich eine Zigarette an. »Gemma war damals siebzehn und ich knapp aus der Lehre raus. Erst hab ich ihr gezeigt, wie viel Spaß Sex macht, und dann hat sie mir gezeigt, dass Gehorchen und Unterwerfung mir noch viel mehr Plaisir bringt. Durch sie weiß ich, wer ich bin. Sie hat damals schon gesagt, das Leben ist wie ein Labyrinth, und wenn man in einer Sackgasse steht und es nicht weitergeht, dann ist es vielleicht gar nicht das Ende des Weges, sondern nur ein Spiegel, und um den kann man rumgehen.« Er nahm die Tasche auf die Schulter. »Wege und Ausgänge liegen hinter jedem Spiegel, man darf sich nur nicht ängstigen lassen vom eigenen Bild, das einen anguckt.«

Er drehte sich um und folgte Gemma. Die stand weiter hinten, und während sich am Himmel ein Flugzeug in die Wolken erhob, schirmte sie die Augen mit der Hand ab und winkte Fiona und Püppi katzenhaft lächelnd zu.

DANKSAGUNG

Mein herzlicher Dank für die medizinische Unterstützung gilt Dr. Andreas W., Dr. Sebastian B. und Dr. Gracia R., denen keine Frage zu absurd und kein Szenario zu blutig war.

Außerdem natürlich dem wunderbaren MJ, ohne dessen Engagement das Buch nicht wäre, was es ist.

Und ich danke Kathi, die sich in einer langen Nacht den noch sehr verworrenen ersten Plotentwurf anhörte, obwohl nichts so öde ist wie Autoren, die von ungeschriebenen Büchern erzählen.